KB023331

우리 고전 다시 읽기

구운몽

구운몽

김만중 지음
구인환(서울대 명예교수) 엮음

좋은 책 좋은 독자를 만드는—

㈜신원문화사

머리말

수천년 동안 한 민족이 국가의 체제를 갖추어 연면한 역사와 전통을 계속해 왔다는 것은 인류 역사를 살펴봐도 그렇게 흔한 일이 아니다. 그리고 그 민족이 고유한 문자를 가지고 후세에 길이 전할 문헌을 남겼다는 것은 더욱 흔한 일이 아닐 것이다.

이러한 면에서 볼 때 우리 한민족은 세계 어느 나라와 비교해도 손색없고, 자랑스러운 역사와 전통을 이어왔다. 우리 한민족은 5천 여 년의 기나긴 역사를 통하여 수많은 외세의 침략을 받아 백척간두의 국난을 겪으면서도 우리의 역사, 한민족 고유의 전통을 면면히 이어온 슬기로운 조상이 있었다. 이러한 까닭으로 오늘날 빛나는 민족의 문화 유산을 이어받은 것이다.

고전 문학(古典文學)이란 실용성을 잃고도 여전히 존재할 만한 값어치가 있고, 시대와 사회는 변해도 항상 시대를 초월하여 혈연의 외침으로 우리의 공감대를 울려 주기에 충분한 문화적 유산이다. 그러므로 오늘을 사는 우리들은 조상의 얼이 담긴 옛

문헌을 잘 간직하여 먼 후손들에게까지 길이 이어주어야 할 사명감을 가져야 할 것이다.

고전 문학, 특히 국문학(國文學)을 규정하는 기준이 국어요, 나라 글자라면 우리 민족의 생활 감정을 표현한 국문 작품이야말로 진정한 국문학이 된다 할 것이다.

그러나 우리 고유 문자의 탄생은 오랜 민족 역사에 비해 훨씬 후대에 이루어졌다. 이 까닭으로 우리 민족은 일찍부터 외국의 문자, 즉 한자가 들어와서 사용했다. 이처럼 우리 선조들이 고유 문자가 없음을 한탄할 때에, 세종조에 와서 마침 인재를 얻어 훈민정음이 창제되었다. 하지만 여전히 한자가 독보적인 행세를 하여 이 땅에 화려한 꽃을 피웠다. 따라서 표현한 문자는 다를지언정 한자로 된 작품도 역시 우리 민족의 생활 감정을 나타낸 우리의 문학 작품이다. 이러한 귀결로 국·한문 작품을 '고전 문학'으로 묶어 함께 신기로 했다.

우리 글이 창제된 이후에도 우리 선조들의 손으로 쓰여진 서책이 수만 권에 달한다. 그 가운데에서 국문학상 뛰어난 몇몇 작품을 선정하는 것은 물론 산재해 있는 문헌의 자료를 수집하기 위해 숨어 간직되어 있는 작품을 찾아내는 것도 여간 어려운 일이 아니었다. 그럼에도 이만한 성과를 거두고 이만한 고전 문학 작품을 추리는 것은 현재를 삼는 우리의 당연한 책임이자 의무이다. 다만 한정된 지면과 미처 찾아내지 못한 더 많은 작품이 실리지 못한 것이 아쉬울 따름이다.

엮은이 씀

구운몽

1

천하에 명산(名山)이 다섯 있었으니, 동에는 동악 즉 태산(泰山)[1]이요, 서에는 서악 즉 화산(華山)[2]이요, 남에는 남악 즉 형산(衡山)[3]이요, 북에는 북악 즉 항산(恒山)[4]이요, 가운데는 중악 즉 숭산(崇山)[5]이니 이른바 오악(五嶽)이라. 이 오악 중에서도 오직 형산만이 중원(中原)에서 가장 머니, 구의산(九疑山)[6]이 그 남녘에 있고, 동정호(洞庭湖)[7]는 그 북녘을 지나고 소상강(瀟湘江)[8]이 둘렀는데, 일흔 다섯 봉 가운데 그중에서도 가장

---

1) 중국 산동성 태안현 북쪽에 있는 산.
2) 중국 섬서성 화음현 남쪽에 있는 산. 진령 산맥의 최고봉.
3) 중국 호남성 형산현 서북쪽에 있는 산.
4) 중국 직예성 곡양현 서북쪽에 있는 산. 상산이라고도 함.
5) 중국 향남성 등봉현 북쪽에 있는 산. 숭고·외방·태실 등의 별창이 있음.
6) 중국 호남성 영원현 남쪽 60리에 있는 산.
7) 중국 호남성 북쪽에 있는 큰 호수. 양자강의 흐름을 완화시키고 범람을 방지하는 작용을 함.
8) 중국 호남성 영릉현의 소수(瀟水)와 상수(湘水)의 합한 곳.

높은 봉우리는 축융(祝融)·자개(紫蓋)·천주(天柱)·석름(石
廩)·연화(蓮花)의 다섯이니, 그 형세가 자못 치솟고 가파르므
로 구름이 그 낮을 가리고 안개가 그 허리를 덮어, 날씨가 청명
치 못하면 사람들이 그 진상을 보지 못할러라.

  옛적 대우(大禹) 홍수를 다스리고 이 산에 올라 비석을 세워
공덕을 기록하니 하늘 글과 구름 전자(篆字) 아직 남아 있고,
진(晉)나라 때에 선녀 위부인(魏夫人)이 도를 얻어 옥황상제의
명(命)을 받아 선동(仙童)과 옥녀(玉女)를 거느리고 이 산에 이
르러 지키니 이른바 남악 위부인이라. 예로부터 그 영검한 자취
와 신기한 일은 이루 다 기억하지 못할러라.

  당(唐) 시절에 일위 노승(老僧)이 서역 천축국(西域天竺國)으
로부터 들어와서, 형산의 아름다움과 그 위에 연하봉의 경개(景
槪)를 사랑하여 그곳에 암자를 짓고 거처하며, 대승불법(大乘佛
法)으로써 중생을 가르치고 귀신의 발호를 제어하니 이에 그를
가리켜 '생불이 다시 세상에 내려왔다'고 이르더라.

  그리하여 가멸진 사람〔부자〕은 재물을 내고 가난한 사람은 힘
을 들여, 나무 없는 언덕을 깎고 끊어진 골짜기에 다리를 놓고,
재목을 모으고 공인(工人)들을 재촉하여 그윽하고 고요한 나무
숲 속에 큰 법당을 이룩하니, 공부(工部)에서 읊기를,

  寺門高開洞庭野
  殿脚挿入赤沙湖
  五月寒風冷佛骨
  六時天樂朝香爐
  절문은 동정호 들판으로 높이 열리고,

전각 기둥은 적사호 물 속에 박히니,

오월의 찬바람은 사리(舍利)를 얼게 하고,

여섯 때 천락 울리고 아침에 향 피우더라.

이 한 수의 글이 그 대법당의 웅장한 규모를 말하고도 남으려니와, 산세(山勢)의 빼어남과 도량(道場)¹⁾의 웅대함이 남녘 땅에서 으뜸이라고 일컫더라.

그 화상은 다만 《금강경(金剛經)》 한 권을 지녔는데 당호를 육여화상(六如和尙) 혹은 육관대사(六觀大師)라 일컬으며, 제자 5, 600인 가운데 불법에 통효한 자 겨우 30여 인이라. 그중 성진(性眞)이라는 자는 얼굴이 백설 같고 정신이 가을 물같이 맑아서, 나이 겨우 20세에 《삼장경문(三藏經文)》을 무불통지(無不通知)하고, 총명과 지혜가 빼어나매 대사가 극히 애중하여 그에게 의발(衣鉢)을 전하고자 하더라. 대사가 매양 제자로 더불어 설법할새, 동정호의 용왕이 백의(白衣) 노인이 되어 그 법선에 나와 강론을 듣는지라 대사가 제자들을 모아 놓고 이르되,

"내 나이 늙고 병들어 산문 밖에 나지 못한 지 10여 년이라. 내 몸은 산문 밖에 경히 움직이지 못할 것이니 너희 중 뉘 나를 위하여 수부(水府)에 들어가 용왕께 회사(回謝)하고 올꼬?"

이때 성진이 여짜오되,

"소자 불민하오나 가리이다."

대사 크게 기뻐하여 보내니, 성진이 수명(受命)하고 칠근가사(七斤袈裟)를 걸치고 육환장(六環杖)을 끌고 표연히 동정호로

---

1) 석가가 성도(成道)한 땅. 불도를 수업하는 곳.

향하여 가더라.

이윽고 문 지키는 도인이 대사께 고하되,

"남악(南嶽) 위부인(魏夫人)께서 여덟 명의 선녀를 보내어 문 밖에 이르렀나이다."

대사 명하여 부르니, 8선녀 차례로 들어와 절하고 꿇어앉아 부인 말씀을 전하되,

"대사는 산 서쪽에 계시고 나는 산 동쪽에 있어 서로 떨어짐이 멀지 아니하되, 자연 일이 많아 한 번도 불석(佛席)에 나아가 경문를 듣잡지 못하오니, 사람을 대하는 지혜가 없고 이웃을 사귀는 도리를 어긴지라, 이제 시비들을 보내어 대사의 안부를 묻잡고 아울러 천화(天花)와 선과(仙菓)와 칠보문금(七寶紋錦)[1]으로써 구구한 정성을 표하나이다."

하고 각기 가져온 선화 보패(寶貝)를 눈 위에 쳐들어 대사께 바치니, 대사가 몸소 이를 받아 제자들에게 주어 부처님께 공양하고, 다시 한 장 사례하되,

"이 노승이 무슨 공덕이 있어 이렇게 주시는 보패를 받으리요?"

하여, 뒤이어 8선녀를 후히 대접하여 보내니라. 8선녀들이 대사께 하직하고 문 밖에 나와 서로 이르되,

"이 남악천산(南嶽天山)은 한 물과 한 언덕도 우리 집 세계이더니, 육관대사가 거처하신 후로는 홍구(鴻溝)의 난호암이 되었는지라, 연화봉(蓮花峰) 승경을 지척에 두고도 구경하지 못한 지 오래더니, 이재 부인의 명을 받들어 여기 왔음은 다시 없는

---

1) 일곱 가지 보물과 무늬 있는 비단.

기회로다. 또한 춘색이 아름답고 산길이 저물지 아니하였으니, 이때를 따라 더 높은 봉우리에 올라 시를 읊어 풍경을 구경하고 돌아가 궁중에 자랑함이 어찌 쾌치 아니하리요?"

하고 서로 손을 이끌고 완보(緩步)하여 나아갈새, 절정에 올라 폭포의 근원을 보고 물줄기를 따라가다가 돌다리 위에서 쉬는데, 이때가 바로 춘삼월이라 백화는 만발하고 운무(雲霧)는 자욱한데, 봄새 소리 생황(笙簧)을 주(奏)하는 듯하니 봄기운이 사람의 마음을 태탕(駘蕩)케 하더라. 8선녀들도 자연 마음이 들뜨는지라, 돌다리 위에 앉아 시냇물을 굽어보니 광릉(廣陵) 땅 보패의 새 거울이 걸린 듯 푸른 눈썹과 붉은 단장이 비치어 한 폭 주방(周昉)²⁾의 미인도라, 스스로 그 그림자를 희롱하여 이내 일어나지 못하고 은은하게 울리는 작은 소리로 봄날의 시름을 서로 풀면서 해가 저무는 줄을 깨닫지 못하더라.

이때, 성진이 동정호에 이르러 물결을 헤치고 수정궁(水晶宮)에 들어가니, 용왕이 이미 대사의 사자가 오는 줄 알고 문무백관을 거느리고 몸소 궁문 밖에 나와 맞아들여 자리를 잡은 다음 성진이 복지(伏地)하여 대사의 말씀을 상주하니, 용왕이 공경하여 사례하고 잔치를 베풀어 성진을 대접할새, 성진이 자세히 보니 다 인간 음식이 아니요 선과진채(仙菓珍菜)러라. 용왕이 친히 잔을 들어 권하거늘, 성진이 사양하여 이르되,

"술은 마음을 흐리게 하는 광약(狂藥)이라. 불가(佛家)의 큰 경계니 감히 파계(破戒)를 못 하나이다."

용왕이 이르되,

---
2) 당나라의 유명한 화가.

18

"부처의 오계(五戒) 가운데 술을 경계하였는 줄 내 어찌 모르니요마는, 과인의 술은 인간계의 광약(狂藥)과는 크게 달라 능히 사람의 기운을 화창케 함이요, 마음을 호탕케는 아니하니 상인은 사양치 말라."

성진이 그 후의에 감격하여 감히 사양치 못하고 연하여 삼배를 기울이고 용왕께 하직하고, 숙부를 떠나 바람을 타고 연화봉을 향하여 돌아올새, 산 밑에 이르니 자못 취기가 낯에 오르고 눈앞이 어른거려 어지러움을 깨닫고 스스로 생각하되,

'사부(師父) 만약 내 만면(滿面) 주기를 보시면 어찌 꾸짖지 아니하시리요?'

하고 손으로 물을 움켜 취한 낯을 씻더니, 문득 신기한 향내가 바람결에 코를 찌르는데 정신이 자연 진탕(震盪)하여 가히 형언치 못할러라. 성진이 생각하되,

'이 시내 상류에 무슨 신기한 꽃이 있기에 찾으리라.'

하고 다시 의복을 정제한 다음 시냇물을 쫓아 올라가더니 8선녀 돌다리 위에 앉았다가 바로 성진과 더불어 만난지라. 성진이 즉시 육환장을 버리고서 합장하며 공손히 사례하되,

"모든 보살님은 잠깐 천승의 말을 들으소서. 소승은 연화봉 도승 육관대사의 제자로서 스승의 명으로 용왕궁에 갔삽는데, 이제 좁은 다리에 보살님이 앉아 계시니 천승의 갈 길이 없사와 아뢰옵나니, 잠깐 연보(蓮步)[1]를 움직여 길을 빌고자 하나이다."

8선녀들이 답례하되,

---

1) 미인의 걸음걸이를 비유하는 말.

"첩들은 남악산 위부인(魏夫人)의 시녀러니 부인의 명으로 육관대사께 문안하고 돌아가는 길에 잠깐 이곳에 쉬었사오나 예문이 이르기를 '행로에서는 남좌여우(男左女右)라' 이 다리가 본래 협소한데 첩들이 이미 먼저 앉았으니, 바라건대 화상(和尙)은 다른 길로 가소서."

성진이 이르되,

"냇물이 깊고 다른 길이 없사오니 빈승(貧僧)으로 하여금 어디로 가라 하시나이까?"

8선녀들이 이르되,

"옛날에 달마존자(達摩尊者)는 갈대잎을 타고 물을 건넜다 하옵는데 화상이 진실로 육관대사의 제자이면 도를 배웠을지라, 조그만 시냇물 건너지 못하여 어찌 아녀자로 더불어 길을 다투시나뇨?"

마성진이 웃고 대답하되,

"모든 낭자의 뜻을 살피건대 필연 행인에게 길 값을 받으려 함인즉, 다른 보화는 없고 마침 여덟 명주(明珠)가 있삽더니 이것으로 길 값을 드리나이다."

하고는, 도화(桃花) 한 가지를 꺾어 8선녀 앞에 던지니 그 꽃이 화하여 여덟 개 명주가 되어서 서기(瑞氣) 영롱하고 향내 진동하는지라, 8선녀 각기 한 개씩 받아 가지고서 성진을 돌아보며 찬연히 웃고, 즉시 몸을 솟아 구름을 타고 공중을 향하여 날아가는지라, 성진이 석교 위에 나아가 사방을 둘러보나 8선녀는 간 곳이 없고, 이윽고 채운(彩雲)이 흩어지며 향내 사라지더라.

성진이 망연자실(茫然自失)하여 마음을 진정치 못하고 돌아와 용왕의 말씀을 대사께 고한대, 대사 그가 늦게 돌아옴을 꾸짖으

니, 성진이 대답하되,

"용왕이 지성으로 만류하오매 차마 떠나지 못하여 저물었나이다."

대사 다시 묻지 아니하고 곧 물러가 쉬라 하거늘 성진이 초막으로 들어가 빈 방 안에 홀로 앉았으니, 8선녀의 옥음(玉音)이 귀에 쟁쟁하고 화용(花容)이 눈에 선하여 앞에 앉아 있는 듯, 심사가 황홀하여 진정치 못하겠는지라 번뇌와 망상으로 잠을 이루지 못하더니 문득 생각하되,

'세상에 남아(男兒)로 생겨나서 어려서 공맹(孔孟)의 글을 읽고 자라서 성군을 섬겨 나아가면 삼군(三軍)의 장수가 되고 들어오면 백관(百官)의 어른이 되어, 몸에는 금의(錦衣)를 입고 허리에는 금인(金印)을 차고 눈으로 고운 빛을 보고 귀로 신묘한 소리를 들어, 미녀와의 애련과 공명(功名)의 자취를 후세에 전하는 것이 대장부의 떳떳한 일이어늘, 슬프다. 우리 불가의 도(道)는 한 그릇 밥과 한 잔 정화수며, 수십 권 경문에 백팔염주를 목에 걸고 설법하는 일뿐이라, 그 도가 높고 깊다 할지라도 아주 적막하며, 최상의 교리를 깨달아 대사의 도를 이어받아 연화대(蓮花臺) 위에 앉을지라도 삼혼칠백(三魂七魄)이 한번 불꽃 속에 흩어지면 뉘라서 성진(性眞)이 생겨났던 줄 알리요.'

이렇듯 심란하여 잠을 이루지 못하더니 밤이 깊은 후, 눈을 감은즉 8선녀들이 앞에 있고 눈을 뜨면 흔적이 없는지라, 이에 이르러 몹시 참회하되,

'불가의 법은 심계(心界)를 청정(淸淨)하는 것이 제일 공부어늘 내 중 된 지 10년에 일찍이 조금의 허물도 없더니, 이제 사사(邪思) 망념(妄念)이 이렇듯 자심하니, 어찌 내 앞날에 해롭지

아니하리요.'

　매향을 피우고 꿇어앉아 목에 건 염주를 세어 가며 가만히 일
천불(一千佛)을 생각하더니 갑자기 창 밖에서 동자가 부르되,

　"사형은 취침하였나이까? 사부 부르시나이다."

　성진이 크게 놀라 생각하되,

　'깊은 밤에 급히 부르시니 필연 연고가 있도다.'
라도 동자로 더불어 법당에 이르니라.

　육관대사 모든 제자를 모아놓고 법연(法筵)에 앉았는데, 위의
(威儀) 엄숙하고 촛불이 휘황한지라, 이에 성진을 크게 꾸짖되,

　"성진아, 네 죄를 네 아느냐?"

　성진이 크게 놀라 하면서 계하(階下)에 꿇어앉아 대답하되,

　"소자 스승님을 섬긴 지 10여 년이오나 조금도 불공불손한 일
이 없삽더니, 이제 엄히 나무라시니 어찌 은휘(隱諱)하리까마는
실로 제 죄를 알지 못하겠나이다."

　대사 더욱 노하여 꾸짖되,

　"중의 공부 세 가지 수행이 있는데, 네 용궁에 가 술을 먹었
으니 그 죄 적지 아니하고, 또한 돌아오다가 석교 위에서 8선녀
와 더불어 수작이 장황하고 꽃가지를 꺾어 던져 명주로 희롱하
고 돌아온 후에도 불법을 적연히 잊고 세상의 부귀를 꿈꾸어 호
탕한 마음이 열반(涅槃)의 경지를 싫어하니, 이제는 도저히 여
기 머물지 못하리라."

　성진이 머리를 조아려 호소하되,

　"스승님, 소자 실로 죄가 있나이다. 그러하오나 용궁에서 술
을 먹음은 주인의 강권함을 이기지 못함이요, 석교에서 선녀들
과 수작하옵기는 길을 빌자 함이요, 제 방에서 망상함이 있었으

나 즉시 뉘우치며 자책하였사오니 이 밖에 다른 죄는 없나이다. 설사 다른 죄가 있사온들 사부께서 종아리를 쳐 경제하심이 또한 교훈하시는 도리이거늘, 어찌 박절히 내치시어 스스로 고치는 길을 끊게 하시나이까? 이 몸이 열두 살에 부모를 버리고 사부께 돌아와 중이 되었사오나 친부모의 은혜와 같삽고, 또한 의(義)를 말하오면 이른바 '무자(無子)하여도 유자(有子)함'이오니 사제지분(師弟之分)이 중하온데 연화도량(蓮花道場)을 버리고 어데로 가리이까?"

대사 이르되,

"네 가고자 하는 데로 나가게 함이니 어찌 머물러 있으리요? 또 네가 '어데로 가리이까' 하니, 네 가고자 하는 곳이 바로 마땅히 네가 돌아갈 곳이라."

하고 다시 소리를 크게 지르되,

"황건역사(黃巾力士)[1]야, 이 죄인을 이끌고 풍도옥(酆都獄)[2]에 가서 염라대왕께 부치라."

성진이 이 말을 듣자 간담이 떨어져 눈물이 쏟아지며 머리를 조아려 애걸하되,

"사부님, 사부님은 들으소서! 아난존자(阿難尊者)[3]는 창녀와 동침하였으나 석가여래께서 죄를 주지 아니하시고 벌만 내리셨으니, 소자 비록 조심하지 못한 죄 있사오나 아난존자께 견주오면 오히려 적거늘 어찌 연화도량을 버리고 풍도지옥으로 가라 하시나이까?"

---

1) 도사(道士)가 부린다는 신장(神將). 또는, 염왕(閻王)의 차사.
2) 지옥의 이름.
3) 아난타의 준말. 석가모니의 제자.

대사 엄절(嚴切)하게 이르되,

"아난존자는 비록 창녀와 동침을 하였으나 그 마음은 변치 아니하였거늘, 너는 요색(妖色)을 보고 단번에 그 본심을 잃었으니 한번 윤회(輪廻)하는 고생을 면하지 못하리라."

성진이 눈물만 흘리면서 부처와 대사께 하직하고, 사형사제(師兄師弟)를 이별하고 장차 황건역사를 따라가려 할새, 대사 다시 위로하되,

"마음이 정결치 못하면 비록 산중에 있으나 도를 가히 이루지 못할 것이요, 근본을 잊지 아니하면 비록 열 길 티끌 속에 떨어질지라도 필경 돌아올 날이 있나니, 네가 이곳에 돌아고자 할진대 내가 친히 데려올지니, 너는 의심 말고 곧 행할지어다."

성진이 역사와 지부(地府)에로 들어가 망향대(望鄉臺)를 지나 풍도성 밖에 이르니, 수문귀졸(守門鬼卒)이 소종래(所從來)를 묻는지라, 역사 대답하되,

"육신대사의 명을 받아 죄인을 영솔하고 왔노라."

귀졸이 성문을 열고 들어가라 하거늘, 역사가 염라전에 이르러 성진을 잡아온 연유를 아뢰니, 염라대왕이 성진을 가리켜 이르되,

"상인(上人)의 몸은 연화봉에 매였으나 이름은 지장왕(地藏王) 향안(香案)[4]에 있었으니 신통한 술수로써 천하중생을 구제할까 여겼더니 이제 무슨 일로 이르렀느뇨?"

성진이 크게 부끄러워 주저하다가 겨우 고하되,

"소승이 불만하와 스승께 죄를 얻어 이에 왔나니 처분대로

[4] 촛불 같은 것을 얹는 긴 상.

24

하옵소서."

이윽고 한 역사가 또한 8선녀들을 거느려 오거늘, 염라대왕
이 호령하여 꿇리고 묻되,

"남악선녀야, 선도(仙道)는 스스로 무궁한 경개가 있고 무한
한 쾌락이 있거늘, 어찌하여 이 땅에 이르렀느뇨?"

선녀들이 부끄러워 주저하다가 고하되,

"첩들이 위부인의 명을 받자와 육관대사께 문안하옵고 돌아
오는 길에 석교상에서 성진과 더불어 문답하온 일이 있삽기로,
대사가 위부인께 글발을 보내어 첩들을 잡아 대왕께 보내니, 바
라건대 자비심을 내리사 좋은 땅에 태어나게 하옵소서."

염라대왕이 사자(使者) 아홉을 불러 분부하되,

"이 아홉 사람을 각각 영솔하고 인간계로 나가라."

말을 마치매 갑자기 모진 바람이 전각 앞을 스치니 아홉 사람
을 공중으로 휘몰아 올려 사면팔방으로 흩어지게 하더라.

성진은 사자를 따라 바람에 몰려 지향 없이 가더니 땅에 닿으
므로, 성진이 놀라 혼을 수습하고 눈을 들어 보니, 울창한 푸른
산이 사면에 둘려 있고 잔잔한 맑은 시내가 여러 갈래로 흐르는
데, 울타리 초가 지붕이 수목 사이로 보일락말락하는 것이 겨우
여남은 집이더라. 두어 사람이 마주서서 한가로이 하는 말이,

"양처사(楊處士) 부인이 50이 넘어 태기 있으니 참으로 인간
에 희한한 일이러니, 산점(産漸) 있은 지 오래 되었으나 아직
아이 소리가 나지 않으니 괴이하고 염려롭다."

하거늘 성진이 가만히 생각하되,

'내 이제 세상 환생(還生)하겠으나, 지금의 신세로서는 다만
혼백뿐이나, 골육은 바로 연화봉 위에 있어 벌써 태워 버렸을지

니, 내가 연소한 까닭으로 제자를 두지 못하였으니, 누가 나를 위하여 내 사리(舍利)를 감추어 두었으리요?'

이렇듯 두루 생각하니 마음이 처창할 따름이더니, 이윽고 사자가 나와 손짓하여 부르되,

"이 땅은 곧 대당국(大唐國) 회남도(淮南道) 수주현(秀州縣)이요 이곳은 양처사 집이니, 처사는 너의 부친이요 유씨(柳氏)는 너의 모친이라. 네가 전생의 인연으로 이 집 아들이 되는 것이니 속히 들어가 좋은 때를 놓치지 말라."

성진이 즉시 들어가 보니, 처사는 갈건야복(葛巾野服)의 허름한 차림으로 대청에 앉아 화로에 약을 달이니, 향내가 옷에 젖었고 방 안에서는 부인의 신음 소리가 은은한지라, 사자가 재촉하며 '방 안으로 들어가라' 하거늘 성진이 의심하여 주저하니, 사자가 다시 등을 밀치는지라 성진이 땅에 엎어지며 정신이 아득하여 천지를 분별치 못하고 크게 부르짖어 '사람 살려(求我求我)!' 하되, 소리가 목구멍에 걸려 제대로 말을 이루지 못하고, 다만 어린아이의 우는 소릴러라.

이때 양처사, 부인을 위하여 약을 달이다가 문득 아이 소리가 나는 것을 듣고, 차경차희(且驚且喜)하여 빨리 방으로 들어가니 부인이 벌써 순산 득남(得男)한지라 기쁨을 이기지 못하여, 향탕(香湯)에 아이를 씻겨 눕히고는 부인을 위로하더라. 성진이 주리면 젖 먹고 배부르면 울음을 그치고 갓 나서는 마음에 도리어 연화봉 일이 생각하더니, 차차 자라나 부모의 정을 알게 되면서부터는 전생의 일이 망연하여 알지 못하더라.

처사 아자(兒子)의 골격이 청수함을 보고 이마를 어루만지며 부인을 돌아보고 이르되,

"이 아이는 필연 하늘 사람이 인간계로 내려왔도다."

인하여, 이름을 소유(少游)[1]라 하고 자(字)를 천리라 하였다. 애지중지 키워 소유 나이 어언 10세가 되니 용모가 고운 옥 같고 눈빛이 샛별 같으며, 기질은 청수하고 지혜 또한 너그러워 엄연한 대인군자(大人君子)니라.

처사 유씨에게 이르되,

"내가 본래 세속 사람이 아니요 부인으로 더불어 어느덧 인연이 있는고로 오래 티끌 속에 머물렀더니, 봉래산 신선 친구가 글월을 보내어 부른 지 이미 오래되어 부인의 의로움을 염려하여 가지 못하였더니, 이제 하늘이 도우셔 영민한 아들을 얻어 총명함이 예사 아이보다 나으니, 부인이 의지할 데가 생겼고 늙어서도 반드시 영화를 보고 복귀를 누릴 것이니, 내가 떠나서 없는 것을 괘념(掛念)치 말지라."

말을 끝맺자 공중을 향해 손짓하여 백학을 잡아타고 표연히 사라지니, 부인이 미처 한 말을 묻지 못하여 이미 간 곳이 없는지라, 부인은 어린 자식과 더불어 서러워함은 이루 말할 나위도 없으며, 다만 양처사는 간혹 공중으로 글월을 보내올 따름이요, 마침내 그 종적이 집에 이르지 아니하더라.

양처사가 신선이 되어 간 후로 모자가 서로 의지하여 세월을 보내더니, 소유의 재주와 총명이 뛰어나므로 고을 태수가 신동이라 하여 조정에 천거한대, 양소유(楊少游)는 노모를 위하여 사양하고 즐겨 나가지 아니하더라. 그의 나이 14, 5세에 이르매 청수한 풍채는 반악(潘岳)[2] 같고 문장은 이백(李白) 같고 필법

---

1) 선계에서 인간계로 놀러 온다는 뜻임.
2) 진(晋)나라 때의 미남.

은 왕희지(王羲之) 같고 아울러 지략이 손빈(孫臏)³⁾ · 오기(吳
起)⁴⁾ 같아, 천문 · 지리와 《육도(六韜)》·《삼략(三略)》⁵⁾과 창 쓰
고 칼 쓰는 수법이 귀신 같아서 모르는 바 없이 통달하니, 이는
대체로 전세에 행실을 닦은 사람으로서 심계(心界)가 청정(淸
淨)하고 흉금(胸襟)이 쇄락(灑落)하여, 이치에 통달함이 여느
사람이나 속된 선비에 견줄 바가 아니겠더라. 하루는 모친께 고
하되,

"부친이 하늘에 올라가실 때 집안이 지체가 높고 귀하기를
소자에게 부탁하신지라, 이제 가세(家勢)가 빈한하여 노모께서
늙도록 고생하시니, 만약에 소자가 집 지키는 개가 되고 꼬리를
끄는 거북이 되어 세상에 나아가 공명을 구하지 아니하면 가문
을 빛내지 못하고, 따라서 늙으신 어머님 마음을 위로할 길이
없사오니, 이는 부친이 바라시던 뜻을 어김이나이다. 소자가 듣
자온즉, 지금 나라에서 과거를 베풀어 인재를 고른다 하오니,
소자 잠시 모친 슬하를 떠나 과거를 보러 가려 하나이다."

유씨 아들의 뜻이 근본 녹록치 않은 것을 보았으나, 소년에
먼길 행역(行役)이 염려되고 한편 이별이 길어질까 염려되었으
나, 이미 그 활발한 기상을 막지 못하겠기로 허락하고 행장을
꾸려 주며 경계하되,

"네 나이 어려 경험이 적고 먼길이 처음인지라, 부디 조심하
여 수이 돌아와 이 늙은 어미의 의려지망(倚閭之望)을 저버리지
말라."

---

3) 제나라 위왕 때의 병법가.
4) 위나라 문후의 장수. 초나라 재상.
5) 주나라 태공망이 지은 병법서.

양소유(楊少游)가 수명(受命)하고 하직한 후 삼척동자와 작은 나귀 한 필로 길을 떠나, 여러 날을 가다가 화주(華州) 땅 화음현에 이르니 장안(長安)이 멀지 아니한지라. 산천경개가 무척 아름다울 뿐더러 과거 보는 날짜도 아직 먼고로 매일 수십 리씩 가며 명산도 구경하고 혹은 옛 사적도 찾으니 객지의 회포가 그다지 쓸쓸하지 않더라. 문득 보니 그윽한 곳에 집이 있는데, 수풀이 보기 좋게 무성하고 늘어진 수양버들이 그림자를 엉기고 연기는 비단을 깐 듯하고, 그 속에 조그만 다락집이 있는데 단청(丹靑)이 찬란하며 깨끗하고 시원하고 그윽하여 맑은 경치가 매우 사랑할지라. 이에 채찍을 끌며 천천히 더듬어 가 보니, 긴 가지 짧은 가지가 땅에 얽혀 하늘거리는 품이 미녀가 머리를 감고 바람을 맞으며 빗질하는 것 같으니, 가히 아름답고 구경할 만하므로 손으로 버들가지를 휘어잡고 머뭇거리며 더 나아가지 못하고 탄식하기를,

'우리 시골 초중(楚中)에도 비록 아름다운 나무가 많으나, 내 일찍이 이 같은 버들은 보던 중에 처음이렷다!'
하고는 드디어 양류사(楊柳詞)를 지으니,

楊柳靑如織
長條拂畫樓
願君勤種意
此樹最風流
수양버들이 푸른 비단을 짜는 듯이,
늘어진 가지가 그림다락을 스치더라.
그대가 수양버들 심은 뜻은,

이 나무가 가장 풍류 있음에서이리라.

楊柳河靑靑
長條拂綺楹
願君莫攀折
此樹最多情
수양버들은 어찌 그리 푸를꼬,
늘어진 가지가 무늬기둥에 스치더라.
그대여 휘어잡아 꺾지 말라,
이 나무에 정이 가장 끌리도다.

소리를 높여 한 번 읊으니 완연히 쇠를 치고 돌을 치는 듯, 가던 구름이 머무르고 산명곡응(山鳴谷應)하여 다락 위에 들리니, 그 속에서 마침 가인이 낮잠에 취하였다가 깜짝 놀라 깨어나 베개를 밀치고 수놓은 창문을 밀어 젖히고는, 아로새긴 난간에 의지하여 사면으로 소리나는 곳을 찾다가 흩어졌는데 옥비녀는 비스듬히 걸려 있고 잠자던 눈은 몽롱하여 꽃다운 정신이 어리석은 듯하고 약한 기질이 힘이 없어 졸음의 흔적이 아직도 눈썹 끝에 맺혔으며, 뺨의 연지는 반이나 지워져서 본디의 자색과 예쁘장한 몸가짐은 말로써는 형용치 못하고 그림으로도 나타내지 못하겠더라. 두 사람은 서로 물끄러미 바라볼 뿐이요, 한 마디 말도 건네지 못하더니, 양생(楊生)이 동자를 객사로 먼저 보내어 저녁상을 차리게 하였더라. 오래지 않아 동자가 다시 돌아와서 저녁을 갖추었음을 알리건만, 문을 열고 들어가니 오직 그윽한 향기가 떠들 뿐이라.

양생이 동자의 되돌아옴을 도리어 원망하였고 한 번 구슬발을 내리매 수삼천리를 격한 듯하여, 동자와 함께 돌아가면서도 한 걸음에 세 번씩 돌아보았으나 이미 가인의 창문은 닫힌 채라, 객사에 돌아와 창연히 앉으매 정신이 혼미하더라.

원래 이 여자의 성은 진(秦)씨요 이름은 채봉(彩鳳)이니 진어사(秦御史)의 딸이라. 모친을 일찍 여의고 또 그 형제가 없으며, 나이는 겨우 비녀를 꽂을 때에 이르렀으되 아직은 시집가지 아니하였더라. 이 무렵 어사는 서울에 올라가 있고 소저가 홀로이 집에 남아 있었는데, 뜻밖에도 용모가 비범한 양생이란 사나이를 만나 그 시(詩) 소문을 듣고 그의 뛰어난 재주를 흠모하였는지라, 이에 생각에 잠기되,

'여자가 남자를 좇는 것은 종신대사(終身大事)이라, 한세상 영욕(榮辱)과 100년의 고락(苦樂)이 다 사나이에게 달린지라, 그런고로, 탁문군(卓文君)은 과부의 몸으로 사마상여(司馬相如)를 좇았거늘, 하물며 나는 처자의 몸이라 스스로 알게 된 혐의는 있을지라도 신하도 임금을 가린다는 옛말과도 같이, 저 사나이의 성명과 거주를 묻지 아니하였다가 후일에 부친께 사뢰어 중매를 보내고자 한들 동서남북 어느 곳에서 찾으리요?'

하고 이에 한 폭 시전지(詩箋紙)를 펴서 두어 구 글을 써서 유모에게 주어 이르되,

"이 글봉을 가지고 저 객사에 가서, 아까 작은 나귀를 타고 이 누각 아래에 와 양류사를 읊조리던 상공을 찾아가 전하되, 내가 꽃다운 인연을 맺어 이 한 몸을 의탁하려는 뜻을 알아차리게 하려니와 허수이 함이 없도록 삼갈지어다. 이 상공은 용모가 옥 같고 눈썹이 그림 같아서 만인이 모인 가운데서도 우뚝하여

봉이 닭 무리 속에 있는 것 같으리니, 유모는 몸소 찾아보고 이
글을 전하라."

유모 대답하되,

"가르치시는 대로 하려니와 후일 노야(老爺)께서 아시고 물
으시면 어찌 대답하며 그 상공이 이미 성취(成娶)하였던지 혼인
을 정하였다면 어찌하리이까?"

소저는 이 말에 대답하되,

"부친이 물으시면 내 스스로 대답할 것이요, 그 상공이 이미
아내를 맞이하였다면 내가 부실(副室) 되기를 꺼리지 아니하도
다."

유모가 객사에 가서 양류사를 읊조리던 손님을 찾아 물으니,
양생이 얼른 만나 주며 묻되,

"양류사를 지은 이는 곧 소생이라, 무슨 일로 찾느뇨?"

유모는 양생의 다시 의심치 아니하고 이르되,

"여기가 말씀할 곳이 아니로소이다."

양생은 의아하여 노파를 인도하여 객사로 들어가 조용히 찾
아온 뜻을 물으니 유모가 묻되,

"상공이 양류사를 지으실 때에 어떠한 사람과 상면한 일이
있나이까?"

양생이 망연히 대답하되,

"소생이 과연 누상의 선녀를 만났더니, 그 고운 자태가 아직
도 내 눈에 있고, 신기한 향내가 아직도 내 옷에 풍기노라."

유모는 이르되,

"바로 말씀하리이다. 그 댁은 곧 우리 주인 진어사 댁이요,
그 소저는 우리 댁 규수요, 이 늙은이는 젖어미[乳娘]오라. 우

리 소저 어려서부터 마음이 맑고 성품이 영민하여 지인지감(知
人之鑑)이 있더니, 오늘 상공을 첫눈에 알아보고 한평생을 의탁
코자 하나 어르신네가 지금 서울에 계시니 돌아오셔야 하겠고,
대사를 정하려 해도 그 동안에 상공은 아마도 다른 곳으로 떠나
실 터이니, 큰 바다에 뜬 부평초와 같은지라 어찌 종적을 찾을
수 있으리요? 삼생(三生)의 연분은 중하고 한때의 혐의는 경한
고로, 잠시 권도(權道)로써 부끄러움을 무릅쓰고 이 늙은이를
시켜서 상공의 성함과 거주를 묻삽고, 아울러 아내가 있나 없나
를 알아 오라 하시더이다."

양생이 희동안색(喜動顔色)하여 사례하되,

"소생의 성명은 양소유요, 집은 초나라 땅에 있으며, 나이가
어려 아직 장가들지 아니하고 오직 한 분 노모가 계시니, 예식
은 두 집 부모께 아뢰고 하려니와 꽃다운 언약은 이제 한 말로
써 정하노니, 화산(華山)이 길이 푸르고 위수(渭水)가 마르지
아니하므로 맹세하노라."

유모가 역시 기꺼워하며 소맷자락에서 글봉을 꺼내어 양생에
게 주거늘, 떼어 보니 그 또한 양류사라, 그 글에 하였으되,

樓頭種楊柳
擬繫郞馬住
如何折作鞭
催向章臺路
다락머리에 수양버들 심었음은,
낭군의 말 매어 머무르게 함이어늘,
어찌하여 꺾어 채찍을 만들어,

서울길을 재촉하여 향하는고.

　양생이 한 번 읊고 그 글귀가 청신함을 사랑하여서 칭찬하여 마지않기를 왕우승(王右丞)이 아무리 학사라도 이에서 더할 수 없다 하고 이어서 시전지에 글 한 수를 써서 유모에게 주니, 유모 이를 받아 품에 넣고 주막 문을 나가려 하니, 양생이 다시 불러 이르되,
　"소저는 진(秦) 땅 사람이요 나는 초(楚) 땅 사람이라, 한번 헤어지면 산천이 멀고 소식을 전하기 어려울 터이니, 오늘의 이 약속에 확실한 중매가 없어 믿을 만한 거리가 없는지라, 오늘 밤 월색을 타서 소저의 모습을 다시 바라보고자 하나니, 노랑(老娘)은 소저께 아뢰어 물어 보라. 소저의 글에 그 뜻을 비쳤으니 즉시 회보하라."
　유모는 응낙하고 돌아와 소저께 고하되,
　"양공이 화산과 위수로써 맹세하여 꽃다운 인연을 완전히 맺고, 또한 소저의 글을 칭찬하며 인하여 글지어 화답하더이다."
하고 양공의 글을 바치거늘, 소저가 받아 보니 그 글에 하였으되,

　楊柳千萬絲
　絲絲結心曲
　願作月下繩
　好結春消息
　늘어진 수양버들 천만 갈래 실가지에,
　올올이 애틋한 심정이 맺혀 있네.

실버들 가지로 달 아래 노를 꼬아,
좋이 봄소식을 맺으리라.

소저가 글을 읽고 나니 꽃다운 얼굴에 기쁜 빛이 가득한지라,
유모 또 고하되,
"양공이 오늘 밤에 조용히 만나 글을 지어 서로 화답하여 봄
이 어떠할지 아뢰어 보라 하더이다."
소저는 이 말에 미소하고 이르되,
"남녀가 예식을 올리기에 앞서 사사로이 서로 만남은 예절에
어긴 듯하나, 이내 몸을 그 사람에게 의탁하려 하니 어찌 어길
수 있으리요. 그러나 야밤중에 만나면 남의 말이 무서울 뿐더러
부친이 아시면 필연 중죄로 다스릴 터이니, 밝는 날을 기다려
대청에 모여서 언약을 맺음이 옳으니, 유모는 다시 가서 이 말
을 전하라."
유모는 곧 객사로 달려가서 양생을 보고 소저의 말을 자세히
고하니 양생이 탄복하되,
"소저의 영민하신 생각과 올바르신 말씀은 내가 따르지 못하
리라."
하고 유모에게 신신부탁하여 내일 일을 틀림없이 하라 하니, 유
모는 곧 응낙하고 돌아가더라.
이 밤에 양생이 객관에서 쉴새, 전전반측(輾轉反側)[1]하여 잠
을 이루지 못하고, 닭 울기만 기다리니 봄 밤이 도리어 지루하
기만 하거늘, 이윽고 샛별이 비치며 북소리가 들려 오는지라 동

---

1) 누워서 몸을 이리저리 뒤척이며 잠을 이루지 못함.

자를 불러 나귀를 먹이게 하였더니, 갑자기 천병만마(千兵萬馬)의 들끓는 소리가 문 밖에서 요란하며 서쪽으로부터 달려오기에 양생이 대경실색하여 급히 옷을 걸치고 길가에 나가 본즉, 병기 가진 군사와 피란 가는 사람들이 산에 가득하고 들판에 넘쳐 소란하며 분잡한데, 군사의 소리는 풍우 같고 백성의 곡성은 원근에 울리는지라. 옆의 사람한테 물은즉 '신책장군(神策將軍) 구사량(仇士良)이 자칭 왕이라 일컫고 군사를 일으켜 모반하매, 천자가 양주(揚州)로 나아가 순행하시는데 관중(關中)이 요란하고 적병들이 흩어져 백성의 집을 노략질한다' 하며, 또 들은즉 '함곡관(函谷關)을 닫고 오가는 사람을 막고서 귀천을 막론하고 군대로 집어넣는다' 하거늘, 양생이 기겁을 하여 황망히 동자로 하여금 나귀를 재촉하여 남전산(藍田山)에 올라가 바위 틈에 숨으려 하였더니, 홀연 산 위에 자그만 초가집이 보이는데 색구름이 가리고 맑은 학의 울음소리가 들리기에 인가가 있음을 알고, 동자를 잠시 서 있게 한 다음 더듬어 올라가니, 도사 한 분이 책상을 의지해서 누워 있다가 일어나 앉으며 묻되,

"그대는 피란하는 사람이니 필시 회남 땅 양처사의 아들이로다."

양생이 놀라 공손히 재배하고 눈물을 흘리며 대답하되,

"소생은 과연 양처사의 아들이로소이다. 부친을 여읜 후 다만 노모께 의지하였삽더니, 비록 재주는 없사오나 마음에 바라는 바 있어 외람되어 과거를 보러 가옵는데, 화음 땅에 이르러 졸지에 난리를 만나 피란하려고 깊은 산을 찾아 들어가다가, 뜻밖에 신선께 뵈옵게 되니 이는 하늘이 도우사 선경(仙境)을 밝게 하심이외다. 부친의 소식을 오래 듣지 못하와 세월이 흐를수

록 사모하는 마음 간절하옵는데, 지금 말씀을 듣자온즉 부친의 소식을 아실 듯 싶사오니, 부디 바라옵건대, 선군(仙君)은 한 말씀을 아끼지 마시고 남의 아들의 마음을 위로해 주소서. 부친은 지금 어느 산에 계시며 또한 기체 어떠하시나이까?"

도사가 웃고 이르되,

"존군(尊君)이 나와 함께 자각봉(紫閣峰) 위에서 바둑을 두다가 작별한 지 오래지 아니하되, 어디로 가신지는 모르거니와 안색이 변치 아니하고 머리도 희어지지 않았으니, 그대는 너무 염려치 말라."

양생이 울며 고하되,

"혹 선군의 힘을 입어 부친께 한 번 뵈옵기를 바라나이다."

도사 또 웃고 이르되,

"부자의 정이 비록 깊으나 선계와 속세가 자별하니, 그대를 위해 주선하려 하여도 할 수 없을 뿐더러 삼신산(三神山)이 멀고 십주(十州)[1]가 넓어서 그대 어른의 거처를 알기 어렵도다. 그대가 이미 여기 왔으니 좀더 머물러 있다가 도로가 트이거든 돌아간다 해도 늦지 아니하도다."

양생이 부친의 안후는 들었으나 도사가 주선할 뜻이 없으니, 부친을 뵈올 길이 끊어지매 심회가 처량하여 눈물로 옷이 젖으니 도사 위로하되,

"모였다 떠나고 떠났다 모이는 것은 또한 떳떳한 이치이니 비읍(悲泣)하여도 쓸데없는 일이니라."

양생이 눈물을 거두니 세상 생각이 돈연(頓然)히 사라져서,

---

1) 신선이 사는 곳.

등자와 나귀가 산문 밖에 있음을 잊어버리고 자리를 옮겨 앉으며 도사께 사례하더라.

도사 벽상의 거문고를 가리키며 이르되,

"그대는 능히 이것을 탈 줄 아느뇨?"

양생이 대답하되,

"본디 이에 벽호(癖好)는 있사오나 스승을 만나지 못해 신묘한 곡주를 배우지 못하였나이다."

도사 동자를 시켜 거문고를 양생에게 주고 한번 타 보라 하거늘, 양생이 이를 받아 무릎 위에 놓고는 풍입송(風入松) 한 곡조를 타니, 도사 웃으며 이르되,

"손 놀리는 법이 경첩(輕捷)하여 가히 가르치겠다."

하고 스스로 거문고를 옮겨 천고에 전하지 못하던 너덧 가지 곡조를 차례로 가르치니, 그 소리가 맑고 아담하여 천하에서 듣지 못하던 바라.

양생이 본디 정신이 신통하여 음률을 한 번 배우면 그 신묘한 것을 능히 통달하는지라, 도사가 매우 기꺼워하여 다시 백옥으로 만든 통소를 꺼내어 몸소 한 곡조를 불어 양생을 가르치며, 또 이르되,

"지음(知音)을 하는 사람이 서로 만나기란 옛 사람들도 어렵게 여기던 바라, 이제 거문고 하나와 통소 하나를 그대에게 주노니 후일에 반드시 쓰일 곳이 있을 터이니 기억하여 둘지어다."

양생이 받아가지고 배사(拜謝)하되,

"선군은 곧 가친의 친구이시라 소생이 가친이나 다름없이 섬기고자 하오니, 바라건대 소생을 제자로 삼아 주사이다."

38

도사 웃고 이르되,

"인간이 당하는 부귀의 굅박함을 그대 가히 벗어나지는 못하리라. 어찌 나를 좇아 산 속에서 세월을 보내리요? 또한 그대가 돌아갈 곳이 나와는 다르니 나의 제자 될 사람이 아니라. 그러나 간절한 뜻을 저버릴 수 없어 팽조방서(彭祖方書) 한 권을 주노니 이 법을 익히면 비록 장생불사(長生不死)는 못 할지라도 평생 병이 없고 늙는 것을 물리치리라."

양생이 다시 일어나 절하고 이를 받으며 이르되,

"선군께서 소자더러 인간 세상의 부귀를 누리겠다 하시니, 외람되어 앞날의 일을 묻겠사온데, 소자는 화음현에서 진씨댁 딸과 장차 혼인할 것을 의논하옵다가 난리에 쫓겨 여기에 왔사온즉, 모를 일이긴 하오나 이 혼인이 제대로 이뤄지겠나이까?"

도사 크게 웃으며 이르되,

"혼인은 밤같이 어두운 것이라 쉽사리 경솔하게 누설치 못할 것이라. 그러나 그대의 아름다운 인연은 여러 곳에 있으니 진씨만을 외곬으로 생각할 것은 아니로다."

양생이 꿇어앉아 명을 받고 객실에서 잠을 자는데 날이 아직 밝기에 앞서 도사가 양생을 불러 깨우되,

"도로가 이미 트이고 과거는 내년 봄으로 물렸거니와, 생각건대 그대의 모친께서 기다리실 터이니 속히 고향으로 돌아가 모친의 근심을 끼치지 말라."

하고는 이어서 노비를 장만해 주므로 양생이 백배사례하고, 거문고와 퉁소와 방서(方書)를 거두어 가지고 동구 밖으로 나갈새, 슬픔을 이기지 못하여 돌아보니 그 집과 도사는 이미 간 곳이 없고 오직 밝은 날에 산에 색구름이 아롱질 뿐이요, 양생이

산에 들어갈 때는 버들꽃이 떨어지지 않았더니 하룻밤 사이에 국화가 만발하였기에 양생 매우 이상스레 여겨 사람한테 물어본즉 '나라에서 각도 군사를 불러 올려서 겨우 다섯 달 만에 역적을 쳐부셔 진정시키고, 천자는 서울로 돌아가시고 과거는 내년 봄으로 물려 놓았다' 하더라.

양생이 다시 진어사 집을 찾아가니 뜰 앞에 선 버들은 풍상을 겪어 옛날 빛이 없고, 채색한 누각은 다 재가 되어 타다 남은 주춧돌과 기와만이 빈 터전에 쌓였을 뿐이요, 동리가 황량하여 닭이나 개 소리가 들리지 아니하나, 사람의 일이 쉽사리 변함을 슬퍼하고 100년 기약을 어기게 됨을 차탄하며, 버들가지를 휘어잡고 석양을 등지고서 한갓 진소저의 양류사만 읊조리고 있는데, 글자와 글귀마다 솟구치는 눈물이 비점(批點)[1] 치더라. 서운한 마음으로 돌아와 주막집 주인더러 묻되,

"진어사의 가족이 이제 어디 있느뇨?"

주인이 얼굴을 찡그리며 대답하되,

"상공은 듣지 못하였나이까? 전일에 어사가 서울에 올라가 벼슬을 하고 오직 소저가 비복을 거느리고 집을 지켰더니, 난리가 가라앉은 후에 어사가 역적의 벼슬을 살았다 하여 극형에 처해져 내다 베고서 소저를 서울로 잡아가더니 그 후에 들은즉, 어떤 이는 끔찍한 화를 면치 못하였다 하며, 또한 관비(官婢)로 끌려갔다고도 하며, 그리고 오늘 아침에 관원들이 많은 죄인의 가솔들을 호송하여 이 주막 앞으로 지나가기에 그 연고를 물어본즉, 이 무리가 영남현(英南縣)에 노비로 들어가는 사람들이라

---

1) 시문(詩文)을 평론할 때 권점(圈點)을 가함.

하는데 어떤 이는 말하기를, 그 속에 진소저도 끼어 있더라 하더이다."

양생이 이 말을 듣고 눈물을 흘리고 괴이하게 여기며 탄식하기를, '남전도사가 진씨와의 혼인은 어두운 밤 같다 말씀하시더니 필시 소저는 죽었으리라' 하고는, 이에 행장을 거두어 수주(秀州)로 떠나가더라.

이 무렵 유씨부인은 서울의 난리 소문을 듣고 아들이 병화(兵禍)에 죽을까 염려되어 주야로 하늘을 우러러 정성들여 축수하니, 안색이 초췌하고 온몸이 파리하여 아무래도 오래 부지 못할 듯하더니, 아들이 돌아오는 것을 보자 붙들고 통곡하며 죽었던 사람이 다시 살아나 만난 듯이 기뻐하더라.

어언 묵은해는 지나가고 새 봄이 돌아오니, 양생이 또 과거를 보러 가려고 하는지라 유씨는 경계하되,

"거년에 네가 서울 가서 위험한 고비를 겪던 것이 지금까지 무섭고 놀라운지라, 네 나이가 어리니 아직은 공명을 다툼이 늦지 않으나 말리지 아니하는 것은 나도 역시 뜻하는 바 있는 연고로다. 이 수주는 심히 좁고 궁벽한 곳이므로, 문벌이든지 재주나 용모가 너의 배필될 만한 사람이 없는지라, 네 나이 16세가 되었으니 지금 정혼치 아니하면 때를 넘기기 쉽도다. 서울 자청관(紫淸觀)[1]의 두련사(杜練士)는 곧 나의 외사촌 형님인데, 도사가 된 지 비록 오래나 그 연세를 헤어 본즉 혹시 생존하셨을 듯하다. 그분의 기상이 비범하고 지식이 넉넉하여 명문거족에 출입하지 않음이 없으니, 반드시 너를 친자식같이 알고 극력

---

1) 선도관(仙道館) 이름.

주선하여 현명한 배필을 구하여 줄 터이니 네 이를 유의하라."
하고 편지를 써 주거늘, 소유는 모친의 그 말을 듣고 비로소 화
음현 진씨가(家)의 일과 언약을 아뢰고 처량한 빛을 보이니 유
씨가 탄식하되,

"진녀가 비록 아름다우나 이미 연분이 없어 그러하도다. 또
화패(禍敗)를 당한 집 자식이 설혹 죽지 아니하였다 할지라도
만나기란 어려우니, 네 빨리 단념하고 다른 곳에 혼취(婚娶)하
여 늙은 어미의 마음을 위로하라."

소유는 모친께 하직하고 길을 떠나니라. 낙양(洛陽)에 이르러
졸지에 소나기를 만나 남문 밖 술집으로 들어가 비를 피하며 술
을 사 먹을새, 주인더러 이르되,

"이 술이 상품이 아니로다."

주인이 대답하되,

"상공이 만일 상품을 구하실진댄 천진교 다리목에서 파는 술
이 제일이요, 그 이름이 낙양춘(洛陽春)이니 값이 천 냥이라."
하거늘 양생이 속으로 생각하되,

'낙양은 예로부터 제왕지주(帝王之州)라, 번화하고 화려함이
천하의 으뜸이거늘, 내 지난해에는 다른 길로 갔으므로 그 좋은
경치를 못 보았더니, 이번 길에는 잠깐 지체하리라.'
하더라.

양생이 동자로 나귀를 몰아 천진교를 향해 가더니 성안에 들
어서매, 물화(物華)가 번창하고 누각과 정자가 화려하여 낙수
(洛水)는 푸른 그림을 비스듬히 펴 놓은 듯하고, 천진교에는 채
색 무지개가 양 끝에 꽂히고 주루(朱樓)·화각(畵閣)은 공중에

솟아 햇빛을 받아 물 위에 거꾸로 아롱지고 주렴의 그림자는 향내나는 거리에 비꼈으니 가히 장관을 이룬 곳이더라.

화려한 누각 앞에 이르니 은 안장의 백마는 길가에 매였고, 마부와 아이 종들이 드나들기에 누각 위를 우러러본즉, 풍악 소리는 중천에 울리고 비단옷 향기는 10리에 퍼지는지라, 양생이 동자를 시켜서 물어 보니 성안 소년들과 모든 공자(公子)가 이름난 기생을 데리고 놀이한다 하더라.

양생이 들으니 호기가 등등하고 시흥(詩興)이 도도하므로 이에 누 머리에서 나귀를 내려 곧장 누상에 오르니, 소년 서생 10여 명이 미인을 거느리고 비단자리 위에 앉아 술상이 낭자하고 고담준론(高談峻論)하는데, 몸차림이 말쑥하고 의기양양한지라 양생이 좌중을 향하여 인사하되,

"생은 시골 선비로 과거 보러 가는 길에 이곳에 이르렀는데, 풍류 소리에 젊은 몸이 그저 지나칠 수 없어, 염치를 돌아보지 않고 불청객(不請客)이 스스로 왔사오니, 바라건대 제공은 용서하시라."

여러 서생이 양소유의 용모가 수려하고 차림새가 말쑥함을 보매 일제히 일어나 절하며 맞아들여, 자리를 나누어 각기 성명을 통한 후에, 좌중에 두생(杜生)이라 하는 자 있어 이르되,

"양형이 정말로 과거 보러 가는 선비라면 비록 정하지 않은 손이라도 오늘 놀이에 참여함이 무방하고, 또 이런 귀한 손이 우연히 모였으니 흥취가 더할 나위 없는지라, 무슨 부끄러움이 있으리요?"

양생이 이르되,

"이 모임을 보건대, 단지 술잔으로 서로 권하실 뿐 아니라 아

무래도 시회(詩會)를 겸하여 글을 비교하시는 듯하니, 소제가
외람되이 제공들의 연회에 참여함은 심히 분수에 넘치는 일이
외다."
　여러 사람이 양생의 말씨가 공소하고 나이 어림을 업신여겨
대답하되,
　"양형은 나중에 온 손이니 글을 지어도 좋고 아니 지어도 무
방하니, 우리와 더불어 술이나 마시고 노는 것이 좋도다."
하고 인하여 재촉하여 순배를 돌리고서 기생으로 하여금 풍류
를 아뢰거늘, 양생이 잠깐 취한 눈을 들어 기생들을 둘러보니
이 여인들은 각기 재주가 있으되 오직 한 기생만은 단정히 앉아
풍류도 아니하고 접대도 하지 않되, 맑은 용모와 고운 태도가
실로 천하의 일색이라, 소유가 심신이 산란하여 어느새 순배를
잊었고, 그 미인이 또한 양생을 바라보고 가만히 추파로써 정을
보내더라. 다시 양생이 자세히 보니 여러 폭 시전(詩箋)이 쌓여
있거늘, 서생들을 향하여 이르되,
　"저 시편은 필시 제형들의 아름다운 글일 것이니 가히 한번
구경하리이까?"
　서생들이 미처 대답하기 전에 미인이 불쑥 일어나 시전을 가
져다 양생 앞에 놓거늘, 소유가 낱낱이 훑어본즉 도합 10여 장
글인데, 그 가운데서 우열은 있으나 모두 그만그만하여 경인구
(驚人句)가 없는지라, 생이 속으로 이르되,
　'내 일찍이 들으니 낙양(洛陽)에는 인재가 많다고 하더니, 이
것으로 미루어 본즉 거짓말이로다.'
　이에 시전을 미인 앞으로 되돌리고서 서생들을 향하여 허리
굽혀 이르되,

"초(楚) 땅 사람이 당나라의 글은 보지 못하였다가, 이제 다행히 제형들의 주옥 같은 글을 대하게 되니 흉금이 열리며 안목이 높아졌소이다."

이때 여러 사람이 대취하였는지라 혼혼(昏昏)히 서로 이르되,

"양형이 다만 글귀의 묘한 것만을 알고 그 밖의 묘함은 알지 못하였도다!"

양생이 이르되,

"제형들의 보살핌을 입어 소제는 의심 없는 벗이 되었거늘, 어찌 그 밖의 묘한 것을 가르쳐 주지 않느뇨?"

좌중에 왕생(王生)이라 하는 자 크게 웃으며 이르되,

"형에게 말하기 무엇이 어려우리요? 우리 낙양은 본디 인재가 많다 일컫는고로, 전부터 과거에 낙양 사람이 장원을 못 하면 탐화랑(探花郎)[1]이 되는지라, 우리 여럿이 다 글로써 헛된 이름은 얻었으나, 스스로는 그 우열과 고하(高下)를 매겨 보지 못하였는데, 지금 저 낭자의 성은 계(桂)씨요 이름은 섬월(蟾月)이라, 자색·가무가 동경(東京)에서 으뜸일 뿐 아니라, 고금의 글을 무불통지(無不通知)하고 더욱 글을 보는 안목이 묘하고 신통하므로 낙양의 모든 선비가 글 지어 물으면 평론과 조탁(彫琢)이 능란하여 털끝만큼도 손색이 없으니, 이러므로 우리가 지은 글을 계랑(桂娘)에게 주어 눈에 드는 것을 가곡에 넣고 풍류에 실어 그 고하를 매기며, 한편 계랑의 성명이 달 속의 계수를 따랐으매 이번 과거에 장원할 길조가 실로 여기에 있으니, 이 어찌 묘하지 아니하뇨?"

---

1) 과거에 셋째로 급제한 자.

　두생(杜生)이 또 덧붙여 이르되,

　"이 밖에도 기기묘묘한 것이 있으니, 즉 모든 글 중에서 한 수를 가려 내어 계랑이 노래하면 그 글을 지은 사람이 오늘밤에 꽃다운 인연을 계랑과 더불어 맺고 우리들은 이를 치하하는 사람이 될 것이니 이 어찌 절묘한 일이 아니리오. 양형도 역시 사내라 흥취가 없지는 않을 터이니, 또한 우리와 더불어 고하를 다툼이 좋으렷다."

　양생이 대답하되,

　"제형들이 글 지은 지 이구(已久)하니, 알지 못할 것이라, 계랑이 벌써 어떤 사람의 글을 노래하였느뇨?"

　왕생이 이르되,

　"계랑이 아직은 맑은 목청을 아껴 앵두 같은 입술을 꼭 다물고 고운 입술을 열지 아니하여, 아직도 맑은 노래 곡조를 우리에게 들려주지 아니하였노라."

　양생이 이르되,

　"소제 일찍이 초 땅에 있으면서 다소 글귀나 지어 보았으나, 판 밖의 사람이니 제형으로 더불어 재주를 겨룸은 외람하외다."

　왕생이 외치되,

　"양형의 용모가 여자보다 아름다우니 장부(丈夫)의 뜻이 없고 글재주도 또한 없소그려! 어찌 부질없이 고집하여 겸손하느뇨?"

　양생이 비록 겉으로는 사양하였으나 계랑을 한번 보매 방탕한 마음을 누르지 못하여 그 곁에 빈 시전지가 있음을 보고 한 폭을 뽑아 단숨에 내리써서 글 세 수를 지으니, 순풍을 만난 배

가 바다에서 달리고 목마른 말이 물을 마시는 것 같으매 모두들
놀라 낯빛이 달라지니라. 양생이 붓을 자리에 내던지고 이르되,
　"마땅히 제형들에게 가르침을 청할 것이로되 오늘의 시관(試
官)은 계랑이라 하니, 글장 바치는 시각이 혹시 늦을까 염려스
럽소이다."
하고 곧 시전지를 계랑에게 보내니, 그 글에 하였으되,

　楚客西遊路入秦
　酒樓來醉洛陽春
　月中丹桂誰先折
　今代文章自有人
　초나라 객이 서쪽에서 놀 때 진(秦)나라로 드니,
　주막에 와 낙양춘에 취하였더라.
　달 가운데 붉은 계수나무 뉘 먼저 꺾을꼬,
　금대 문장에 쓸 만한 사람 있도다.

　天津橋上柳花飛
　珠箔重重映夕暉
　側耳要聽歌一曲
　錦筵休復舞羅衣
　천진교 위에 버들꽃이 날려,
　석양 비친 주렴에 쌓이는데.
　귀 기울여 노래 한 곡조를 들으려니,
　화려한 자리에 비단옷 추도 아름다워라.

花枝羞殺玉人妝
未吐纖歌口已香
待得樑花飛盡後
洞房花燭賀新郎

꽃가지도 미인의 단장을 부끄러워하도다.

고운 노래 안 불러도 입이 이미 향기롭더라.

대들보 위의 낙화가 다 날린 뒤,

동방화촉에 신랑 축하하기를 대비하라.

섬월이 샛별 같은 눈을 잠깐 들어 한번 보더니, 맑은 노래 소리가 흘러나와 학이 구름 높은 하늘에서 우짖고 봉이 대숲에서 우는 듯, 피리가 소리를 빼앗기고 거문고가 곡조를 잃으니, 만좌(滿座)한 사람들이 넋을 잃고 얼굴빛을 고치더라. 처음 제생들이 양생을 업신여기다가 필경에는 글 세 수를 섬월이 노래 부르게 되므로 자연 파흥(罷興)되어 면면상고(面面相顧)하고 묵묵무언(默默無言)이어늘, 이는 섬월을 양생에게 내주기가 분하고 그렇다고 언약을 저버리기도 어려운 탓이리라. 양생이 그 기색을 알아채고 훌훌히 일어나며 작별하되,

"소제 우연히 제형들의 두터운 대접을 받아, 놀이에 이미 취하고 배부르니 참으로 다감(多感)하도다. 앞길이 아직 멀고 갈길이 바쁘니, 후일 다시 즐거운 곡강(曲江)¹⁾의 큰 잔치에 끼어들어 사나이의 정분을 다하리라."

하고 인하여 조용히 누각을 내려가거늘, 서생들도 또한 만류치

---

1) 장안 근교의 강. 매년 과거에 급제한 수재들이 놀던 곳.

아니하더라.

양생이 누(樓)에서 내려와 나귀를 타고 길에 오를새 계랑이
뒤쫓아 내려와 양생한테 이르되,

"이 길로 가시면 길가에 회칠한 담이 있고 그 바깥에 앵두꽃
이 만발한 곳이 첩의 집이오니, 바라건대 상공은 먼저 가셔서
첩을 기다리소서. 첩이 또한 뒤쫓아 가리이다."

소유가 연락하고 가니라. 섬월이 누에 올라가 제생에게 이르
되,

"모든 상공이 첩을 더럽다 아니하시고 한 곡조 노래로 오늘
밤의 인연을 정하였사오니, 이제 어찌하리이까?"

제생이 대답하되,

"양가(楊哥)는 객(客)이라. 우리가 약속한 사람이 아니니 어
찌 구애하리요."

서로들 이 말 저 말을 하여 결정을 짓지 못하거늘, 섬월이 또
이르되,

"사람이 무심하면 어찌 옳다 하리요? 첩이 마침 병이 있어 먼
저 돌아가오니, 바라건대 상공들은 종일토록 못 다한 환정(歡
情)을 다하소서."

하고 내려가니, 서생들이 불쾌하되 처음의 약속이 있고 보니,
냉소(冷笑)함을 보고 감히 무어라 한 마디도 못 하더라.

이때, 양생은 객사로 돌아와 머물다가 날이 저물매 섬월의 집
을 찾아가니, 벌써 뜨락을 쓸고 등불을 밝히고 어김없이 기다리
기에 소유가 나귀를 앵두나무에다 매어 놓고 문을 두드리니, 섬
월이 신도 못 신고 달려 나와 맞으며 이르되,

"상공이 먼저 떠났거늘 어찌 이제야 오시나이까?"

양생이 대답하되,

"'감히 뒤늦게 오려 한 것이 아니라, 말이 앞으로 나아가지 않는다'[1]라는 옛말이 있도다."

하고 서로 붙잡고 들어가 두 사람이 마주 앉아 기쁨을 아끼지 못하더라. 섬월이 옥잔에 술을 가득히 따라 금루의(金縷衣) 한 곡조로써 권하니, 화용월태(花容月態)와 고운 소리가 능히 사람의 정신을 홀려 빠져들게 하는지라, 소유가 춘정을 억누르지 못하고 보드라운 손을 이끌고 금침에 누우니, 무산(巫山)[2]의 꿈과 낙포(洛浦)[3]의 인연이라도 그 즐거움에 견주지 못하겠더라. 섬월이 자리 속에서 양생에게 이르되,

"첩의 한 몸을 낭군께 의탁코자 하는지라, 청컨대 첩의 심정을 대강 말씀드리겠사오니 굽어 들으시고 불쌍히 여기소서. 첩은 본디 소주(韶州) 땅 사람이온데, 부친이 일찍이 고을 아전이 되었으나 불행히 타향에서 죽었나이다. 살림살이 구차하고 고향은 먼 데다가 몹시 외로와 형편이 운구(運柩)할 도리 없고, 또한 장사를 아니 지내지도 못하겠기에 계모가 첩을 창기(娼妓)로 팔아서 100냥 돈을 받아 갔나이다. 그로부터 첩이 욕을 참으며 설움을 머금고 몸과 마음을 굽혀 손님을 섬기었는데, 하늘이 무심치 않다면 다행히 군자를 만나서 다시 일월(日月)의 밝은 빛을 보기 바라오며, 첩의 집 누각 앞이 곧 장안(長安)으로 가는 길목이오라, 오가는 나그네들이 집 앞에서 쉬어 가지 않는 분이 없사오되, 이러구러 4, 5년 동안에 낭군 같은 분을 만나지

---

1) 《논어》〈옹야〉 편에 나오는 말.
2) 초나라 희왕과 양왕이 고당(高唐)의 산대(山臺)에서 낮잠을 자다가 선녀를 만남.
3) 낙수의 여신이 된 밀회를 조식이 만남.

못하였삽더니, 평생 소원을 오늘 밤에야 이루었나이다. 낭군이 만일 첩을 더럽다 아니하오시면 첩은 밥 짓는 종이 되기를 원하오니, 낭군의 존의(尊意) 어떠하시니이까?"

양생이 관곡(款曲)히 대접하여 좋은 말로 위로하되,

"나의 깊은 정이 계랑과 조금이나 다르리요마는, 나는 가난한 선비요 또한 노모가 살아계시니, 계랑과 함께 백년해로를 기약코자 하면 모친의 의향이 어떠하실지 모르고, 만일 처첩을 다거느리게 되면 계랑이 달갑게 여기지는 않을 것이오. 계랑이 비록 믿지는 않는다 하더라도 천하에 그대 같은 숙녀가 없으리니 가히 염려로다."

섬월이 대답하되,

"당금 천하에 재주가 낭군을 따를 자 없으리니 이번 과거에 장원하실 것이오. 또한 정승의 인끈[1]과 대장의 절월(節鉞)[2]이 멀지 않아 낭군께 돌아올 것이오며, 그러하오면 온천하의 미녀가 다 낭군을 따르고자 하오리니, 이 몸이 무엇이 귀하다고 털끝만치라도 감히 사랑을 독차지할 마음을 가지겠나이까? 바라옵건대 낭군께서는 명문의 규수에게 장가드사 어머님을 봉양토록 하옵시고, 한편 천한 이 몸을 버리지 마옵소서. 첩은 이후로몸을 정히 하여 명을 기다리이다."

양생이 대답하되,

"내 일찍 화주 땅을 지나다가 우연히 진가 여자를 만나니, 그용모와 빛나는 재주가 족히 계랑으로 더불어 견주어 볼 만하더

---

1) 병권을 장악한 벼슬아치가 병부 주머니를 매달아 차는, 길고 넓적한 녹비 끈.
2) 절부월(節斧鉞)이라고도 함. '절'은 수기(手旗)와 같고, '부월'은 도끼같이 만든 것으로 생살권을 상징함.

니, 불행히도 이제는 만날 수 없으니 계랑이 이제 날더러 숙녀를 어디서 구하라 하느뇨?"

섬월이 이르되,

"낭군이 말씀하시는 사람이 필시 진어사의 딸 채봉이로소이다. 진어사 노야 일찍이 이 고을의 원님으로 계실 적에 진소저는 첩과 더불어 지냈사오며, 그 낭자 역시 탁문군(卓文君)의 모습이 있사오니, 낭군께서 어찌 사마장경(司馬長卿) 같은 정이 없사오리까? 그러하오나 지금 생각하옴은 무익한 일이오니, 소청하거니와 낭군께서는 다시 다른 집에 구혼하소서."

양생이 대답하되,

"자고로 절색(絶色)이 때마다에 나지 않거늘, 이제 계랑과 진랑이 같은 때에 있으니 정명(精明)한 기운이 이미 진(盡)하였는가 하노라."

섬월이 크게 웃고 대답하되,

"낭군 말씀이 '정저와(井底蛙)'라 비평을 면키 어렵도소이다. 첩이 잠시 우리 창기들의 공론을 낭군께 고하오리이다. 천하의 청루(靑樓)에 삼절색(三絶色)이란 말이 있사온데, 강남 땅에 만옥연(萬玉燕)이요, 하북 땅에 적경홍(狄驚鴻)이요, 낙양에 계섬월은 바로 소첩이라 홀로 헛된 이름만 얻었거니와, 옥연과 경홍은 참으로 당대의 절색이오니 어찌 천하에 절색가인이 없다 하시나이까? 옥연은 서로 멀리 떨어져 있으므로 비록 한 번도 만나 보지 못하였으나, 남방에서 오는 사람들이 칭찬치 않는 이가 없으니 헛말이 아님을 미루어 알 것이오며, 경홍은 첩과 더불어 따뜻한 정이 형제 같으니 그 내력을 대충 말씀드리겠나이다. 적경홍은 파주 땅 양가집 딸로서 부모를 일찍 여의고 고모한테 의지하여 살다가 10여 세부터 절묘한 재색이 하북 땅에 널리 소문이 났기로 근방 사람들이 천금(千金)으로 사첩을 삼고자 하므로 중매가 문턱이 닳도록 드나들었는데, 경홍은 고모에게 말하여 모두 다 물리쳤다 하옵니다. 그리하오니, 모든 중매들이 그 고모를 힐난하면서 '낭자가 죄다 물리치고 허락치 아니하니, 도대체 어떤 사람을 얻어야 마음에 들겠는고. 대승상(大丞相)의 첩을 삼고자 하느냐? 절도사의 부실을 삼고자 하느냐? 명사(名士)에 몸을 바치고자 하느냐? 수재(秀才)에게 보내고자 하느냐?' 하고 성화같이 물으니, 경홍이 가로막아 대답하옵기를, '만일에 진(晋) 때 동산에서 기생을 이끌던 사안석(謝安石) 같을진댄 족히 대승상의 첩이 될 것이요, 만일에 삼국 시대 사람들에게 곡조를 알게 하던 주공근(周公瑾) 같을진댄 족히 절도사의 부실이 될 것이요, 당현종(唐玄宗) 때 청평사(淸平詞) 드리던 한림학사 이태백 같을진댄 명사를 족히 따를 것이요, 한무제(漢武帝) 때 봉황곡(鳳凰曲)을 들려 주던 사마상여(司馬相如) 같은 이 있을진댄 족히 수재를 따르리라. 마음가는 대로 할 터이니 어찌 미리 요량하리요' 하니, 여러 중매장이들이 비웃고 흩어졌다 하옵니다. 그리고는 경홍이 홀로이 생각하기를, '궁벽한 시골 처자가 이목이 밝지 못하니 장차 어찌 천하에 뛰어난 사나이를 가리어 점잖은 집안의 어진 배필을 구할 것이랴? 오직 창녀는 영웅호걸과 같이하여 수작을 피우고, 또 학문을 열어 귀공자나 왕손을 맞아들일 수 있으니, 현우(賢愚)를 가려 내기 쉽고 우열을 쉽사리 판단할 수 있을 것이나, 대를 초안(楚岸)에서 구하고 옥을 남전산(藍田山)에서 캐내는 것과 같으니, 어찌 기재(奇才)와 묘품(妙品) 얻기를 근심할 것이랴' 하면서, 뒤이어 스스로 몸을 팔아 창기가 되어 뛰어난 사나이에게 몸을 맡기고자 하더니, 수년이 못 가서 이름을 널리 떨치게 되온지라, 상년 가을에 산동(山東)·하북(河北) 열두 고을의 문인과 재사가 업도(鄴都)에 모여 잔치를 베풀고 놀이할새 그 좌석에서 예상곡(霓裳曲)을 부르며 한바탕 춤을 추니, 편편하여 놀란 기러기 같고 교교하여 나는 봉 같아서, 수없이 늘어앉은 이름난 미녀들이 모두 다 낯빛을 잃었다 하오니, 그 재주와 용모를 가히 짐작할 수 있으오리다. 잔치가 파하매 홀로 동작대(銅雀臺)에 올라 달빛을 받고 거닐면서 옛글을 더듬어 사모하다가, 가슴을 찌르는 글을 읊조리며, 향을 나눠 준 지난날의 일을 조상하고, 이어서 조조(曹操)가 이교자(二喬子)를 누중(樓中)에 감추지 못하였음을 웃으니, 보는 사람마다 그 재주를 사랑하고 그 뜻을 기이히 여기지 않는 이 없었으니, 지금 규중(閨中)에 또 이런 처녀가 없사오리까? 경홍이 처과 더불어 상국사에서 놀이할새 서로 마음에 간직한 일을 의논하다가, 경홍이 날더러 말하기를, ‘우리 두 사람이 만일 뜻에 맞는 군자를 만나거든 서로 천거하여 한 낭군을 같이 섬기면 거의 백년신세를 그르치지 않으리라’ 하기에 첩도 또한 뜻을 같이 하기로 하였는데 이제 낭군을 뵈오니 문득 경홍이 생각나오나, 경홍이 벌써부터 산동제후(山東諸侯)의 궁중에 들어갔으니 이른바 호사다마(好事多魔)라 하겠나이다. 제후의 후궁 생활이 비록 극진하오나 이 역시 경홍의 바라던 바 아니오니 분하오이다. 어찌하오면 경홍을 다시 보고 이 사정을 말해 볼까 하고 안타깝기만 하나이다.”

양생이 이르되,

“청루 속에 비록 재주 있는 여자가 많다 하나, 어찌 사대부가 규수 대신으로 창기를 맞아들이도록 양보할 수 있을까 보냐?"

섬월이 대답하되,

"첩이 목도한 바로는 진낭자 같은 여자는 없으니, 만일 진낭
자만 못하오면 첩이 어찌 낭군에게 천거하오리까? 그러하오나
첩이 익히 들자오니, 장안 사람들이 모두 칭찬하되 정사도(鄭司
徒)의 딸이 아름다운 자색과 그윽한 덕행으로 요즘 여자 가운데
제일이라 하오니, 첩이 비록 보지는 못하였으나, 예로부터 헛
칭찬으로 이름나는 일은 없다 하오니, 낭군이 서울에 가시거든
유희하여 찾아보시기 바라나이다."

이야기하는 사이에 동방이 기백(旣白)[1]이라. 두 사람이 같이
일어나 세수하고 섬월이 이르되,

"이곳은 낭군께서 오래 머무르실 자리가 아니오며, 더구나
어제의 모든 공자들의 심술궂은 생각이 없지 않을 터이오니, 상
공께서는 일찍 길을 떠나시도록 하소서. 이후도 모실 날이 허다
하오니 어찌 여자의 섭섭한 심정을 말할 수 있사오리까?"

양생이 사례하되,

"계랑의 말이 금석 같으니, 마땅히 폐부에 새기리라."

하고 눈물을 뿌려 작별하니라.

양생이 낙양에서 발행하여 장안에 이르러 사관을 정하고 과
거 날을 기다릴새 오히려 멀었는지라, 사관주인더러 자청관(紫
淸觀)의 소재를 물으니 춘명문 밖이라 하거늘, 곧 예물을 갖추
어 가지고 두련사(杜練士)를 찾아가니, 그 연세가 60여 세에 계
행(戒行)이 심히 높아 자청관 여관(女冠)들 가운데 으뜸이 되어

---

1) 동녘이 밝아옴. 소식의 《전(前) 적벽부》에 '東方之旣白'이라는 구절이 있음.

있더라. 소유가 절하며 뵈옵고 모친의 편지를 올리니, 연사가 안부를 묻고 눈물을 흘려 이르되,

"그대 자당으로 더불어 이별한 지 20여 년에 아들이 저렇듯 헌앙(軒昻)하니 세월이 빠르도다. 내 몸이 늙어 서울 같은 번화하고 소란스러운 데 있기가 싫어 장차 멀리 공동산(蚣峒山)으로 가서 선도(仙道)를 닦으며 마음을 세상 밖에 붙이려 하였더니, 그대 자당의 편지 부탁이 이러하시니 내 마땅히 그대를 위하여 더 머물러 있겠노라. 그대의 풍채가 빼어나서 천상의 신선 같으니, 요즘 규수 가운데 상대가 될 만한 배필을 얻기가 어려울까 하노라. 그러나 차차 골라 볼 것이니, 겨를이 있거든 한번 올지어다."

양생이 대답하되,

"소질(小姪)이 집안은 빈한하고 자친이 연로하신데, 나이 20이 깝도록 궁벽한 시골에서만 살았던 탓으로, 마음대로 아내 될 사람을 가려 내지 못하면서도 희구(喜懼)를 간절히 바라고 계시던 차에 도리어 의식(衣食)의 근심을 끼치고 효성을 펴지 못하여 죄송하옵더니, 감격하옴이 무궁하도소이다."

곧 하직하고 물러가더니, 이즈음 과거 날짜가 차츰 박두하나 혼처 구한다는 말을 들은 이후로는 공명을 바라는 마음이 떨어져 가기에, 수일 후 다시 자청관을 찾으니 연사가 웃으며 이르되,

"한 곳에 처녀가 있으니, 그 재주와 용모가 실로 양생의 배필이 됨직하나 그 문벌이 너무도 높으니, 육대나 내려오는 공후(公侯)요 삼대나 내려오는 대신 집안이라, 양생이 이번 과거에 장원을 하면 혼인 가망이 있거니와 그렇지 못하면 말을 꺼내 보

56

아도 쓸데없으니, 그대는 번거롭게 나를 찾지 말고 과거 공부에
힘써 장원을 따도록 하라."

양생이 묻되,

"대귀(大貴) 뉘 집 색시오니까?"

연사가 가르쳐 주기를,

"정사도(鄭司徒)의 딸인데, 붉은 문이 한 길로 트이고 문 위
에 창을 걸쳐 놓은 것이 바로 그 집이니라. 그 딸이 바로 선녀
요 속세 사람은 아니더라."

소유가 문득 섬월의 말이 생각나, 이 여자가 어떠하길래 이토
록 칭찬을 듣는가 하면서 연사에게 묻되,

"정씨 규수를 숙모께서 이미 보신 일이 있나이까?"

연사 대답하되,

"내 어찌 보지 못하였으리요? 정소저는 바로 하늘 사람이니
그 아름다움을 입으로 형용키는 어려우니라."

소유가 이르되,

"소질이 감히 자랑하는 말 같사와 송구하오나, 이번 과거에
장원하기는 낭중취물(囊中取物)[1] 같사오니 이것은 염려할 거리
가 되지 않으오나, 평생 병통 같은 소원이 있사온즉, 처녀를 보
지 못하고서는 구혼할 생각이 없사오니, 숙모님께서는 자비로
운 마음을 베푸시와 소질로 하여금 그 용모를 한번 보게 하소
서."

연사가 대답하되,

"재상집의 여자를 어찌 쉽사리 볼 수 있으리요? 그대가 혹 내

1) 얻기 쉬움을 일컫는 말.

말을 믿지 못하는 것이 아닌고?"

양생이 대답하되,

"소질이 어찌 숙모의 말씀을 의심하오리까마는, 사람의 소견이 같지 않은 법이오니, 숙모의 눈이 어찌 소질의 눈과 같사오니까?"

연사가 이르되,

"봉황과 기린은 어린아이라도 다 상서(祥瑞)라 일컫고, 청천백일(靑天白日)은 어질고 어리석은 이가 모두들 보나니, 참으로 눈 없는 사람이 아니거늘 어찌 그 자태와 심덕(心德)을 알아보지 못하리요?"

양생이 불쾌히 사관으로 돌아갔다가, 기어이 연사의 허락을 듣고 싶어서 이튿날 새벽에 또 도관으로 찾아가니 연사가 웃고 대답하되,

"양랑(楊郎)이 필연 일이 있도다."

소유가 또한 웃고 대답하되,

"소질이 정소저를 보지 못하면 의심이 가시지 않겠사오니, 다시 말하옵건대, 모친이 부탁하신 뜻을 돌아보시고 소질의 간절한 생각을 살피시어 신기한 계책으로써 또 한 번 바라보게 하소서."

연사가 머리를 흔들며 이르되,

"극히 어렵도다."

하고 침음반향(沈吟半晌)2) 후 또 이르되,

"내 보건대 양생이 총명 영민하니 학문을 배우는 여가에 음

---

2) '침음'은 깊이 생각한다는 뜻. '반향'은 반시간.

률을 익힌 바 있느뇨?"

소유가 대답하되,

"소질이 일찍 도사를 만나 신묘한 곡조를 배워 오음육률(五音六律)[1]을 다 아나이다."

연사 이르되,

"재상의 집이라 담이 높고 중문이 다섯 겹이요, 화원이 아주 깊으니, 몸에 날개가 돋지 않고서는 넘어갈 길이 없고, 정소저가 글을 읽고 예절을 알아서 일거일동이 예절에서 벗어남이 없으며, 지난날 우리 도관에서 분향도 한 바 없고 또 절에 가서 재를 올리는 법도 없고, 정월 보름날에 등불 구경도 아니하리는 법도 없고, 정월 보름날에 등불 구경도 아니하고 삼월 삼짇날 즐거운 곡강(曲江)놀이에도 끼지 아니하니, 남이 어디로 따라가 엿볼 수 있으리요? 또 한 가지 일에 다 잘되기를 바라나 양랑이 즐겨 따르지 않을까 하노라."

소유가 대답하되,

"만일 정소저를 볼진대 승천입지(昇天入地)[2]하고 부탕도화(赴湯蹈火)[3]할지라도, 어찌 감히 좇지 아니하오리까?"

연사 이르되,

"정사도는 근래 늙고 병들어 벼슬 살기를 좋아하지 아니하고, 오직 흥을 산수와 음률에 두고 그 부인 최씨도 본디 음률을 좋아하므로, 소저 총명하고 영민하여 천만 가지 일에 모르는 것

---

1) '오음'은 궁·상·각·치·우이며, '육률'은 12율 가운데 양성에 딸린 여섯 가지의 소리, 곧 태주·고선·황종·유빈·이칙·무역의 일컬음.
2) 도가(道家)의 말. 조식의 〈승천행〉에 있음.
3) 어려운 일을 감행함.

이 없고, 음률에 있어서도 청탁고저(淸濁高低)를 한 번 들으면 쉽사리 이를 분석하여 비록 사광지총(師曠之聰)[4]과 종자기(鍾子期)[5]의 신통이라도 이를 넘지 못할 것이니, 최부인이 언제나 새 곡조를 들으면 반드시 그 사람을 불러 앞에서 아뢰게 하여, 소저로 하여금 높낮음을 평론케 하며 책상머리에 몸을 기대고 노래 듣는 것을 낙으로 삼으니, 내 의향으로는 양랑이 진실로 거문고를 탈 줄 알거든 미리 한 곡조를 익혀 두고 기다리고 있노라면, 삼월 그믐날은 영도부군(靈道府君)[6]의 생신이라 정사도 집에서는 해마다 계집종을 보내어 향촉(香燭)을 가지고 도관으로 오나니, 양랑이 이때에 여복으로 바꾸어 입고 거문고를 뜯어 계집종이 듣게 하면 필연 돌아가서 부인께 여쭐 것이요. 그러면 부인께서 틀림없이 청해 갈 터이니 정사도의 집에 들어간 후에 소저를 만나 보거나 못 보거나 하는 것은 모두가 연분에 달렸으니 내가 알 바 아니요, 별로 다른 계책은 없도다. 또한 그대의 용모가 아리따운 여자의 모습이고, 수염이 나지 아니하였으니 변장하기 어렵지 않도다."

소유 크게 기뻐하여 물러가 손꼽아 그믐날을 기다리더라.

원래 정사도의 슬하에는 다른 자식이 없고 오직 딸 하나뿐인데, 그 부인이 해산하던 날 잠결에 본즉, 하늘에서 선녀가 내려와 명주(明珠) 한 개를 방 안에다 놓더니 오래지 않아 소저를 낳았으므로 이름을 경패(瓊貝)라 붙이니라. 점점 자라남에 따라 아름다운 자색과 기이한 재주가 실로 만고에 제일이라, 사도 부

---

4) '사' 는 악사, '광' 은 악사명임.
5) 중국 춘추 시대의 거문고 명수.
6) 오제(五帝)의 하나. 한문본에는 '영부(靈符)' 로 되어 있으나 잘못임.

처가 이를 매우 사랑하여 그 배필 될 사람을 구하고자 하나 마땅한 곳이 없어, 나이 16세가 되도록 아직 혼처를 정하지 못하였더라.

하루는 최부인이 소저의 유모인 전구(錢嫗)를 불러 이르되,

"오늘은 영도부군의 탄일(誕日)이니 네가 향촉을 가지고 자청관에 가서 두연사에게 전하고, 아울러 옷감과 다과로써 나의 연연불망(戀戀不忘)하는 뜻을 이르라."

유모 분부를 듣고서 작은 가마를 타고 도관에 이르니, 그 향촉을 받아 삼청전(三淸殿)에 공향하고 또한 비단과 다과를 보내주심을 깊이 사례하며, 유모를 대접하여 보내려 할새, 이때 양생이 별당에서 거문고 한 곡조를 타는지라, 유모가 교자를 타려하다가 무심코 들은즉 거문고 소리가 별당 서편에서 나는데, 그음률이 맑고 새로워서 구름 위에 떠 있는 듯하기에, 교자를 머무르게 하고 귀를 기울여 듣다가 연사를 돌아보고 묻되,

"우리 부인 좌우에 모셔 유명한 사람들의 거문고를 많이 들었으되 이 같은 음률은 금시초문이니, 알지 못하겠소이다만 어떠한 사람이 타는 바니이까?"

연사가 대답하되,

"일전에 소년 여관(女冠)이 초 땅에서 올라와 서울 구경을 하고자 하면서 아직 이 도관에 머물러 때때로 거문고를 타는데, 이 몸은 음률을 잘 모르는고로 그 청탁(淸濁)을 아직 분간치 못하였더니, 이제 그대가 이렇듯이 칭찬하는 것을 보니 필경 일수(逸手)로다."

유모 전구가 말하되,

"우리 부인께서 이 말을 들으시면 필시 부르실 터이니, 그 사

람을 좀더 만류하여 다른 곳으로 떠나지 못하게 하소서."

연사가 이를 승낙하고 유모를 돌려보낸 다음 들어와 유모 전구의 말을 소유에게 전하니, 소유가 기뻐하며 부인이 부르기를 고대하더라.

차시 유모 정사도 댁에 돌아와 부인께 고하되,

"자청관에 어떤 여관이 있어 거문고를 타는데 신기한 음률을 내니 참으로 이상하더이다."

부인이 청파(聽罷)에 이르되,

"내가 한번 듣고자 하노라."

하고 이튿날 보교(步轎) 한 채와 시비 한 사람을 보내어 연사에게 말을 전하되,

"젊은 여관의 거문고를 한번 듣기를 원하니, 그 사람이 오기를 꺼리더라도 아무쪼록 권하여 보내라."

하거늘, 연사 그 시비를 돌아보며 양생더러 이르되,

"귀인이 부르시니 그대는 사양치 말고 갈지어다."

양생이 대답하되,

"하방천종(遐方賤踪)이 귀부인 앞에 나아가 뵈옵기 어려운 노릇이오나, 연사의 말씀을 어찌 감히 거역할 수 있겠나이까?"

이에 여도사(女道士)의 두건과 의복을 갖추어 입고 거문고를 가지고 나오니 위부인(魏夫人)의 모습에 사자연(謝自然)과도 같은 풍채이므로, 정씨 댁의 시비가 탄복하기를 마지않더라. 소유가 정사도 댁에 이르러 시비의 전내로 들어가니, 최부인이 대청에 앉았는데 그 몸가짐이 엄전한지라, 소유가 당하에서 재배하니 부인이 답사하되,

"시비로 말미암아 거문고 한번 듣기를 원하여 도인(道人)의

맑은 거동에 접하니, 세속의 어지러운 사념(思念)이 일시에 없어지는 것을 깨닫겠도다."

인하여 좌석을 마련해 주거늘, 소유가 자리를 피석(避席)하며 사례하되,

"이 몸은 본디 초 땅 사람으로서 떠돌아 다니는 신세이온데, 촌스러운 재주로써 외람되이 부인 앞에 나아오니, 과망(過望)이로소이다."

부인이 시비를 시켜 거문고를 가져다가 만지면서 칭찬하되,

"진개(眞箇) 묘한 재목이로다."

소유가 대답하되,

"이 재목은 용문산(龍門山)에서 100년이나 묵은 오동나무이온지라 성질이 굳고 단단하여 금석(金石) 같사오니, 천금을 주고도 사지 못하리이다."

문답하는 사이에 섬돌에 그늘이 이미 옮아 오거늘 소저의 움직임이 막연하도다. 양생은 마음이 조급하고 걱정이 되기에 부인께 고하되,

"빈도 비록 옛 곡조를 많이 얻었으나 금세에 타지 못하올 뿐 아니오라, 곡조의 이름조차 모르옵는데, 자청관 여관에게 듣사온즉 댁 따님께서 지음(知音)이 금세에 종자기(種子期)라 하오니, 원컨대 천하에 으뜸가는 재주를 가지신 따님의 가르침을 받고자 하나이다."

부인이 응낙하고 시비로 하여금 소저를 부르니, 이윽고 수놓은 창문이 열리며 기이한 향내가 풍기더니, 소저 나아와 부인 곁에 앉으므로 양생이 몸을 일으켜 절한 다음 눈을 얼핏 들어 바라보니, 아침 해가 붉은 놀을 헤치며 솟아오르고 연꽃이 바로

푸른 물에 비친 것 같아, 정신이 오락가락하고 눈앞이 아른거려 능히 바라볼 수 없더라. 소저의 앉은 자리가 멀어 눈길이 미치지 못함을 안타까이 여겨, 부인께 고하되,

"빈도 소저의 자상한 가르침을 받고자 하오나 대청이 너무 넓어서 성음(聲音)이 흩어져, 자세히 듣지 못하지 않을까 두렵소이다."

부인이 시비로 하여금 여관의 자리를 앞으로 옮기어 앉기를 권하니, 비록 부인의 자리에 가깝고 마침내 소저의 오른편이 되어서 멀리 서로 마주 볼 때만 못하나, 양생이 감히 두 번 다시 간청하지 못하더라. 시비를 시켜 화로에 향을 피우니 양생이 자리를 고쳐앉아 거문고를 당기며,

"여섯 가지 꺼리는 것이 없나이까?"

소저 이르되,

"크게 찬 것과 매우 더러운 것과, 크게 바람 부는 것과, 비가 많이 오는 것과, 빠른 우레와 눈 오는 것을 꺼리는데 지금은 이 여섯 가지가 다 없도다."

양생이 또 이르되,

"일곱 가지 타지 못하는 일이 없나이까?"

소저 이르되,

"초상(初喪)을 들은 자와 마음이 어지러운 자와, 일에 의심을 가진 자와, 몸이 정결치 못한 자와, 의관을 정제치 못한 자와, 향을 피우지 않은 자와, 지음(知音)을 만나지 못한 자가 타지 못하나, 지금은 또한 이런 결점이 없도다."

양생이 진심으로 탄복하고 먼저 예상곡(霓裳曲)을 타니, 소저가 이르되,

"아름답도다! 이 곡조여, 완연히 천보(天寶)·태평(太平)의 기상(氣象)이라, 사람마다 다 알아듣기는 하되 그 신묘함이 도인의 솜씨와 같은 자 없을 터이니, 이는 이른바 '어양비고동지래하니 경파예상우의곡(漁陽鼙鼓動地來 驚罷霓裳羽衣曲)'[1]이라는 곡조가 아닌가? 음란한 곡조라 족히 듣지 못하겠으니 다른 곡조 타기를 원하노라."

양생이 다시 한 곡조를 타니, 소저 이르되,

"이는 즐겁되 음란하고 슬프되 촉급하니, 곧 진후주(陳後主)[2]의 '옥수후정화(玉樹後庭花)'[3]라. 이른바 '지하약봉진후주면 기의중문후정화(地下若逢陳後主 豈宜重問後庭花)'라 하는 것이 아닌가? 숭상할 바 못 되니 다른 곡조를 아뢰라."

양생이 또 한 곡조로 타는대, 소저 이르되,

"이 곡조는 슬픈 듯, 기쁜 듯, 감격한 듯, 상념하는 듯하니, 옛날에 채문희(蔡文姬)[4]가 난리를 만나 오랑캐에게 잡혀 갇혀 두 아들을 낳았는데, 그 후에 조조(曹操)가 문희를 위하여 몸값을 치르고 돌아오게 하니, 두 아들과 이별할새, 이 곡조를 지어 슬픈 뜻을 붙이니, 이는 이른바 '호인낙루점변초요 한사단장대귀객(胡人落淚霑邊草 漢使斷腸對歸客)'[5]이라는 그것이로다. 그 소리는 들음직하나 절조를 잃은 사람이라 어찌 족히 논의할 수 있으리요? 새 곡을 청하노라."

---

1) 당나라 백거이의 〈장한가〉 중의 한 구절. '어양'은 지금 직예성의 지명.
2) 중국 남북조 시대의 진(陳)나라 마지막 군주.
3) 악부(樂府)의 오성 가곡(吳聲歌曲).
4) 중국 고대의 재원.
5) 출전 미상.

　양생이 다시 한 곡조를 타니, 소저 이르되,

　"이는 왕소군(王昭君)의 출새곡(出塞曲)[6]이니, 몸이 그곳에 이름을 슬퍼하고, 화공(畵工)이 불공평하였음을 원망하고 불평하는 마음으로 곡조 가운데 붙였으니, 이는 '수련일곡전악부하여 능사천추상기라오(誰憐一曲傳樂府 能使千秋傷綺羅)'[7] 하는 것이라. 그러나 이는 호회(胡姬)의 곡조요 변방의 소리라 바른 것이 아니니, 다른 곡조가 없을꼬?"

　양생이 또 한 곡조를 타니 소저가 얼굴을 고치고 이르되,

　"내 이 소리를 들은 지 오래더니, 도인(道人)은 실로 범인이 아니로다. 이는 반드시 영웅이 때를 만나지 못하여, 마음을 속세 밖에 붙이고 충의의 기운이 문란하여진 가운데 가득하니, 혜숙야(嵇叔夜)[8]의 광릉산(廣陵散)이 아닌가? 그가 동시(東市)에서 참형될 때 해그림자를 돌아보고 한 곡조를 타되 '원통하다! 광릉산을 배우려는 자 없기에 내 아껴 전하지 않았더니, 슬프다 광릉산이 이로부터 끊어졌노라' 하니, 이는 곧 '독조하동남하니 광릉하처재오(獨鳥下東南 廣陵何處在)' 하는 것이라. 후세에 전하는 자 없다 하는데 도인이 정녕 혜숙야의 넋을 만나 보았도다."

　"소저의 영혜(英慧)하심이 오늘날 미칠 이 없도다. 이 몸이 지난날 스승께 들은 그 말씀이 지금 소저의 말씀과 같도소이다."

하고 양생이 꿇어앉아 대답하되, 또 한 곡조를 타니 소저가 칭

---

6) 한나라의 횡취곡명(橫吹曲名).
7) 유장경의 〈왕소군가〉 중의 한 구절.
8) 죽림칠현 중의 한 사람. 이름은 강.

66

선(稱善)하되,

"청산은 아아(峨峨)[1]하고 녹수(綠水)는 양양한데 신선의 자취가 속세에 보이니 이는 백아(伯牙)[2]의 수선조(水仙操)가 아니오? 이는 곧 '종자기(鐘子期)를 이미 만났으니 유수(流水)를 아뢰매 무엇이 부끄러울꼬' 하는 것이라, 도인의 지음(知音)을 백아의 넋이 안다면 종자기의 죽음을 그다지 슬퍼하지는 아니하리로다."

양생이 또 한 곡조를 타니, 소저가 옷깃을 여미고 꿇어앉아 이르되,

"거룩하고 극진하다. 성인(聖人)이 난세(亂世)를 당하여 온 천하를 돌아다니며 백성을 구제할 뜻이 있으니, 공선부(孔宣父)[3]가 아닌가? 누가 능히 이 곡조를 지으리요? 필연 의란조(猗蘭操)이니 이는 곧 '구주(九州)를 떠돌아 정처가 없다' 함이 아닌가?"

양생이 꿇어앉아 향을 피우고 다시 한 곡조를 타니, 소저가 탄복하며,

"높고 아름답도다, 이 곡조여! 천지 만물이 부드러워 모두가 봄빛이요, 외외탕탕(巍巍蕩蕩)하여 무어라 이름지을 수 없으니, 이는 대순(大舜) 남훈곡(南薰曲)이라. 이는 곧 '남풍지훈혜여 가이해오민지온혜(南風之薰兮 可以解吾民之溫兮)'로다. 진선진미(眞善眞美)함이 이에 앞설 자 없으니, 비록 다른 곡조가 있을지라도 더 바라지 않노라."

---

1) 높이 솟아 있는 모양.
2) 중국 춘추 시대의 음률인. 종자기의 벗.
3) 공자. 당나라 현종 때 문선왕으로 추시됨.

양생이 우러러 대답하되,

"빈도 듣사오니 '음률이 아홉 번 변함에 천신이 하강한다'[4] 하오니, 이제 이미 여덟 곡조를 타고 아직도 한 곡조가 남았으니 다시 타 보고자 하나이다."

하고 거문고 기둥을 바로 잡고 줄을 골라 타니 그 소리가 유양(悠揚)하고 개열(開悅)하며 능히 사람으로 하여금 심신을 방탕케 하며 뜰 앞에 백 가지 꽃이 일시에 활짝 피어나고 제비는 쌍쌍이 날고 꾀꼬리가 서로 우짖는 듯하니, 소저는 잠깐 고운 눈길을 떨어뜨리고 눈을 바로 뜨고 잠잠히 앉았더니, '봉혜봉혜 귀고향하여 오유사해구기황(鳳兮鳳兮歸故鄕 遨遊四海求其凰)'이란 곡조의 대목에 이르러서는, 소저가 번득 눈길을 들어 양생을 보고 그 기상을 보더니, 붉은 빛이 두 뺨에 오르고 누른 기운이 눈썹으로 사라지며, 취한 듯 갑자기 낯빛이 달라지더니 조용히 몸을 일으켜 내당으로 들어가므로 양생이 깜짝 놀라 거문고를 밀치고 눈을 바로 뜨고 소저를 바라볼새 정신없이 흙으로 만든 사람같이 섰는지라, 부인이 앉으라 하며 묻되,

"도인이 시방 탄 것은 무슨 곡조인고?"

양생이 잠깐 대답하되,

"빈도 스승께 배워 얻었사오나 이름은 알지 못하는고로 소저의 가르침을 기다리나이다."

소저가 오래도록 나오지 아니하기에, 부인이 시비를 보내어 연고를 물어 본즉, 시비가 돌아와 고하되,

"소저 반나절을 촉풍(觸風)하였더니 신기 불편하시와 나오지

---

4) 《주례》에 '苦樂九變則人鬼可得而禮矣'라는 글이 있음.

못하겠다 하옵니다."

양생이 소저가 짐작하지 않았을까 하여 마음으로 미안하게 여겨 감히 더 머무르지 못하고 부인께 하직하되,

"소저 옥체 불편하시다 하온즉 이 몸이 지나쳤나 보옵니다. 생각건대 부인께서 몸소 가 보실 듯 하옵기에 그만 물러가고자 하나이다."

부인이 은과 비단을 내다가 상급으로 주거늘 양생이 사양하여 받지 않으며,

"빈도 비록 다소의 음률을 아오나 스스로 즐길 따름이오니, 어찌 광대같이 놀이채를 받으리이까?"

인하여 머리를 조아려 사례하고 섬돌에 내려가더라.

부인이 소저의 병을 근심하여 곧 불러 물으니 관계치 않더라. 이때 소저가 침방(寢房)으로 돌아와 시비더러 묻되,

"춘랑(春娘)의 병이 오늘은 어떠하냐?"

시비 대답하되,

"오늘은 소저, 거문고 들으신다는 말씀 듣고 병이 차도 있어 일어나 세수를 하였사옵니다."

본디 춘랑의 성은 가씨(賈氏)이니 서호(西湖) 사람이라, 그 부친이 서울에 올라와 승상부(丞相府)의 아전이 되어서 정사도 집에 공로가 많이 있더니, 불행히 병으로 죽으니 그때 춘랑의 나이 겨우 10세라, 정사도 부처 그 의지할 곳이 없음을 불쌍히 여겨 거두어 집안에 두고 소저와 더불어 놀게 하였는데, 그 나이는 소저와 한 달이 틀리나 용모가 매우 곱고 백 가지 태도를 갖추어 단정하고 존귀한 기상은 비록 소저를 따르지 못할지언정 또한 절세의 미인이라, 분필과 바느질 솜씨의 신통함이 소저

와 다름없으므로, 소저는 동생같이 알고 잠시도 곁을 떠나지 못하게 하여, 중과 주인의 구분은 있으나 실로 친구의 정이 있는지라, 본 이름은 초운(楚雲)이었는데 소저는 그 태도를 사랑하여 한퇴지(韓退之) 글에 '다태도춘공운(多態度春空雲)'이라는 글귀를 떼어서, 그 이름을 고쳐 춘운(春雲)이라 하니 집안에서는 모두들 그렇게 부르더라.

춘랑이 소저를 보고 묻자오되,

"아까 모든 시녀 다투어 말하되, 대청에서 거문고 타는 여관이 용모가 신선 같고 희한한 곡조를 타므로 아가씨께서 대단히 칭찬하신다 하옵기로, 제가 불편함을 참고 한번 구경코자 하였사온데, 그 여관이 어찌 그다지도 속히 돌아갔나이까?"

소저 얼굴을 붉히며 천천히 이르되,

"내 몸 움직이기를 예로 하고 마음가짐을 옥같이 하여 발자취가 중문 밖을 넘지 아니하고, 하는 말이 친척에게도 미치지 않는 것은 너도 잘 아는 바이러니, 하루아침에 남한테 속아 수치를 당하니 차마 어찌 낯을 들어 사람을 대하리요?"

춘랑이 가라대,

"그 여관이 어떠하더이까?"

소저 대답하되,

"그 여관이 예상곡을 타고 나중에 대순의 남훈곡을 타기로 칭찬해 주고 그치기를 부탁하였더니, 여관이 또 한 곡조 있다 하여 다시 새 곡조를 탔는데, 이것이 사마상여(司馬相如)가 탁문군(卓文君)의 마음을 돋구던 봉구황곡(鳳求凰曲)이라, 내 비로소 의심나기에 자세히 보니 그 얼굴과 행동거지가 여자와는 판이하니, 필시 간사한 사내가 춘색을 구경코자 변복하고 들어

온 것이니, 다만 분한 것은 네가 병만 없었던들 같이 보고서 그 진위를 가려 냈을 것이 아니겠느냐? 내가 규중 처녀로서 알지 못하는 남자와 함께 반나절이나 마주 앉아서 이야기를 하였으니, 친하에 어찌 이런 일이 있겠는가? 아무리 모녀간이라도 차마 이런 말은 아뢰지 못하였으니 네가 아니고서야 뉘한테 이런 말을 밝히리요?"

춘랑이 웃고 이르되,

"사마상여의 봉구황곡을 처자(處子)인들 듣지야 못하오리까? 아가씨께서는 필시 술잔 속에 활 그림자를 보셨나이다."

소저가 대답하되,

"그렇지 않다. 이 사람이 곡을 타는데 차례가 있었으니, 만일 마음에 없을진댄 하필이면 봉구황곡을 모든 곡조 끝에 탔겠느냐? 하물며 여자 가운데는 용모가 혹 가냘픈 자도 있고 혹은 억세게 생긴 자도 있으니, 기상이 씩씩하기를 이 같은 사람은 보지 못하였으니, 내 생각으로는 과거가 임박하여 사방 선비들이 모두 서울로 모여들었으니, 그중에서 내 소문을 잘못 들은 자가 망령되이 꽃구경이나 하자고 계교를 내었는가 하노라."

춘랑이 이르되,

"그가 과시 남자이오면 그 얼굴의 청수함이 이와 같고, 그 기상의 호탕함이 이와 같고, 음률에 정통함이 이와 같으니, 그 재주가 높고 많음을 족히 알 수 있겠나이다. 어찌 미리 사마상여가 되지 않을 줄 아리나이까?"

소저 이르되,

"그 자가 설혹 사마상여가 되더라도 나는 결코 탁문군이 되지 아니하리로다."

춘랑이 대답하되,

"탁문군은 과부요 아가씨는 처녀이오며, 탁문군은 유의(有意)하여 뒤를 따랐고 아가씨는 무심히 들으셨나니, 아가씨께서 어찌 탁문군을 들치시나이까?"

두 사람이 희희낙락하게 웃어 가며 이야기하더라. 하루는 소저가 부인을 모시고 앉아 있노라니, 정사도 새로 난 과거방(科擧榜)을 들고 들어와 부인에게 주며 이르되,

"여아의 혼사를 지금까지 정하지 못하온고로 이번 과거방 속에서 훌륭한 신랑을 가려 내고자 하였더니, 이제 본즉 장원은 양소유(楊少游)로 회남(淮南) 사람이요, 나이는 16세, 또한 과거 문 지은 것을 사람마다 칭찬하니 필시 일대문장(一大文章)이요. 또한 들은즉, 풍태가 빼어났고 골격이 비범하여 장차 큰그릇이 되리라 하고, 아직까지 장가들지 아니하였다 하니, 이 사람으로써 사위를 삼으면 내 마음에 좋을 듯하오."

부인이 대답하되,

"귀로 듣는 것이 눈으로 보는 것만 못하니, 남들이 비록 칭찬하나 어찌 다 그 말을 믿으리요? 몸소 보신 연후 결정을 내리심이 좋을 듯하오."

사도가 대답하되,

"이 또한 어렵지 아니하다."

하더라.

2

소저 그 부친의 말씀을 듣고 침방으로 돌아와 춘운에게 이르기를,

"일전 거문고를 타던 여관이 초나라 사람이라 칭하고 나이 16세 가량이러니, 이제 장원이 회남인이라 회남은 바로 옛날의 초땅이라. 나이도 근사하니 의심이 없지 못하리로다. 필연 부친께와 뵈이리니 네가 유의하여 볼지어다."

춘운이 대답하되,

"그를 첩이 일찍 보지 못하였으니, 어린 소견에는 소저께서 몸소 틈으로라도 엿보시는 것만 못하리라 믿소이다."

양인이 서로 쳐다보며 웃음짓더라.

이때 양소유 연하여 회시(會試)와 전시(殿試)에 다 장원으로 뽑히어 곧 한림(翰林) 벼슬에 올라 이름이 세상에 떨치니, 공후귀족(公侯貴族) 가운데 딸 가진 사람들이 다투어 가며 청혼하되, 소유는 이를 다 물리치고 예부(禮部)로 권시랑(權侍郎)을 가

보고 정사도 집에 통혼할 뜻을 고하고 소개함을 청하니, 권시랑
이 곧 편지를 써 주거늘, 소유가 받아 간수하고 정사도에 나아가
명첩(名帖)¹⁾ 드리니, 정사도 맞아들여 객실에서 만나는데 양장
원이 머리에 계화(桂花)를 꽂고 양 옆으로 풍악을 거느려 풍채의
아름다움과 예절의 공손함이 사람으로 하여금 기껍게 하더라.

　사도 댁의 사람들이 소저 한 사람을 빼놓고는 모두 구경하는
데, 춘운이 시비더러 묻되,

　"내 노야와 부인의 의논하시는 말씀을 들은즉, 일전에 거문
고 타던 여관의 표종(表從) 양장원이라 하시니 그때 모습과 같
나뇨?"

　시비들이 다투어 대답하되,

　"내외종(內外從) 남매간인들 어찌 용모가 그렇듯 흡사한고?"
하거늘 춘운이 소저께 고하되,

　"과연 짐작하심에 일호(一毫)도 어긋남이 없소이다."

　소저가 이르되,

　"네 모름지기 다시 가서 그 사람이 말하는 바를 들어오라."

　춘운이 나아가더니 오랜 후에 다시 돌아와 고하되,

　"우리 노야, 소저를 위하여 양장원께 통혼하시니 양공이 사례
하여 대답하옵기를 '소생이 분수에 넘치는 욕망에서, 오늘 아침
에 외람되이 통혼할 생각으로 권시랑을 가 뵈온즉, 시랑이 편지
를 써 주며 대인(大人)께 드리라 하옵기 소매 속에 넣고 왔나이
다' 하고는, 이어서 받들어 드리니, 노야께서 이를 보고 크게 기
뻐하시며 주안(酒按)²⁾을 재촉하러 내당으로 들어가시더이다."

---

1) 지금의 명함.
2) 술과 안주.

　소저가 놀라 무슨 말을 하려고 할 즈음에, 시비, 부인의 분부로 부르시거늘, 소저 나아가 보니 부인이 이르되,

　"장원 양소유는 과방(科榜)에서 제일이요 너의 부친이 이미 정혼하시니, 우리 두 늙은이가 이제 비로소 의탁할 사람을 얻었으매 다시는 근심할 거리가 없도다."

　소저가 여짜오되,

　"소녀가 시비의 전하는 말을 듣자오니, 일전에 거문고를 타던 여관의 용모과 흡사하다 하온데 과연 그러하니이까?"

　부인이 대답하되,

　"그들의 말이 옳도다. 내 그 여관의 선풍도골(仙風道骨)을 사랑하여 오래도록 잊지 못하더니, 이제 양장원을 보매 그 여관을 마주 대함과 같으니 그 아름다움을 가히 알지로다."

　소저는 머리를 숙이고 가냘픈 목소리로,

　"그가 비록 아름다우나 그 사람과 더불어 혐의쩍은 바 있사오니 정혼하심은 불가하나이다."

　부인이 이르되,

　"이 심히 고이한 말이로다! 너로 말하면 깊은 규중에 있고 양공은 회남 사람이거늘, 무슨 혐의쩍은 사단(事端)이 있으리요?"

　소저가 여짜오되,

　"소녀 이 말씀을 하기 심히 부끄럽삽기로 여태까지 아뢰지 못하였나이다. 전일의 여관이 바로 양장원이온데 여복으로 변장하고 거문고를 타면서 소녀의 자태를 보려 함이었거늘, 그 간계에 빠져 종일토록 이야기를 주고받았사오니 어찌 혐의가 없다 하리이까?"

부인이 비로소 놀라 묵묵히 앉았더니, 정사도가 양장원을 접대하여 보내고 내당으로 들어와, 회색이 만면하여 소저에게 이르되,

"경패(瓊貝)[1]야, 네가 오늘 용을 타니 매우 유쾌한 일이로다!"

부인이 소저의 말을 사도께 전한대, 사도 다시 소저에게 물어 양생이 봉구황곡을 타던 이야기를 듣고 크게 웃고 이르되,

"양장원은 참 풍류남아로다. 옛날에 왕유학사(王維學士)가 악공의 의복을 입고 태평공주 집에서 비파를 타고, 뒤이어 과거에 장원을 하였다고 오늘까지 일러 오는 말이 있더니, 양생이 숙녀를 구하고자 여복으로 환착(換着)하였으니 실로 재주가 비상한 사람이거늘, 한때 희롱한 일을 어찌 혐의할 것이랴. 하물며 너는 여도사를 보았을 뿐 양장원을 보지는 않은 것이니, 양장원의 여도사 차림한 것이 네게 무슨 관계가 있으리요?"

소저 여짜오되,

"소녀 남에게 속음이 이에 이르렀사오니 진실로 부끄러워 죽을 듯하도소이다."

정사도 다시 웃고 이르되,

"이는 늙은 아비가 알 바 아니니 네가 후일 양생에게 물어 보도록 하라."

하고 위의(威儀) 정중하거늘, 부인이 사도께 묻자오되,

"양공이 혼례를 어느 때 거행코자 하더이까?"

사도 대답하되,

"납채(納采)는 시속대로 행하고 성례(成禮)는 가을에 기다려,

---

1) 정소저 이름.

저희 대부인을 모셔 온 연후에 날짜를 받고자 하더이다."
하고 인하여 택일하여 한림학사의 예폐를 받고 한림을 청하여
후원 별당에 거처케 하니, 양한림은 사위의 예로써 정사도 내외
를 섬기고 사도 내외는 친자식같이 사랑하더라.

　하루는 소저 우연히 춘운의 침방을 지나치는데, 춘운이 비단
신에 수를 놓다가 춘곤을 이기지 못하여 수틀을 베고서 자는지
라, 소저가 방 안으로 들어가 바느질 재주가 신묘함을 탄식하다
가, 수틀 밑에 글씨 쓴 종이가 있기에 펴 본즉 곧 시를 읊은 글
이라, 하였으되,

　憐渠最得玉人親
　步步相隨不暫捨
　燭滅羅帷解帶時
　使爾抛却象床下
　으뜸가는 가인을 얻어 사귐을 어여삐 여기니,
　다닐 적마다 서로 따라 잠시도 놓지 못하더라.
　촛불 끄고 비단 장막 속에서 허리띠를 풀 적에,
　너로 하여금 상아침상 아래에 던지게 하리라.

　소저가 읽고 나서 스스로 이르되,
　'춘당의 글재주 더욱 장진(長進)하였도다! 수놓은 신으로써
제 몸을 비하고 옥으로써 나를 비기어 여느때도 내 곁을 떠나지
못하더니, 제가 장차 시집을 가면 나와 더불어 사이가 뜸을 가
리킨 것이니, 춘랑이 진실로 나를 사랑하였도다!'
　이에 그 글을 다시 보다가 빙긋 웃고 이르되,

'춘랑의 글 뜻이 나의 침상에 오르고자 하였으니, 이는 나와 함께 한 낭군을 섬기려 함이라. 그 마음이 이미 동하였도다.'

하고는, 춘랑의 꽃다운 꿈을 깨게 할까 하여 몸놀림을 조심하여 가만히 나와 내당으로 들어가서 부인께 뵈온즉, 부인이 바야흐로 시비를 독촉하여 양한림의 저녁상을 차리기에 소저가 여짜오되,

"모친께서 양한림의 음식·의복을 염려하사 몸소 지휘하시니, 정신이 흐려질까 저하하오니 소녀 마땅히 그 괴로움을 당할 것이로되, 남들이 꺼리는 바이오며 또한 예법에도 없삽기로, 이제 춘랑이 나이들어 장성하여 수종들기를 감당하겠사오니, 별당으로 보내어 양한림의 의식범절(儀式凡節)을 받들게 하옴이 좋을까 하나이다."

부인이 이르되,

"춘운의 신묘한 재질로써야 무슨 일을 못 하랴마는, 다만 그의 아비가 우리 집에 유공하고 또 춘운의 인물이 남에게 뛰어나니 부친께서 사랑하사 장차 어진 배필을 구하고자 하실 터이니, 끝내 너를 섬김이 춘운의 소원이 아닐까 하노라."

소저가 여짜오되,

"저 애의 뜻을 알아보오니 소녀로 더불어 서로 떠나지 않으려 하더이다."

부인이 이르되,

"시집갈 때 비첩(婢妾)이 좇는 것은 또한 예법에도 있으나 춘운을 여느 비자(婢子)에 견줄 바 아니니, 너와 한가지로 간다는 것은 거리가 먼 생각이 아닌가 하노라."

소저 여짜오되,

"양한림이 방년(芳年) 16세의 서생으로 전날 거문고로 재상가의 규수를 희롱하였으니, 그 기상으로 어찌 홀로이 한 여자만 지키고 있사오리까? 타일 승상부(丞相府)에서 만종록(萬種祿)을 누리면 그 집에 장차 몇 사람의 춘운이 있을 줄 아리이까?"

말을 맺지 못하여 마침 사도 들어오거늘, 부인이 소저의 말을 옮겨 아뢰니 사도가 점두(點頭)[1]하고 이르되,

"여아가 행례(行禮) 전이나, 춘랑이 여아와 서로 헤어지기를 싫어할 것이로되, 필경은 매한가지라 먼저 보냄을 무엇이 가로막느뇨? 젊은 사나이가 비록 춘정(春情)이 일지라도 펴 보지 못할 것이로되, 빨리 춘랑을 별당으로 보내어 양공의 적막한 회포를 위로케 하오. 그러나 경패의 마음에 불평이 있을 듯하니 어찌하면 치우치지 않게 할 수 있을꼬? 부인이 경패의 의중을 알아보고 조처함이 좋을까 하오."

인하여 외당으로 나아가니라. 소저 모친께 여짜오되,

"소녀 한 계교 있으니, 춘랑의 몸을 빌어 소녀의 부끄러움을 씻고자 하나이다. 십삼랑(十三郎)을 시켜서 여사여사하오면 전일의 수치를 씻을 수 있을 듯하나이다."

정사도의 모든 조카 중에서 대체로 십삼랑의 성품이 순량하고 재질이 명민하며 재치가 발랄하여 어느 때나 농지거리와 장난을 잘하므로, 양한림과 더불어 마음과 뜻이 맞아들어 막역간(莫逆間)이라.

소저 침방에 돌아와 춘운더러 이르되,

"내 너로 더불어 머리털이 이마를 덮었을 때부터 정이 두터

---

1) 머리를 끄덕이는 것.

위, 서로 놀면 꽃가지를 다투어 갖고자 서로 울며 싸우기도 하였더니, 내 이미 빙폐(聘幣)를 받았으니 너도 필경은 백년대사를 자량하였을 것이나 내 알지 못하니, 어떠한 사람에게 몸을 의탁하고자 하느냐?"

춘운이 대답하되,

"천첩이 편벽되이 아가씨의 무애(撫愛)하시는 은혜를 입사와 여태까지 지내왔사오니, 만분의 일이라도 은혜에 보답하는 길은, 이 몸을 마치도록 아가씨의 경대를 받드는 외에는 다른 도리가 없사오리다."

소저가 이르되,

"그러면 내 너와 더불어 한 가지 계책을 의논코자 하는데, 전일 양랑한테 당한 수치를 네 아니면 누가 씻어 주겠느냐? 우리 집 산정(山亭)은 종남산(綜南山) 궁벽한 곳이니 경개가 비길 데 없어 속세 같지 않은지라, 그 산정에다 네가 신방을 차리고, 또한 십삼랑으로 하여금 여사여사하여 계교를 쓰면 대략 설치(雪恥)할 것이니, 너는 잠시의 수고를 꺼리지 말라."

춘운이 대답하되,

"어찌 소저의 명을 어길 수 있으리요마는, 후일 무슨 면복으로 양한림을 대하오리까?"

소저가 이르되,

"남을 속이는 수치가 남에게 속는 수치보다 낫지 아니하냐?"

춘운이 그리하리이다 하더라.

양한림이 입직(入直)하고 공고(公故)[2]를 치르는 외에는 달리

---

2) 벼슬아치가 궁중 행사에 참여하는 일.

80

분주한 일이 없고, 출번(出番)[1] 후에는 오히려 한가한 날이 많은 지라, 혹은 친구 심방도 하고 혹은 들 밖에 나가 방화수류(訪花 隨柳)[2]하더니, 하루는 정십삼랑(鄭十三郞)이 찾아와 청하기를,

"성남 멀지 않은 곳 한 고요한 경지(境地)에 경개가 비길 데 없으니 내 형과 더불어 한번 소풍코자 하오."

양한림이 대답하되,

"이 정히 내 뜻이라!"

하고 드디어 주효를 이끌고 추종을 물리고 10여 리를 나아가니, '산고수청(山高水清)하여 별유천지비인간(別有天地非人間)[3]이 라. 기화요초(琪花瑤草)는 향기를 뿜어 속개의 코를 찔러 속세 의 생각을 잊게 하는지라, 양한림이 정생과 더불어 물가에 앉아 술잔을 나누며 글을 읊으니 바야흐로 때는 봄과 여름의 어름이 라, 백 가지 꽃이 아직도 피어 있고 만 가지 나무가 물 위에 비 치는데, 홀연 떨어진 한 떨기 꽃이 시내에 떠오거늘, 한림이 '춘래편시도화수(春來偏是桃花水)'[4]란 글귀를 외며 이르되,

"이 사이에 필연 무릉도원(武陵桃源)이 예 있으렷다!"

정생이 대답하되,

"이 물이 자각봉(紫閣峰)에서 근원이 발하여 내려오는지라, 지난날 들으니, 꽃피고 달밝을 때면 간혹 신선의 풍악 소리 구 름 사이에서 나는고로 들은 사람이 있다 하되, 소제는 선연(仙 緣)이 심히 없어 그 동구에도 들어가 보지 못하였소그려. 오늘

---

1) 당번의 출석.
2) 자연을 벗삼는다는 뜻.
3) 이백의 시 《산중문답》의 한 구절.
4) 왕유의 《도화원행》의 한 구절.

형의 발자취를 따라 선경에 다다라 신선의 약을 먹고 옥녀의 술을 맛볼까 하오."

한림이 기꺼워 이르되,

"천하에 신선이 없으면 모르되, 만일 있다면 이 산중에서 구하리라."

하고 찾아가 구경코자 하더니, 홀연 정생 집 하인이 땀을 흘리며 빨리 와 헐떡이며 이르되,

"낭자(娘子)의 환후가 졸지에 위급하나이다."

정생이 급히 일어나며 이르기를,

"실인(室人)의 병이 이렇듯 급하니, 역시 아까 말할 바 인연이 없음을 가히 짐작하겠도다!"

하고는, 나귀를 채찍질하며 돌아가더라.

양한림이 정생을 보낸 후에 심히 무료하나, 구경할 흥취 오히려 다하지 아니하여 물줄기를 따라 동구로 들어가니, 물과 돌이 깨끗하여 한 점의 티끌도 없으니 마음이 저절로 상쾌한지라 홀로 배회하더니, 붉은 계수나무의 잎새 하나가 물 위에 떠 내려오더라. 잎새에 글씨 두어 줄이 씌었거늘 집어 보니 한 수의 글귀라, 하였으되,

仙厖吠雲外
知是楊郎來
신선 삽살개가 구름 밖에서 짖으니,
알쾌라, 이는 양랑이 오는도다.

한림이 괴이히 여기어 이르되,

'이 산 위에 어떻게 사는 사람이 있으며, 이 글이 어떠한 사람의 소작인고?'

인하여 점점 들어가니 거의 7, 8리는 가는데 길은 험하고 날이 저물어 밝은 달이 동녘 하늘에 오르기에, 달빛을 따라 수풀을 뚫고 시내를 건너니, 오직 놀란 새가 지저귀고 슬픈 원숭이가 올 따름이요, 별은 높은 봉우리에 흔들리고 이슬은 솔가지에 내리니 밤이 깊어 감을 알겠더라. 몹시 창황할 즈음에 10여 세 난 푸른 옷의 계집아이가 냇가에서 옷을 빨다가, 한림이 오는 것을 보고 놀라 일어나며 한편 소리쳐 아뢰기를,

"아씨, 낭군이 오시나이다."

하거늘, 한림이 듣고 괴이히 여기며 다시 수십 보를 나아가니, 산이 둘려 있고 길이 막혔으나, 작은 정자 물가에 날아갈 듯이 다가섰는데 진실로 신선 사는 곳 일러라.

한 선녀 노을 빛을 헤치고 달빛을 띠고 벽도(碧桃)[1]나무 아래 홀로 섰다가, 한림을 향하여 허리 굽혀 절하고서,

"양랑이 오기를 어찌 늦게 하시나이까?"

한림이 크게 놀라 자세히 보니 여자 몸에 홍초의(紅綃衣)를 입고 머리에 비취 비녀를 꽂고, 허리에 백옥패를 비꼈으며, 손에는 봉미선(鳳尾扇)을 들었는데, 산뜻하고 시원스런 자태가 속세 사람은 아니더라. 양한림이 황급히 대답하되,

"소생은 진세속인(塵世俗人)이라 그대와 더불어 달 아래서 기약한 바 없거늘, 늦게 온다 함은 어찌된 연고이뇨?"

그 선녀 정자에 올라 이야기하기를 청하고 인하여 정자로 들

---

1) 선과(仙果) 이름. 《윤희내전》에 '洪食碧桃紫梨' 라는 글이 있음.

어가 주인과 손이 자리를 잡은 후에, 계집아이를 불러,

"낭군이 멀리서 오시니 주린 빛이 있을지니 약간 다과를 올리라."

한대, 이윽고 구슬상에 진찬을 베풀고 백옥잔에 자하주(紫霞酒)를 내오니, 맛이 청렬(淸洌)하고 향기 무르녹아 어느덧 한 잔술에 취하는지라. 한림이 이르되,

"이 산이 비록 높으나 하늘 아래 있거늘, 선랑(仙娘)은 어찌하여 옥경(玉京)의 짝을 떠나 속되이 예서 기거하시나이까?"

미인이 탄식하되,

"옛날 일을 말씀하고자 하면 비회(悲懷)만 더하오이다. 첩은 서왕모(西王母)[2]의 시녀요 낭군은 자미궁(紫微宮) 선관(仙官)이었는데, 옥제께서 왕모께 잔치를 베푸실 제 여러 선관이 모였는데, 낭군이 우연히 첩을 보시고 선과를 던져 희롱하였더니, 잘못되어 중벌을 받아 인간으로 환생하시고, 첩은 다행히 형벌을 받아 귀양살이로 여기 있사오니, 낭군은 이미 이간 세계의 연기와 티끌에 가려 능히 전쟁의 일을 생각해 내지 못하시거니와, 첩은 귀양 기한이 벌써 찼기에 장차 요지(瑤池)로 돌아갈 터인데, 한번 낭군을 보고 잠깐 옛 정을 펴 보고자 하여 선관께 간청을 드려 기한을 물리고, 또 낭군이 이에 나오실 줄 미리 알고서 고대하였더니, 이제 욕되이 오시니 옛 인연을 가히 잊겠소이다."

이때 계수나무 그림자는 비끼려 하고 은하수는 이미 기울어졌거늘 한림이 미인을 이끌고 취침하니, 바로 옛날에 유신(劉晨)과 완조(阮肇)가 천태산(天台山)에 이르러 선녀와 더불어 인

---

2) 곤륜산에 있는 선녀.

연을 맺음과 흡사하니, 꿈 같되 꿈이 아니요 참일 같되 참일이
아니더라. 겨우 은근한 정을 다 풀매 산새는 벌써부터 꽃가지에
지저귀고 동녘이 밝았는지라, 선녀가 먼저 일어나 한림더러 이
르기를,

 "오늘은 첩이 하늘에 오를 기한이오라, 선관이 상제(上帝)의
칙교(勅敎)를 받들고 기치(旗幟)를 갖추어 소첩을 맞을 적에,
만일 낭군께서 여기 계시온 줄 아오면 피차 다 죄를 입을 것이
오니, 낭군은 빨리 산을 내려가 몸을 피하소서. 낭군께서 만일
옛 정을 잊지 아니하오면 다시 만나 뵐 날이 있사오리다."
하고 드디어 비단 수건에 이별시를 써서 한림에게 주니 하였으
되,

　相逢花滿天
　相別花在地
　春色如夢中
　弱手杳千里
　서로 만날 땐 꽃이 하늘에 가득하더니,
　서로 이별하매 꽃이 땅에 졌더라.
　봄빛은 꿈결인 듯,
　약수 천리가 아득하여라.

　한림이 그 글을 보매 이별하는 회포 창연(愴然)하여 한삼(汗
衫)을 찢어 화답하는 글 한 수를 써서 선녀에게 주니 하였으되,

　天風吹玉佩

白雲何離披

巫山他夜雨

源濕襄王衣

하늘바람이 패옥에 부니,

흰 구름이 어찌 그리 흩어지는고,

다른 날 무산 밤비에,

양왕의 옷을 적시과저.

선녀 받들어 보고 이르되,

"나무에 달이 숨고 계전(桂殿)[1]에 서리가 날리는데 구만리 밖의 모습을 그려 내는 것이 오직 이 글뿐이옵니다."

하고 드디어 향낭(香囊)에 감추고 거듭거듭 재촉하되,

"때가 이미 다 되었으니 낭군은 급히 떠나소서."

한림이 손을 들어 눈을 씻고 '몸조심하라'고 당부한 후에 작별하고 겨우 수풀 밖에 나와 정자를 돌아보니, 푸른 나무는 첩첩하고 흰 구름은 자욱하여 마치 요지(瑤池)[2]의 한 꿈을 깬 듯하기에, 별당에 돌아와 후회하여 생각하되,

'선녀의 귀양 풀릴 기약이 지금이라 하나, 잠깐 산중에서 몸을 깊은 곳에 숨기어, 여러 선관들이 맞아가는 것을 보고 돌아와도 또한 늦지 아니하거늘, 내 어찌 조급히 내려왔을꼬?'

한탄함을 마지않다가 새벽에 일찍 일어나 동자를 거느리고 다시 전일에 선녀를 만났던 곳을 찾아가니, 복사꽃은 웃는 듯,

---

1) 월궁(月宮).

2) 중국 곤륜산에 있다는 곳. 선인이 살았다고 함. 주나라 목왕이 서왕모를 만났다는 곳으로 유명함.

냇물은 우는 듯한데 빈 정자만 덩그러니 남아 있고, 향기로운
티끌이 이미 고요하거늘, 난간에 의지하여 푸른 하늘을 바라보
고 색구름을 가리키며 탄식하되,

'선랑(仙娘)이 저 구름을 타고 상제께 조회(朝會)하리니 바라
본들 미치지 못하리로다.'

이에 정자에서 내려 복사나무를 의지하고 눈물을 뿌리고 스
스로 이르되,

'이 꽃이 응당 내 무궁한 한을 알리로다.'

양한림은 섭섭히 돌아오더라.

하루는 일어나 정생(鄭生)이 양한림에게 와서 이르되,

"향일에 안사람의 신병으로 인하여 형과 더불어 끝까지 놀지
못하더니 지금까지 서운하오. 아직도 도성 밖 장림(長林)에 버
들 그늘이 확실히 좋으니, 마땅히 반나절의 겨를을 내어 한바탕
놀이를 벌이고 형과 더불어 꾀꼬리 노래를 들음이 좋을까 하노
라."

양한림이 대답하되,

"녹음방초가 꽃철보다 낫다!"

하고 두 사람이 동행하여 성문 밖으로 나아가 무성한 수풀을 가
려서 풀을 자리 삼아 앉고는 꽃가지로 수놓으며 술을 마실새,
문득 보니 가까이 황폐한 무덤이 하나 있는데, 쑥대는 우거지고
잡풀이 떨기를 이루어 구슬픈 바람에 나부끼고 두어 떨기 말라
빠진 꽃이 거칠은 언덕 위, 어지러이 선 나무 사이로 그윽하게
보이는지라, 한힘이 취흥으로 말미암아 무덤을 가리키며 탄식
하되,

"사람의 귀천(貴賤)·현우(賢愚)를 물론하고, 누구나 다 한번

죽어 흙으로 돌아가는 법이니, 옛적에 맹상군(孟嘗君)의 부귀로
도, 당시의 옹문(雍門)의 거문고 곡조에, '천년 만년 후에는 초
동목수(樵童牧豎)가 무덤 위에서 뛰놀며 이것이 맹상군의 무덤
이로구나' 하는 소리에 눈물을 흘렸다 하니, 어찌 살아생전에
취하지 아니하리요?"

정생이 이르되,

"형은 저 무덤의 유래를 알지 못하리로다. 저것인즉, 장녀랑
(張女娘)의 무덤이니, 여랑의 아름다운 자색이 세상에 떨침으로
장여화(張麗華)라 일컫더니, 불행히 20세에 죽으매 여기 묻어
주고, 그 뒤에 사람들이 불쌍히 여겨 꽃과 버드나무를 무덤 앞
에 심어 표하고 애석한 죽음을 위로케 한 것이니, 우리 두 사람
도 또한 술 한 잔을 부어 꽃다운 넋을 위로함이 어떠하노?"

한림은 본디 다정한 사람이라 이에 이르되,

"형의 말이 극히 옳다!"

하고 정생으로 더불어 무덤 앞에 이르러 술을 들어 붓고 각기
글을 지어 외로운 넋을 조상하니, 한림의 글에 하였으되,

美色曾傾國
芳魂已上天
管絃山鳥學
羅綺野花傳
古墓空春草
虛樓自暮烟
秦川舊聲價
今日屬誰邊

절색이 일찍이 나라를 기울이더니,
꽃다운 혼이 이미 하늘에 올라갔도다.
산새들은 관현학을 타는 듯 지저귀고,
들꽃은 기라인 양 아름다워라.
고총에 봄풀만 쓸쓸하고,
빈 다락엔 저녁 연기 끼었어라.
지난날 진천의 명성은,
오늘날 뉘 집에 붙였는고.

정색의 글에 하였으되,

問昔繁華地
誰家窈窕娘
荒涼蘇小宅
寂寞薛濤莊
草帶羅裙色
花留寶靨香
芳魂招不得
惟有暮鴉翔
묻노니 옛적 번화한 곳,
뉘 집의 얌전한 낭자런고,
소소(蘇小)[1]의 집이 황량하고,
설도(薛濤)[2]의 별장이 적막하여라.

---

1) 제전당(齊錢塘)의 유명한 기생. 기녀의 일반적인 칭호.
2) 당나라의 유명한 기생. 음률과 시사(詩詞)에 능함.

풀은 깁치마 빛을 띠었고,

꽃은 검은 보사마귀의 향기를 지녔더라.

꽃다운 넋을 불러일키지 못하는데,

저녁 까마귀만 날고 있도다.

두 사람이 낭음(朗吟)하더니, 정생이 무덤 둘레를 배회하다가 사초(莎草)가 떨어진 틈에서 흰 비단 헝컨에 쓴 글을 들어 읊으며 이르되,

"어떤 다사(多事)한 사람이 이 글을 지어 장여랑 무덤에 넣었을꼬?"

하거늘, 한림이 받아 본즉, 일전에 자기 한삼에 찢어 글을 써서 선녀에게 주었던 것이라 가슴이 내려앉도록 놀라 '지난번에 만났던 미인이 바로 장여랑의 신령이라' 하고 한출첨배(汗出沾背)[3] 놀란 가슴을 진정치 못하더니, 이윽고 깨닫되,

'신선도 하늘이 정한 연분이요 귀신도 하늘이 정한 연분이니, 선관과 귀신을 구태여 분별할 필요는 없다.'

하고 정생이 마침 일어나 돌아선 틈을 타서, 다시 한 잔 술을 따라 무덤에 붓고 마음속으로 축원하되,

'유명(幽明)은 비록 다르나 정의(情義)에는 간격이 없으니, 오직 바라건대 꽃다운 혼령은 이 작은 정성을 굽어살피고, 오늘 밤에 거듭 옛 인연을 이을지어다.'

양생은 축원을 마치자, 정생과 더불어 돌아와 홀로 화원 별당에서 베개를 의지하고 미인을 생각하는 마음이 간절하여 잠을

---

3) 《십팔사략》에 나오는 글귀. 식은땀이 등골에 흐른다는 뜻.

이루지 못하니, 이때 월색(月色)은 발에 비치고 나무 그림자는 창에 가득하고 사방이 고요한데, 사람의 소리가 은은히 들리며 발자취가 완연하기에, 한림이 문을 열고 본즉 자각봉에서 만났던 선녀러라.

마음에 놀랍고도 또한 기꺼운지라, 문지방을 뛰쳐나가 여인의 가냘픈 손을 이끌고 방으로 들어오려 하니, 미인이 사양하되,

"첩의 근본은 낭군이 알고 계시오니 아마도 꺼림직한 마음이 없지 않으오리다. 첩이 처음으로 낭군을 만났을 적에 바로 말씀드리고자 하였으나, 혹시 낭군이 놀라실까 두려워 신선이라 거짓 일컫고 하룻밤 고임을 입사와 영광이 극진하고 정의가 이미 깊어서 끊어진 혼이 두 번 있고 썩은 살이 되살아나는 듯하옵더니, 오늘 다시 첩의 무덤을 찾아 술부어 제사지내시고 글을 읊어 조상하여 임자 없는 고혼을 위로하여 주시니, 첩은 감격한 마음을 이기지 못하옵고 후은대덕(厚恩大德)을 사례하고 작은 정성이나마 몸소 말씀드리고자 잠시 들른 것이오니, 어찌 감히 썩은 몸으로 다시 군자의 몸에 가까이 할 수 있겠나이까?"

한림이 다시 그 소매를 당기며 이르되,

"세상에 귀신을 미워하는 자는 우매하고 겁 많은 사람이라. 사람이 죽으면 귀신이 되고 귀신이 변하면 사람이 되나니, 사람으로서 귀신을 두려워하는 자는 못생긴 사람이요, 귀신으로서 사람을 피하는 자는 신령치 못한 귀신이라. 그 근본인즉 하나이니 어찌 유명(幽明)을 판단하리요. 내 소원인즉 이와 같고 내정이 또한 이러하니 낭자는 어찌 나를 배반할 수 있으리요?"

미인이 말하기를,

"첩이 어찌 낭군의 온정을 저바리리요. 첩의 눈썹이 검고 두 뺨이 붉은 것을 보시고 사랑하시나 이는 다 헛것이요 참된 모습은 아니오니, 이는 모두 요사한 꾀로 교묘하게 꾸며서 산 사람으로 하여금 상접케 하려 함이나이다. 만일 낭군이 첩의 참모습을 보고자 하실진댄, 곧 두어 조각 백골에 푸른 이끼가 서로 얽혀 있을 따름이오니, 이같이 추하고 더러운 물건을 귀하신 몸에다 가까이하려 하나이까?"

"부처 말씀에 '사람의 몸은 물거품과 바람결의 꽃이 거짓으로 이뤄진 것이라'[1] 하였으니 뉘 능히 참인 줄을 알며 또 거짓인 줄을 알리요?"

이끌고 들어가 자리에 누워 그 밤을 편히 지내니 오가는 정이 전보다 몇 갑절이나 더한지라, 한림이 미인더러 일러 두기를,

"이제부터 밤마다 만나서 저어(齟齬)[2]하게 말지어라."

미인이 대답하되,

"사람과 귀신이 길이 비록 다르나 깊은 정에 이르는 바에는 서로 자연히 감응되나니, 낭군이 첩만을 생각하심이 실로 지성에서 우러나는 것이온즉, 첩이 의탁하려는 마음이 어찌 간절치 아니하리이까?"

이윽고 새벽 종소리에 여인이 일어나 꽃나무 사이로 사라지더라. 한림이 난간에 의지하며 보낼새, 밤으로써 기약하나 미인이 대답치 아니하고 총총히 가더라.

한림이 선녀를 만난 후로는 봉우심방도 아니하고 손님도 맞

---

1)《방광대장엄경》에 '無有堅實如風中燈 如水上泡'이라는 글이 있음.
2) 서먹서먹하게. 의견이 맞지 않음을 뜻하는 부사.

는 일이 없이 고요히 화원에 처하여, 밤이면 선녀가 오기를 기다리고 날이 밝으면 다시 밤을 기다려서 스스로 감격하여 마지 아니하되, 미인이 즐겨 자주 오지 아니하니 한림의 기다림이 점점 간절하더라.

하루는 두 사람이 화원 협문을 거쳐 들어오는데, 앞에 선 이는 정십랑이요, 뒤에 따르는 이는 처음 보는 사람이더라. 정생이 뒤에 따르는 사람을 불러 한림에게 뵈며 이르되,

"이 선생은 태극궁(太極宮)의 두진인(杜眞人)[1]인데 상 보는 법과 점치는 술법이 이순풍(李淳風)[2]이나 원천강(袁天剛) 같은 고로, 이제 양형의 상을 보고자 하여 맞아왔소."

한림이 두진인을 두 손 잡아 맞아들이며 이르기를,

"높으신 성화(聲華)[3]를 이미 들잡고, 이제 또 비오니 천만뜻밖이로소이다. 선생이 필시 정형의 상을 보았을 터인데 어떠하더뇨?"

정생이 대답하되,

"이 선생이 내 상을 보고 '3년 안에 과거하고 또 장차 팔주자사(八州刺使)[4]가 되리라' 하니, 나에게는 넉넉히 맞을 것이니 형도 시험삼아 물어 보오."

한림이 이르되,

"어진 사람은 곧 복(福)을 묻지 아니하고 다만 재앙을 물을 따름이니, 오직 선생은 바른 대로 말해 보라."

---

1) 두처사.
2) 중국 당나라 때에 신선의 도술을 연구한 사람.
3) 성예(聲譽), 즉 세상에 떨치는 이름과 기림받는 명예가 빛남.
4) 자사는 관명.

두진인 한동안 자세히 본 뒤에 이르되,

"양한림의 두 눈썹이 다른 눈썹이 다른 사람과는 다르고 봉의 눈이 살쩍[5]을 향하였으니 벅벅이[6] 벼슬이 삼정승(三政丞)에 이를 것이요, 얼굴빛이 분을 바른 듯하고 둥근 구슬 같으니 이름이 장차 천하에 날 것이요, 용행호보(龍行虎步)[7]하니 손에 병권을 잡아 위엄이 떨치고, 공후(公侯)를 만리 밖에 봉할 것이니 백무일흠(百無一欠)[8]이나, 한갓 오늘 이 마당에 횡액(橫厄)이 있으니 만일 나를 만나지 못하였더면 위태할 뻔하였소이다."

한림 가로되,

"사람의 길흉(吉凶)·화복(禍福)이 다 저에게 쫓아 구하지 아니하면 모두 생기지 아니하나, 오직 병이라 하는 것만은 사람이 피하기 어려우니 나에게 중병 들린 징조가 있느뇨?"

두진인이 대답하되,

"이는 심상한 재액이 아니로다! 푸른빛이 천장(天庭)을 꿰뚫었고 간사한 기운이 명당(明堂)을 침노하였으니, 한림 댁에 혹시 내력이 분명치 못한 남종 여종이 있느냐?"

한림이 마음에 벌써 장여랑의 빌미인 줄 깨달았으나 정이 앞을 가리어 소불동념(少不動念)하고 답하되,

"여종 일은 도시 없노라."

두진인이 다시 묻되,

"그러하면 혹시 옛 무덤을 지나다가 마음이 흔들려 섬뜩하였

---

5) 관자놀이와 귀 사이에 난 털. 귀밑털.
6) 응당.
7) 《남사》에 '龍行虎步視瞻不凡'이라는 글이 있음.
8) 무슨 일이든 실패함이 없다는 뜻.

거나, 혹 귀신과 함께 꿈 속에서 논 일이 있느뇨?”

한림이 대답하되,

“그런 일도 역시 없노라.”

전생이 이르되,

“두선생의 말씀이 일호(一毫) 틀림이 없으니, 양형은 자세히 생각하여 보도록 하오.”

한림이 부답이어늘, 두진인이 이르되,

“사람은 양기(陽氣)요 귀신은 음기(陰氣)인고로 주야의 서로 바뀜과 인신(人神)의 서로 다름이 물과 불이 서로 받아들이지 못함과 같거늘, 이제 상공의 얼굴을 보매 귀신에게 홀림이 이미 몸에 어리었기로 수일 후면 병이 골수에 박혀 목숨을 구하지 못할까 두려워하노니, 그때에 이르러 상 보는 자가 말하지 않았다고 원망치 말라.”

한림이 내심에,

‘두선생의 말이 신기하나, 장여랑이 나와 더불어 길이 즐겁도록 지낼 것을 굳게 맹세하고, 서로 사랑하는 정이 날로 더하니 어찌 그가 나를 해칠 것이랴.’

이에 내쳐 두선생에게 이르되,

“사람의 장수와 단명은 날 때부터 정한 바이어늘, 내 실로 장상(將相)과 부귀(富貴)할 상이 보일진댄, 요사한 귀신이 어찌 감히 나를 범하리요?”

두진인이 대답하되,

“사생(死生)이 다 상공에게 있고 내게 관계 없다.”

하고 소매를 떨치고 가거늘, 한림도 또한 만류치 아니하더라. 정생이 위로하되,

"양형은 본래 길한 사람이라 신명(神明)이 필연 도우시리니 어찌 귀신을 두려워하리요? 술객(術客)들이 이따금 허탄한 말로 사람을 놀라게 하니 가증한 노릇이렷다."

이에 술상이 나와 종일 대취한 후 각기 헤어지니라. 한림이 이날 밤에 술이 깨어 향을 피우고 고요히 앉아서 여랑이 오기를 기다리나 끝내 종적이 없기에, 한림이 책상을 치고 이르되,

'샛별이 빛나거늘 아직도 미인이 오지 않는구나.'

하고 촛불을 끄고 자려 하더니, 갑자기 창 밖에서 여랑이 울고 이르되,

"낭군이 요사한 도사(道士)의 부작(符作)[1]을 머리 위에 감추어 두었기에 첩이 감히 가까이 가지 못하나이다. 첩이 비록 낭군의 뜻이 아님을 아오나, 이 역시 인연이 끝났으므로 요사한 것들이 날뛰는 바이오니, 엎디어 바라옵건대 낭군은 몸을 돌보소서. 첩은 이제부터 영 이별을 하나이다."

한림이 크게 놀라 문을 열고 본즉 벌써 간데없고 단지 한 조각 글발만이 돌 위에 놓였거늘, 곧 떼어 보니 여랑의 지은 글이라, 하였으되,

借訪佳期躡彩雲
更將淸酌酹荒墳
深誠未效恩先絶
不怨郞君怨鄭君

지난날 아름다운 기약을 찾아 채색구름을 밟았고,

---

1) 붉은 글씨로 쓴 나뭇조각이나 종이. 부적의 변한 말임.

다시 맑은 술잔으로 묵은 무덤에 부었더라.
도타운 정성 드리지 못하고 정이 먼저 끊어졌으니,
낭군을 원망치 아니하고 정군을 원망하노라.

한림이 한번 읊고 서러워하며 또 괴이히 여겨 손으로 머리를 어루만져 보니 무엇인가 상투에 꽂혀 있거늘, 내어보니 곧 귀신을 쫓는 부작이라. 분연대질(憤然大叱)하되,
"요괴한 사람이 나의 일을 그르쳤도다!"
드디어 그 부작을 찢고 다시 여랑의 글을 잡고 읊어 보다가 크게 깨달아 이르되,
'여랑이 정생을 원망함이 깊으니 이는 정심삼랑의 장난이로다! 기실은 악한 일이 아니다. 좋은 일을 짓궂게 훼방침이 두진(杜眞人)의 요술이 아니요 정생이 한 것이니, 내 반드시 욕을 뵈리라!'
하였다.
여랑의 글을 차운(次韻)하여 글 한 수를 지어 주머니 속에 감추고 탄식하되,
'글은 비록 되었으나 누구를 가히 주리요?'
그 글에 하였으되,

冷然風馭上神雲
莫道芳魂寄孤墳
園裡百花花底月
故人何處不思君
바람을 솔솔 몰아 하늘에 올라갔거늘,

꽃다운 넋이 의론 무덤에 붙였다고 하지 마라.
동산 안엔 백 가지 꽃이 달 아래 피었으니,
내가 어디선들 그대를 생각하지 않으리요.

사기(詞氣) 간절하고 비창하더라. 익일에 정생의 집에 가 그를 찾으니 없는지라, 연삼일 찾으되 출입하여 한 번도 만나지 못하니라. 또한 여랑의 그림자도 묘연한지라. 자각정에 가서 찾고자 한들 신령과 접촉하기 어려우니 속수무책이라. 자나 깨나 잊지를 못하고 식음(食飮)이 점점 줄어들므로, 정사도 내외가 주요를 갖추어 한림을 맞아 한담을 나누며 술을 마실새, 사도 이르되,

"양군이 근래 어찌하여 신관(神觀)이 파리하뇨?"

한림이 대답하되,

"십상랑 군과 더불어 연일 과도히 마셨더니, 아마도 그로 말미암음인가 하나이다."

정생이 홀연히 온지라, 양한림이 흘겨보고 말을 아니하거늘, 정생이 먼저 묻되,

"형이 근래에 벼슬살이에 골몰하여 심사가 불편한가, 혹은 고향 생각이 간절해 병이 난 것인가, 어찌하여 그토록 용모가 파리하고 정신이 소삭(蕭索)¹⁾하오?"

마지못하여 한림이 대답하되,

"부평초(浮萍草) 같은 사람이 어찌 그렇지 아니하리요?"

사도 이르되,

---

1) 소조하고 삭막한 것.

"우리 집 비복들이 말하기를 '양군이 어떠한 여인과 더불어 화원에서 어울려 말하더라' 하니, 이 말이 옳으뇨?"

한림이 대답하되,

"화원이 궁벽하여 혹 오가는 사람은 있으되 그런 일은 없사오니, 필경 말하는 자 망령되도소이다."

정색이 이르되,

"도량이 넓은 형이 여자와 상종함을 수괴하는 태도를 하느뇨? 일전 형의 말이 거칠어 두진인을 물리쳤으나 형의 기색을 보니 짐작이 가는지라, 소제가 형을 위해 두진인의 귀신 쫓는 부작을 형의 머릿속에 감추어도 형이 대취하여 알지 못하기로, 소제가 그 밤에 동산 수림 속에 숨어 엿본즉, 어떤 여귀가 형의 침방 밖에서 울며 하직하고 곧 사라졌으니, 이로 미루어 보더라도 두진인의 말이 영검하고 소제의 정성이 극진하거늘, 사례치 아니하고 도리어 노여움을 품음은 어찌 된 일이오?"

한림이 아무래도 감추기 어려운 줄을 알고, 사도를 향하여 사죄하되,

"소서(小婿)의 일이 과연 해괴하오니 장인께 자세히 사뢰겠나이다."

이에 전후 사실을 들어 낱낱이 아뢰고, 또 여짜오되,

"십삼랑 형이 나를 위하는 줄은 알겠으되, 그 여랑이 귀신이라고 하나 기질이 씩씩하고 마음이 바르고 넓어서 요사스럽지 아니하니 결코 사람에게 해를 끼치지 않을 것이요, 소서가 비록 잔망하고 용렬하오나 그렇다고 귀신에게 홀릴 바 아니옵거늘, 정형이 부작으로써 여랑의 출입을 끊으니 마음에 걸리는 바 없지 않나이다."

사도가 박강대소하여 이르되,

"양랑의 운치와 풍채가 옛날의 송옥(宋玉)과 흡사하니 신녀(神女) 부르는 법이 없겠느뇨! 내 양생을 희롱하는 말이 아니라, 내가 소시에 우연히 이인(異人)을 만나 귀신 부르는 법을 배웠으니, 이제 사위를 위하여 장여랑의 혼령을 불러들여 당장 사죄케 하여 사위의 마음을 위로하려니와, 그대의 생각을 모를 일이니 의향 어떠하뇨?"

한림이 대답하되,

"소옹(少翁)[1]이 비록 이부인(李夫人)의 혼을 불렀으나 그 법이 전해 오지 못한 지 이미 오래이니, 소서는 그 말씀을 믿지 못하겠나이다."

정생이 이르되,

"장여랑의 혼을 양형은 한 마디의 수고도 허비하지 아니하고 불렀으매, 소제는 이를 또 한 조각 부작으로 쫓아냈으니 이로 미루어 보면 귀신을 어지간히 부릴 수 있을 터이니, 형은 무슨 의심을 두느뇨?"

사도 또한 이르되,

"믿지 못하거든 이를 보라."

하고 드디어 부채를 들어 병풍을 치며 부르되,

"장여랑이 어디 있느뇨?"

일위 여자 홀연히 병풍 뒤로 쫓아 나와 웃음을 머금고 음전한 모습으로 부인 뒤로 천연히 서기에, 한림이 눈을 들어보니 분명한 장여랑인지라, 심신이 황홀하여 사도와 정십삼랑을 물끄러

---

1) 한방사(韓方士)의 이름.

미 바라보며 묻되,

"이 진실로 사람이뇨, 귀신이뇨? 그렇지 아니하면 꿈이뇨 생시뇨?"

사도와 부인은 미미히 웃고, 정생은 요절을 하며 웃다가 제대로 일어나지를 못하였으며, 좌우의 시비들도 허리를 펴지 못하는지라, 사도 이르되,

"내 이제야 사위를 위해 그 경위를 바로 말하리라. 이 아이는 신선도 아니요, 귀신도 아니요, 바로 내 집에서 이르는 바 춘운(春雲)이니, 근래에 양한림이 화원 별당에 홀로 있으므로 심히 적막하겠기에, 내 이 아이를 사위에게 보내어 객지의 무료함을 위로케 하였더니, 젊은 것들이 중간에서 속임수로 희롱하여 괴롭혔으니 어찌 우습지 아니리요?"

정생이 바야흐로 웃음을 그치고 이르되,

"미인을 두 번 만난 것이 다 소제의 중매한 힘이거늘 그 은혜는 감사치 아니하고 도리어 원수같이 여기니 형은 아마도 배은망덕(背恩忘德)한 사람이구료."

또 정생이 가가대소(呵呵大笑)하니 한림도 따라 웃으며 이르되,

"장인이 보내시는 것을 중간에서 정형이 조롱하였거늘 무슨 은덕을 베풀었다 하리요?"

정생이 대답하되,

"조롱한 책망은 소제가 달갑게 들으려니와, 그 계책을 꾸며 지시한 사람이 따로 있으니, 이 어찌 소제의 죄라 하리요?"

한림이 정생을 돌아보며 이르되,

"정형이 꾸미지 않았으며 뉘 능히 이런 장난을 하였으리요?"

이에 정생이 대답하되,

"성인의 말씀에 '너에게 나간 자 네게로 돌아온다'[1] 하셨으니, 형은 다시 생각할지어다. 남자가 여자로 변하였거든, 하물며 속인이 신선도 되고 신선이 귀신도 됨이 어찌 그다지도 괴이타 하리요?"

한림이 이에 크게 깨닫고 웃으며, 사도를 향하여 여쭈오되,

"옳소이다! 일찍이 소저에게 작죄한 일이 있삽더니 소저 필시 원망을 잊지 아니함이로소이다."

사도와 부인이 웃고 대답치는 아니하더라. 한림이 춘운을 돌아보며 이르되,

"춘랑아, 네 실로 영민하고 영리하도다! 그러나 사람을 섬기고자 하면서 먼저 그 사람을 속임이 부녀자의 도리에 어떠하뇨?"

"첩은 다만 장군의 영만 들었을 뿐, 천자의 조서(詔書)[2]를 듣지 아니하나이다."

한림이 탄복하되,

"옛적에 양왕(襄王)은 무산(巫山)의 선녀를 만났을 때, 아침에 구름이 되고 저녁에 비가 됨을 분별치 못하였다 하더니, 이제 나는 춘랑이 신선도 되고 귀신도 됨을 분별 못하였은즉, 참사람이 어찌 구름과 비로 더불어 의논하리요? 생각건대, 천변만화의 술법이 이로 말미암아 얻어지리라. 내 들으니, 강한 장수에 약한 군사 없다 하더니, 그의 비장(裨將)이 이와 같으니, 그 대장은 친히 보지 아니하여도 족히 지략이 많은 줄 알리로다."

---

1) 《맹자》 '曾子曰 戒之戒之 出乎爾者 返乎爾者也'.
2) 《사기》 〈주발세가〉에 '軍中 聞將軍令 不聞天子詔' 라는 글이 있음.

좌중이 다 웃고 다시 주효를 내와 종일토록 취할새, 춘운이 또한 새 사람으로 말석에 참여하였다가 밤이 이슥하여 촛불을 잡고 한림을 모셔 화원에 이르니, 한림이 취흥을 이기지 못하여 춘운의 손을 잡고 희롱하되,

"네 참선녀냐? 귀녀이냐? 내 선녀도 사랑하고 귀신도 사랑하였거든 하물며 참 미인이리요. 그러나 너로 하여금 신선도 되게 하고 귀신도 되게 할진대, 장차 월궁 항아(姮娥)[1]가 될꼬, 남악에 진인(眞人)[2]이 될꼬?"

춘운이 교태를 머금고 대답하되,

"천첩은 외람한 일을 행하여 기망한 죄가 많사오니, 엎드려 상공의 용서를 비나이다."

한림이 이르되,

"네 변화하여 귀신이 될 때도 내 꺼리지 않았거든 이제 무엇을 허물로 삼으리요?"

춘운이 일어나 사례하더라.

선시(先是)에 양소유 과거한 후 정사도 집 사위가 되기로 작정할 때에, 그해 가을에 고향으로 내려가 모친을 서울에 모시고 올라와 성례하기로 하고, 또 한원(翰院)에 들어가 벼슬에 매어 아직 근친(覲親)을 못 하였다가 방장(方將)[3] 수유(受由)[4]하고 시골로 내려가려 할새 때마침 나라에 일이 많았으니 토번(吐藩)은 자주 변방을 침노하고 하북 지방의 세 절도사는, 혹은 연왕

---

1) 옛 선녀의 이름. 상아라고도 함.
2) 도교의 진의(眞義)를 닦는 사람.
3) 바야흐로.
4) 말미(휴가)를 받음.

(燕王)이니 혹은 조왕(趙王)이니 혹은 위왕(魏王)이니 자칭하고, 강한 이웃과 연락하여 군사를 일으켜 장난하므로, 천자께서 근심하시고 장차 군사를 내어치려고 할새, 문무제신(諸臣)을 모으시고 하순(下詢)하시는데 의논이 분분하여 같지 않기에, 한림학사 양소유가 출반주(出班奏)[5]하되,

"옛적 한무제(漢武帝) 남월왕(南越王)을 불러 효유(曉諭)하던 일과 같이 급히 조서를 내리시와 화와 복으로써 효유하옵시고, 마침내 귀순치 아니하거든 군사를 내어치는 것이 만전의 책일 듯하도소이다."

천자 그 말을 좇아 소유로 하여금 어전에서 조서를 초해 내도록 하시니, 소우가 엎드려 명을 받잡고 즉시 지어 올린즉 천자가 크게 기꺼워하며 하교하시되,

"정중엄절(鄭重嚴截)한 은덕과 위엄을 두루 말하여 효유하는 뜻이니, 미친 도적이 스스로 감동하리라."

하기고 삼진(三鎭) 절도사에게 곧 조서를 내리시니, 조나라와 위나라는 임금의 칭호를 버리고 조정의 명을 받들어 글을 올려 죄를 청할새, 사신을 보내어 말 1만 필과 비단 1만 필을 공물로 바쳤으되, 오직 연왕만은 땅이 멀고 군사가 강함을 믿고 귀순치 않는지라. 천자께서 '양진의 절도사가 항복함을 오로지 양소유의 공이라' 하시며, 이에 조서를 내려 포상하시되,

"하북(河北) 세 절도사 각각 한 모퉁이씩 웅거하여 강함을 믿고 이웃과 손을 잡은 지 거의 백년이라, 덕종 황제께옵서 10만 대군을 발하사 장수로 하여금 치시되 마침내 능히 그 강함을 꺾

---

5) 열별(列別)에 나와 임금께 아뢰는 일.

지 못하고 그 마음을 항복받지 못하였거늘, 이제 양소유의 한 장 글로 써 두 진(鎭)을 항복받으니, 군사 한 명도 수고치 아니하고 또한 한 사람도 죽이지 아니하고 인군(人君)의 위엄을 널리 만리 밖에 떨친지라, 짐이 심히 가상히 여겨 비단 300필과 말 5천 필을 주어 포상하는 뜻을 보이노라."

하시고 인하여 벼슬을 돋구고자 하신대, 소유가 어전에 나아가 머리를 조아리고 받지 아니하며 복주하되,

"조서를 대신 초하는 것은 신자 된 자의 직분이옵고, 두 진이 귀순함은 성상의 위엄이오니, 신이 무슨 공으로써 이 중한 포상을 받사오며 하물며 한 진이 아직도 항거하여 변방을 요란케 하옵거늘, 신은 칼을 들고 창을 잡아 나라의 수치를 능히 다 씻지 못함을 한탄하오니, 승탁(陞擢)하시는 명을 어찌 따르오리까? 신자의 충성을 다함은 직품이 높아지는 데 간격이 없삽고, 싸움에 이기고 패함은 군사의 다과(多寡)에 있지 아니하오니, 신은 바라옵건대, 한 무리의 군사를 얻어 조정의 위엄을 의지하여 나아가 연나라의 도적으로 더불어 죽기로써 결단하고 힘써 싸워, 천은(天恩)의 만분의 일이라도 갚고자 하나이다."

천자 그 뜻을 장하게 여기시어 대신들에 하문하시니 모두 엎드려 복주하되,

"세 진이 정족지세(鼎足之勢)이더니 이제 두 진이 이미 항복하였으므로, 조그마한 역적의 형세는 곧 솥에 든 고기의 형세요 구멍에 든 개미와 같사오니, 군사로써 나아가오면 반드시 마른 것을 꺾고 썩은 것을 꺾는 것 같사오며, 또 천자의 군사는 먼저 꾀를 쓰고 뒤에 치나니, 엎드려 바라옵건대 양소유를 보내어 이해(利害)로써 효유하다가, 끝내 항복지 아니하거든 곧 이어 군

사를 냄이 좋을까 하나이다."

천자 옳게 여기사, 양소유에게 절월(節鉞)을 내리시며,

"연나라에 가서 효유하라."

하시니 소유는 명을 받잡고 절월을 가지고 떠날새 정사도에게 하직하니, 사도 이르되,

"변방은 인심이 강악하여 조령(朝令)을 거역함이 한두 번이 아니거늘, 양한림이 한낱 선비의 몸으로 위험한 땅에 들어가니 불우지변(不虞之變)[1]이 생기면 이 늙은 것의 불행만이 아니라 한 나라의 수치가 될 것인즉, 내 몸 늙어 조정공론에 참여치 못하였으나 마땅히 한 장 글을 올려 간쟁(諫爭)코자 하노라."

한림이 만류하되,

"장인은 과념(過念)치 마옵소서. 변방 백성이 조정의 안정치 못함을 틈타서 잠시 소란한 일일 것이니, 천자께서 신무(神武)[2] 하시고 조정이 청명하여 조나라와 위나라의 두 강한 나라가 이미 귀순하였사오니 작은 연나라쯤은 어찌 근심하리요?"

사도 다시 이르되,

"인군의 명이 이미 나리시고 자네의 뜻이 또한 이미 정해졌으니 이 늙은 것이 다시 할말이 없겠거니와 오직 바라건대, 모든 일에 조심하여 몸을 보중(保重)하고, 군명을 욕되지 말게 하라."

부인이 눈물을 흘려 작별하되,

"현명한 선비를 얻은 후로 늙은 마음을 위로하더니, 양공이 이제 먼 길을 떠나니 내 가슴속이 어떠하리요? 다만 바라는 것

---

1) 뜻하지 않은 변. 《좌전》에 '愼守基一而備其不虞'라는 글이 있음.
2) 무용(武勇)에 뛰어남.

은 먼길을 빨리 왕반(往返)하라."

양한림이 물러가 화원 별당에 이르러 치행(治行)하여 곧 발행
(發行)할새, 춘운이 옷을 잡고 여짜오되,

"상공이 한원에 입직하실새 첩이 일찍 일어나 침구를 싸고
조복을 받들어 입혀 드리면 상공께서는 곁눈으로 첩을 보시고
항상 안타까이 여기사 떠나기를 싫어하심이 많사옵는데, 이제
만리 길의 이별을 당하여 무어라 한 마디 쓰라린 말씀이 없나이
까?"

한림이 크게 웃고 이르되,

"대장부 나라 일을 당하여 중임을 받았으니, 생사를 또한 돌
아보지 못하겠거늘 구구한 사정을 어찌 마음대로 의논하랴? 춘
랑이 부질없이 슬퍼하여 꽃 같은 얼굴을 상치 말고 삼가 소저를
받들어 얼마 동안 잘 있으면, 내 성공한 후 허리에 금인(金印)
을 차고 호기 있게 돌아올 터이니 기다리도록 하라."

하고 곧 문에 나아가 수레를 타고 낙양(洛陽)에 이르니, 옛날에
지나던 자취가 아직도 변치 아니하였더라.

당시에 16세의 한낱 서생의 몸으로 작은 나귀를 타고 행색이
심히 초라하였는데, 수년이 가지 않아 절월(節鉞)[1]을 세우고 사
마(駟馬)를 타고 이르니, 낙양의 현령(縣令)이 분주히 길을 닦
고 하남부윤(河南府尹)은 공손히 길을 인도하니, 광채가 온 길
에 비치고 여염 백성들이 다투어 구경하고, 오가는 행인들은 우
러러보며 부러워하니 이 어찌 장관이 아니리요.

한림이 먼저 동자를 시켜 계섬월의 소식을 알아 오도록 하기

---

1) 옛날에 관직을 제수할 때 받던 증서.

에, 동자가 섬월의 집을 찾으니 대문은 겹겹이 잠기고 청루도 열지 않은 채로 오직 앵두꽃만이 피어 있을 뿐이거늘, 이웃 사람에게 물어 보자, 그 대답이,

"섬월이 상년 봄에 원방의 상공으로 더불어 하룻밤 인연을 맺은 후로는 병이라 핑계하고 오는 손을 사절하여 관가 잔치에도 들어가지 아니하더니, 얼마 안가서 미친 척하며 패물붙이를 다 떼 버리고 도사의 의복으로 바꿔 입고는, 사방으로 두루 다니면서 산수(山水)를 구경하는데 아직 돌아오지 아니하였으니 지금 어느 산에 있는지 알지 못하노라."

동자 이 연유를 돌아와 고하니 한림이 하염없이 실망하여 섬월의 집을 지나칠새, 옛 자취와 옛 정을 그리며 눈물을 머금고 객사에 돌아와도 밤에 잠을 이루지 못하더니, 부윤이 기생 수십 명을 보내어 즐거이 해주려는데 모두가 일등 명기라, 붉은 단장과 화려한 의복으로 고운 것을 다루고 아리따움을 자랑하며 한 번 눈여겨 보기를 바라되, 한림은 아무런 흥취가 일지 않아 사람도 가까이함이 없이 이튿날 아침 떠남에 앞서 글을 지어 벽상에 쓰니, 하였으되,

雨過天津柳色新
風光宛似去年春
可憐玉節歸來地
不見當壚勸酒人
비 내린 천진 땅 버들빛 새로워라.
풍광이 지난날의 봄과 흡사하나.
가련토다 옥절이 돌아오는 곳,

목로에 술 권하는 이 보지 못할러라.

붓을 던지고 수레에 올라 앞길을 나아가니, 모든 기생들이 멀리 가는 거동을 보고 다만 부끄러울 뿐이라, 다투어 다투어 그 글을 베껴 부윤께 바치니, 부윤이 기녀들을 꾸짖되,

"너희들이 만일 양한림의 한번 눈여겨봄을 입었던들 이름이 틀림없이 백 배나 더할 것을, 한림의 눈에 들지 못하니 낙양이 땅이 무색하도다."

어시에 한림의 유의하는 사람의 이름을 알아서 사면에 방을 붙여 섬월의 거처를 찾아내고 한림의 돌아오는 날을 기다리더라.

양한림이 연나라에 이르니, 절원(絶遠)한 변방 사람들이 일찍이 황성(皇城)의 위엄 있는 거동을 보지 못하였다가 한림의 몸차림을 보니, 땅 위의 기린 같고 구름 속의 봉황 같은지라, 다투어 수레를 둘러싸고 길을 막으며 한번 보기를 원치 않는 자가 없더라.

한림이 연왕으로 더불어 서로 만나 보려 할새 한림의 위엄은 빠른 우레 같고 은혜는 봄비 같아서, 변방 백성들이 모두 춤추고 노래하며 입 모아 칭찬하며 이르되,

"성천자(聖天子) 장차 우리를 살리시리로다."

한림이 연왕과 서로 만날새, 천자의 위엄과 덕을 자주 일컬으면서, 순역(順逆)과 향배(向背)의 도리를 역설하니, 도도함이 바닷물 일 듯하고, 늠름함이 추상 같아서 감복 아니치 못하더라.

연왕이 황연히 놀라며 깨닫고 땅에 꿇어앉아 사죄하되,

"변방이 멀고 궁벽하여 왕화(王化)가 미치지 못한고로 방자히 조정의 명을 거역하고, 밝은 곳을 향하여 귀순할 줄을 알지 못하였는데, 이제 명교(明敎)를 듣사오니 전죄를 스스로 깨닫겠소이다. 이제부터는 어리석은 계획을 길이 정지하고 신자(臣者)의 직분을 부지런히 힘써 지키오리니, 바라옵건대 천사(天使)는 돌아가 조정에 아뢰어, 속국으로 하여금 위태로움으로 인하여 편안함을 얻게 하고 화가 변하여 복이 되게 하소서."

인하여 벽루궁(壁鏤宮)에 잔치를 진설하여 전송하고 황금 100근과 준마 10필을 선물로 주거늘, 한림이 일단 이를 물리치고 연 땅을 떠나서 돌아올새, 길을 행한 지 10여 일 만에 한단(邯鄲) 땅에 이르니, 미소년이 말을 타고 앞길에 있다가 벽제(辟除) 소리를 듣고 말에서 내려 길가에 섰기에 양한림이 바라보고 이르되,

"저 서생이 탄 말이 팔준마(八駿馬)[1]로다!"

하더니, 점차 가까이 보매 소년이 피어나는 꽃과도 같고 솟아오르는 달과도 같아서, 아름다운 태도와 훤한 광채가 사람의 눈을 쏘아 가히 바라보지 못하겠더라.

양한림이 이르되,

"일찍이 경향 각지의 소년들을 많이 보았으되 저 같은 소년은 금시초견이라."

하고 추종(騶從)에게 이르되,

"네 가서 저 소년을 불러오라."

하고는 잠시 객사에서 쉴새, 소년이 이미 다다랐기에 한림이 사

---

1) 《사원》에 '周穆王之良馬 乘之以周行天下者'라는 글이 있음.

람을 시켜서 맞아들이매 소년이 들어와 엎드리니, 한림이 사랑
하여 이르되,

"내 길에서 그대의 풍채를 사랑하여 일부러 사람을 보내어
청했으나, 혹시 돌아보지 않을까 염려하였는데, 이제 왕림하여
합석하게 되니 다행함을 이루 말로는 다할 수 없소. 그대의 성
명을 듣기 원하노라."

소년이 대답하되,

"소년은 북방 사람 적백란(狄百鸞)이오며, 궁벽한 시골에서
성장한 탓으로 훌륭한 스승과 현명한 벗을 만나지 못하여 학업
이 매우 얕아 글이나 칼을 깨우치지는 못하였으되, 그래도 한
조각 정성된 마음은, 지기지우(知己之友)를 위해 죽고자 하옵니
다. 이제 상공께서 하북 땅을 지나실새, 위엄과 은덕이 아울러
떨치어 사람들이 모두 감동하오니 우러러 사모하는 마음이 무
궁하온지라, 소생의 천루(賤陋)함과 잔졸(屛拙)함을 생각지 아
니하고, 이 몸을 귀문에 의탁하여 계명구도(鷄鳴狗盜)의 천한
재주를 일깨워 보고자 하옵는데 상공께서 몸을 굽혀 선비를 기
다리시는 성덕을 베푸시니 황공무지로소이다."

한림이 더욱 기뻐하여 이르기를,

"바로 옛말의 '동성상응(同聲相應)하고 동기상통(同氣相通)'
이라. 이제 두 뜻이 서로 합하니 장히 쾌한 일이로다! 일후부터
는 적생(狄生)과 더불어 말고삐를 나란히 하여 행하면서, 밥상
을 같이하여 먹고 경치 좋은 곳을 지나면서 산수를 담론하고 맑
게 갠 밤을 만나면 풍월을 읊조리면서 먼 길의 괴로움을 잊어버
리리라."

하고 인하여 발행하여 낙양 땅에 이르러 천진교를 지날새, 지난

날 섬월을 만나던 생각이 눈에 선하여 주루(酒樓)를 바라보며
구슬프게 스스로 이르되,

"계랑(桂娘)이 만일 지난번에 내가 헛되이 지나간 줄을 알면
필연 여기 와서 기다릴 것이로다. 여관(女冠)이 되었다 하니 생
각건대 그 종적이 도관(道館)에 있지 아니하면 필연 이원(尼院)
에 있을지니 그 소식을 어찌 들으리요? 슬프다. 이런 길에 또
서로 보지 못하면 부지하세월(不知何歲月)에 서로 모일꼬?"
하더니 홀연 눈을 들어 멀리 바라본즉 한 미녀가 홀로 누각 위
에 서서 주렴을 높이 걷어 올리고 거마(車馬)가 오는 것을 유심
히 보고 있으니, 이는 곧 계섬월(桂蟾月)이더라.

한림이 골똘히 생각하던 차에 구면을 보게 되니 그 아름다움
을 가히 잡을 듯한지라. 수레를 풍우같이 몰아 누각 앞을 지날
새, 두 사람이 서로 보고 반기는 정은 말로써 이루 나타낼 수
없더라. 이윽고 객사에 이르니 섬월이 먼저 지름길로 달려와 이
미 객사 안에 들어가 옷깃을 여미고 반기니, 슬픔과 기쁜 마음
이 아울러 서려 올라 눈물이 말보다 앞서 흐르는지라, 이에 몸
을 굽혀 하례하되,

"황명을 받자와 원로에 말을 구치(驅馳)하시되 기체(氣體) 안
강(安康)하시오니, 사모하는 이내 마음에 족히 위로가 되겠나이
다. 천첩의 일은 들어 아실 듯하니 다시 말씀드릴 것이 없사오
며, 지난 봄에 상공의 소식을 듣사온즉, 조서를 받들고 이 길을
지나셨다 하거늘 길이 멀어 전송을 못 하옵고 눈물만 흘릴 뿐이
었더니, 현령(縣令)이 상공을 위하여 몸소 이 몸을 찾아 객관
벽에 써 놓으신 글을 보이고 지나치게 공경하는 대접을 하며,
스스로 전일에 난처하였던 일을 사죄하고 '성중으로 들어가 상

공이 돌아오시기를 기다리라' 간청하옵기로, 기꺼운 마음을 이기지 못하여 옛집에 돌아오매, 천첩도 스스로 이 몸이 소중한 줄을 깨닫삽고 홀로 천진루에 서서 상공의 행차를 기다리니, 성내에 가득한 사녀(士女)와 오가는 행인들이 그 뉘 소첩의 귀히 됨을 부러워하지 않겠나이까? 천첩이 아직 모르거니와, 상공이 영귀(榮貴)하셨는데 살림을 맡으실 부인을 이미 맞이하셨나이까? 쾌히 말씀하소서."

한림이 이르되,

"이미 정사도 집에 정혼하고 성례는 아직 아니하였으나, 그 규수의 현숙함이 계랑의 말과 조금도 틀리지 아니하니, 좋은 중매의 은혜가 태산 같도다."

하고 다시 옛정을 이으니, 차마 즉시 떠나지 못하고 잇달아 수일을 머무를새, 계랑이 침방에 있는고로 오래 적생을 청치 아니하였는데, 동자가 급히 와서 고하되,

"소복(小僕)이 보오매 적생은 좋지 못한 사람이더이다. 사람들이 많은 데서 계랑자와 더불어 희롱하더이다."

한림이 이르되,

"적생이 그렇게 무례할 리가 있느냐? 더욱이 계랑은 의심할 바 없으니 네 필시 잘못 본 듯하다."

동자 앙앙(怏怏)히 물러나가더니, 이윽고 다시 와 고하되,

"상공이 소복의 말을 그릇되었다 하시니, 그들의 희학질하는 것을 친히 보소서."

하고 서편 행랑(行廊)을 가리켜 보이기에 한림이 나아가 바라본즉, 두 사람이 낮은 담을 사이에 두고 서서 혹은 웃으며 지껄이고, 혹은 손목을 끌어당기며 희롱하는데, 이에 그들이 조용히

하는 말을 들어 볼까 하여 차차 가까이 가니, 적생은 신 끄는 소리에 놀라 달아나고 섬월은 돌아보고 자못 수상한 태도가 있는지라 한림이 의아히 묻되,

"이왕에 적생과 더불어 연분이 있더냐?"

섬월이 대답하되,

"첩은 적생과는 친분이 없삽고 다만 그의 누이와 정분이 있는고로 그 안부를 묻는데, 본디 이 몸이 천한 터이라, 자연히 이목(耳目)에 젖어 남자를 피할 줄 모르고서, 손을 잡고 희롱도 하고 입을 귀에 대고 가만히 말도 하여 상공의 의심을 사게 하오니 죄사무석(罪死無惜)[1]이로소이다."

한림이 이르되,

"내 너를 의심하는 일이 없으니 너는 조금도 꺼리지 말지어다."

인하여 생각하되,

'적생은 아직도 소년이라, 내 눈에 띄었으니 꺼림이 없지 못할 것이라. 내 마땅히 불러 위로하리라.'

하고 동자로 하여금 청하여 오라 하니 이미 간 곳이 없는지라, 한림이 크게 후회하되,

"옛적에 초장왕(楚莊王)은 갓끈을 끊어 모든 신하의 마음을 편케 하였거늘, 이제 나는 모호한 일을 살피지 못하여 아름다운 선비를 잃었으니 지금에 와서 부끄럽게 여기고 탄식한들 무엇 하리요."

곧 추종들로 하여금 두루 찾게 하더라. 그 밤에 한림이 섬월

---

1) 《당당》〈온장전〉에 '先不逢時 死鳥足惜' 이라는 말이 있음.

을 데리고 옛일을 말하며 새로운 정을 두터이 하고 술자리를 벌여 놀다가, 밤이 이슥하매 촛불을 물리치고 자리에 누웠더니 동녘이 밝는지라, 비로소 잠을 깨니 섬월이 거울에 마주 앉아 단장을 새로 하거늘, 정을 쏟아 눈여겨보다가 깜짝 놀라 다시 본즉, 가는 눈썹과 밝은 눈이 구름 같은 살쩍과 꽃 같은 뺨이며, 가는 허리와 눈빛같이 흰 살이라, 자세히 본즉, 섬월 같으나 아니더라. 놀랍고도 한편 의심이 나거늘 한참이나 감히 묻지 못하더라.

한림이 미인을 향하여 묻되,

"낭자는 뉘시뇨?"

미인이 대답하되,

"첩은 본디 파주(播州) 사람이오며 성명은 적경홍(狄驚鴻)이니이다. 어렸을 때에 계섬월과 의형제를 정하였삽더니, 어젯밤에 계랑이 마침 병이 있어 상공을 모시지 못하겠다 하옵고, 첩더러 대신 모셔 상공의 꾸지람을 면케 하라 하옵기로, 첩이 감히 대신 모셔 외람되이 자리에 있삽나이다."

말이 맺지 못하여 섬월이 문을 열고 들어와 이르되,

"상공이 또 새 사람을 얻었으니 첩은 삼가 치하하나이다. 첩이 일찍이 하북 땅 적경홍을 상공께 천거하였사온데 과연 어떠하니이까?"

한림이 대답하되,

"이름 듣더니보다 그 얼굴이 배승(培勝)[1]하도다!"

---

1) 훨씬 낫다. 곧 아름답다는 뜻.

하고 경홍의 모습을 다시 살펴본즉 적생과 털끝만큼도 다르지 않은지라, 이에 묻되,

"적배란이 적랑의 오라비뇨? 내 어제 적생에게 허물을 씌워 안 되었거늘 이제 어디 있느뇨?"

정홍이 더욱 웃고 대답하되,

"천첩은 본래 형제자매가 없나이다."

한림이 이에 다시 한번 자세히 보고 황연히 깨달아 웃고 이르되,

"한단(邯鄲) 길가에서 나를 따라온 자 본래 적랑이요 어제 담 모퉁이에서 계랑과 더불어 말하던 자 또한 적랑일진대, 그러나 남복으로 나를 속임은 어쩜이뇨?"

경홍이 대답하되,

"천첩이 어찌 감히 상공을 기망하리까? 첩이 비록 불민무재(不敏無才)하오나 평생에 대인군자(大人君子)를 따르고자 하였삽더니, 연왕이 첩의 이름을 듣고 구슬 한 섬으로 첩을 사서 궁중에 드니, 비록 입에는 진수성찬(珍羞盛饌)이요, 몸에는 능라주의(綾羅紬衣)이나 원하는 바 아니옵고, 금롱에 갇힌 앵무새같이 마음대로 나오지 못함을 한스럽게 여기고 있삽는데, 전일에 연왕이 상공을 청하여 잔치를 베풀새, 첩이 창 틈으로 보온즉 평생 소원하던 상공이었나이다. 그러나 궁문이 아홉 겹이니 어찌 넘을 수 있으며 길이 만리이니 어찌 뛰어갈 수 있겠나이까? 오만 가지로 생각하여 겨우 한 가지 계책을 얻었으나 상공이 떠나시는 날 몸을 빼어 뒤를 따르오면 연왕이 필시 사람을 보내어 뒤쫓을 터인고로, 상공이 떠나신 지 수일 후에 연왕의 천리마(千里馬)를 가만히 끌어 타고, 이틀 만에 한단 땅에 쫓아 이르니

마침 상공께서 부르시었나이다. 그때에 이 사실을 아뢸 것이로
되 이목이 번다하와 덮어 둔 죄 있사오나, 전일 남복한 것은 뒤
쫓는 자를 피하려 하옴이옵고 어젯밤에 당희(唐嬉)의 옛일을 본
받음은 계량의 간청을 따른 것이오니, 전후의 죄를 비록 다 용
서하실지라도 황송함은 오래도록 잊지 못하겠나이다. 상공이
그 허물을 괘념치 않으시고 그 비루함을 꺼리지 않으시고, 높은
나무의 그늘을 빌리시와 한 가지에 깃들임을 허용하여 주시오
면 첩이 마땅히 계량과 더불어 거취(去就)를 같이하여, 상공이
현숙한 부인을 맞으신 후에 계량과 더불어 문하에 나아가 하례
하리이다."

한림이 칭찬하되,

"적랑의 높은 의기는 양가(楊家)¹⁾의 집불기생(執拂妓生)²⁾이라
도 가히 따르지 못하겠거늘, 내 이위공(李衛公) 같은 장상(將相)
의 재주 없음이 부끄러울 따름이라. 이미 서로 좋이 지내자 하
였으니 무엇을 교계(較計)하리요?"

적랑이 사례함을 말지 않거늘, 섬월이 이르되,

"적랑이 이미 첩의 몸을 대신하여 상공을 모셨으니, 첩이 또
한 마땅히 적랑을 대신하여 상공께 사례하겠나이다."

이에 일어나 꾸벅꾸벅 절하더라. 이날 두 사람으로 더불어 밤
을 지내고, 밝은 아침에 이르되,

"원로에 이목이 번거하여 동행치 못하나 내 혼례를 지내면
곧 맞으리로다."

하고 서울을 향하여 발행하더라. 이때 양한림이 서울 돌아와 예

---

1) 중국 정사에 나오는 양소수.
2) 양소수의 객인 이청을 한번 보고 따라감.

궐복명(詣闕復命)할새, 연왕의 표문(表文)과 공물로 바치는 금은·비단이 마침 이른지라, 천자 크게 기꺼워하며 그 노고를 위로하고, 그 공훈을 표창하여 장차 후(候)를 봉하려 하시거늘, 한림이 크게 놀라 땅에 엎드려 머리를 조아리고 굳이 사양하매, 성상은 더욱 그 뜻을 가상히 여겨 그 의론을 들어 다시 예부상서(禮部尙書) 겸 한림학사를 삼고, 상급(賞給)도 많이 내리고 예우(禮遇)도 융숭하시니 그 영광이 고금에 견줄 바 없더라. 상서(尙書)가 화원으로 돌아와 춘랑과 더불어 이별 중의 회포를 풀며 새로운 즐거움을 말하니, 은근한 정은 이루 말로 다 나타낼 수 없더라.

천자 양소유의 글 재주를 매우 사랑하사 자주 편전(便殿)으로 불러 들여 경서(經書)와 사기(史記)를 토론하시니, 양상서에 예궐하는 날이 잦아지더라. 하루는 밤들도록 입시하였다가 직소(直所)에 돌아오니, 월색이 명랑하여 그으윽한 흥취를 일게 하매 제대로 잠을 이루지 못하고, 홀로 높은 누각에 올라 난간을 의지하고 앉아 달을 대하여 글을 읊조리는데, 문득 바람결에 들은 즉, 퉁소 소리가 멀리 구름 사이를 따라 점점 내려오더라. 그 곡조는 자세치 아니하나 그 음색(音色)은 이 세상에서 못 하던 바라, 상서가 아전을 불러 묻되,

"이 소리 대궐 밖에서 나느뇨, 혹 궁중 사람 가운데 이 곡조를 능히 부는 자가 있느뇨?"

아전이 대답하되,

"알지 못하나이다."

상서 인하여 옥통소를 내어 두어 곡조를 부니, 그 소리 또한 하늘에 흐르는 구름을 머물게 하더니, 홀연 청학 한 쌍이 대궐

안으로 날아 들어와 곡조에 맞추어 춤을 추니, 한림원의 모든 아전들이 신기하게 여기며 왕자(王子) 진(晉)이 우리 마을[관부]에 있다 하더라. 이때 황태후(皇太后)에게 두 아들과 딸이 있으니, 성상(聖上)과 월왕(越王)과 난양공주(蘭陽公主)의 셋이니라.

난양공주가 탄생하실 적에, 태후 꿈에 선녀가 구슬을 받들어 태후의 품속에다 넣어 주더니, 공주 장성하시매 지혜와 자질이 모두 예법에 맞아 조금도 속된 버릇이 없고, 문필과 침선(針線)이 또한 신기하고도 절묘하므로 태후 매우 사랑하시는데, 서역(西域) 태진국(太眞國)에서 백옥 통소를 조공으로 바치거늘, 그 꾸밈새가 극히 묘하므로 악공으로 하여금 불어 보게 하나 소리가 나지 아니하더라.

이 무렵 공주가 어느날 꿈에 선녀를 만나사 곡조를 배워 그 신묘함을 익혔는데, 꿈을 깨어 태진국의 옥통소를 시험하여 보니, 소리가 맑으며 음률에 저절로 맞기에 태후와 천자께서 다 기이하게 여겨 칭찬하시되, 다른 사람은 아무도 부는 법을 모르더라.

매양 공주가 한 곡조를 불면 모든 학이 스스로 전각 앞에 모여들어 마주 춤을 추는지라, 태후가 이를 보시고 성상께 이르시되,

"옛적 진목공(秦穆公)의 딸 농옥(弄玉)이 옥통소를 잘 불었더니, 이제 공주의 한 곡조가 농옥에게 지지 아니할지니, 반드시 소사(蕭史) 같은 사람이 있은 연후에야 가히 공주를 하가(下嫁)하리라."

이런고로 난양공주는 이미 장성하였으되 부마(駙馬)를 간택

하지 못하였더라.

이날 밤에 난양공주가 마침 달을 바라보며 퉁소를 불어 학의 춤을 끝냈는데, 곡조를 마치매 청학이 한림원을 향해 날아가 그 동산에서 춤을 추니, 사람들이 서로 전하여 일컫기를, 양상서(楊尚書)의 옥퉁소 소리에 학이 춤을 춘다 하더라. 천자 들으시고, 신기히 여기사 생각하여 가로되,

'공주의 인연이 필연 이 사람에 있도다!'

하고 태후께 고하되,

"양소유 연기(年紀) 공주와 상적(相適)하옵고 그 풍채와 재주 만조(滿朝)에 무쌍하오니 간택하시기 바라나이다."

태후가 웃고 이르시되,

"소화(蕭和)의 배필이 아직 없어 항상 염려이더니, 이제 그 말씀을 들으니 양소유는 곧 난양공주의 천생 배필이오. 그러나 이 몸 친히 보고 정하리다."

성상이 대답하시되,

"비난지사(非難之事)이오니 일간 양소유를 별전으로 불러 보고 글을 강론하오리니, 그 사람됨을 어람(御覽)하소서."

하셨더니, 난양공주의 이름이 소화이니, 그 옥퉁소에 소화(蕭和)라는 두 글자가 새긴고로 이름함이러라.

천자 봉래전에 정좌하시고 내관으로 양소유를 부르시니, 내관이 명을 받잡고 한림원에 나아가 보니 이미 사퇴하였고, 정사도 집에 가 물어 본즉 돌아오지 않았다 하기로 내시가 황망히 두루 찾으니, 이때 그는 정십삼랑과 더불어 장안 주루에서 주랑(朱娘)이라는 명기를 데리고 이미 대취하여, 노래를 부르고 취흥이 도도하여 의기 양양한지라, 내시가 급히 달려가 입시하라

시는 어명을 전하니, 정십삼랑은 기급을 하여 뛰어나가고 상서
는 취안이 몽롱하여 내시가 벌써 누각에 오른 줄을 알지 못하거
늘, 내시가 성화같이 재촉하니 상서는 기녀에게 부축을 받으며
일어나 조복을 입고 내시를 따라 대궐로 들어가 뵈온즉, 성상이
앉으라 명하시고 역대 제왕의 치란흥망(治亂興亡)을 논의하신
데 그 대답이 명백한지라, 상이 매우 기꺼운 빛을 띠시고 하교
하시되,

"시 짓기는 비록 제왕의 할 일은 아니라 할지라도, 우리 조종
(祖宗)이 진작부터 마음을 썼기로 어제하신 시문(詩文)이 더러
는 전파되어 오늘에 이르니, 경은 시험삼아 성제명왕(聖帝名王)
들의 문장을 논의하라. 남의 시편이라 꺼리지 말고 논평하여 그
우열을 정하되, 위로 제왕의 글은 누가 으뜸이며 아래로 신하의
글은 뉘 제일이 되느뇨?"

양상서가 대답하되,

"군신(君臣)이 글로써 서로 부르고 화답함은 요순(堯舜)에서
부터 비롯하니 아직 이를 논의할 계제는 아니오며, 한고조(漢高
祖)의 대풍가(大風歌)와 위태조(魏太祖)의 월명성희(月明星稀)는
제왕의 시사(詩詞)의 으뜸이옵고, 서경의 이릉(李陵) 업도(鄴
都)의 조자건(曹子健)과 남조의 도연명·사영운(謝靈運)의 네
사람이 가장 드러난 자들이옵나이다. 예로부터 문장이 성함이
우리 국조(國朝)만한 시대가 없사오며, 국조 중에서도 개원(開
院)·천보(天寶) 인간같이 많은 재사가 속출한 때는 없사온데,
제왕의 문장으로서는 현종(玄宗) 황제가 천고에 빛나시며 신하
의 재주로서는 천하에 이태백을 당할 사람이 없더이다."

"경의 의론이 실로 짐의 뜻에 맞는도다. 짐이 매양 이태백의

청평사(淸平詞)와 행락사(行樂詞)를 보매, 그와 한때에 있지 못하였음을 한스럽게 여겼더니, 이제 경을 얻었으니 어찌 이태백을 부러워하리요? 짐이 옛법을 좇아 궁녀 10여 인으로 하여금 학문을 맡게 하니 곧 여중서(女中書)라. 글에 자못 재주가 있고 또 볼 만한 자 있는지라. 짐이 이태백의 취중 글 짓던 모양을 다시 보고자 하나니, 경은 궁녀들의 바라는 정성을 저버리지 말지어다."

이에 궁녀로 하여금 어전에 연갑(硯匣)과 백옥 필상(筆床)과 황옥 연적을 옮기어 놓으셨고, 모든 궁녀가 이미 글을 받으랍시는 어명을 들었으므로 각기 비단 수건과 비단 부채를 펴 들고 상서 앞에 나오는지라. 상서가 취흥이 도도하고 글 생각이 저절로 솟아나므로, 고운 붓을 들어 차례로 쓰매 풍운이 일고 번개같이 날려 해 그림자가 옮기지 아니하여, 앞에 그득한 부채 등속이 이미 다하였더라. 궁녀들이 차례로 꿇어앉아 상께 드린즉, 상께서 낱낱이 들추어 보시니 모두가 주옥 같은 글이라 칭찬하여 마지않으며 궁녀를 명하사대,

"한림이 수고하였으니 각별 좋은 술을 가져오라."

하신대, 모든 궁녀 혹 황금 쟁반을 받들며 혹은 앵무 술잔을 잡아 맑은 술을 가득히 내오는데, 혹은 잠깐 꿇어앉았다 잠깐 서면서 다투어 절하고 다투어 권하므로 상서가 어전에서 좌우 두 손으로 잡아 차례로 마시니 10여 배에 얼굴이 봄빛을 띠며 눈에 안개가 둘려 있기로, 상이 명하여 술을 물리고 이르사되,

"한림의 글 한 구 천금 값이니 가위 무가지보(無價之寶)이거늘, 너희는 무엇으로써 예폐(禮幣)를 주려 하느뇨?"

궁녀들 중에는 혹은 금비녀를 빼거나 혹은 옥패를 떼 어지러

122

이 던지니 금이 소리하고 옥이 멸치더라. 상께서 내관에게 명하시어 상서가 쓰던 지필연묵(紙筆硯墨) 등속과 궁녀들의 예폐를 거두어 가지고 한림을 따라가 그 집에 전하라 하시니, 상서는 사은(謝恩)하고, 일어나다가 다시 자리에 쓰러지는지라, 내관이 부축하여 남문에 이르니 추종(騶從)들이 옹위하여 자리에 올리니라. 양상서가 돌아와 화원에 이르니 춘운이 붙들어 올려 조복을 벗기고 묻사오되,

"상공이 뉘 집에서 이토록 취하셨나이까?"

상서 취기 심하여 머리만 끄덕하더니 이윽고 하인이 어사(御賜)하신 필연(筆硯)과 비녀·팔찌·가락지 등등의 패물을 받들어 마루에 쌓아 놓으니 상서가 희롱하여 이르되,

"이 물건이 다 천자께서 춘랑에게 상급하신 것이니, 내 소득이 동방삭(東方朔)과 어떠하뇨?"

춘운이 다시 물으려 하나, 상서가 아미 정신없이 쓰러져서 코고는 소리 우레 같더라. 익일에 상서 늦게 일어나 세수하더니 문 지키는 자가 급고하되,

"월왕(越王)께서 오시었나이다."

상서가 놀라 이르되,

"월왕이 왕가(枉駕)하시니 필연 일이 있도다."

급히 나아가 맞아 상좌에 들이고 공손히 하례하니, 나이는 대략 20세요 풍채가 청수하여 한 점의 속태(俗態)도 없더라.

상서가 꿇어앉아 묻자오되,

"대왕이 누지(陋地)에 오시니 무슨 가르치심이 있나이까?"

왕이 대답하되,

"과인이 그윽이 경의 성화(聲華)를 사모하나 출입길이 달라

한 번도 청음(淸音)을 듣지 못하다가, 이제 황상(皇上)의 명을
받들고 와서 칙교(勅敎)를 전하노라. 난양공주 꽃다운 연기(年
紀)를 당하여 바야흐로 부마를 간택하시더니, 황상이 상서의 재
주와 덕을 매우 사랑하사 이미 간택을 정하시고, 과인으로 하여
금 먼저 이 일을 통기(通寄)하라 하시니, 장차 조칙(詔勅)을 내
리시리라."

　상서 놀라 부복주(俯伏奏)하되,

"천은(天恩)이 소신에게 내리시니 '복이 과하면 재앙이 　신
다' 함은 이미 말할 나위 없는 바이오며, 신은 이미 　사도의
여아와 정혼하여 납채(納采)한 지 벌써 해를 거　 　였사오니 엎
드려 바라거니와 대왕은 이 뜻을 황상께 아　, 주옵소서."

　왕이 대답하되,

"과인이 돌아가 그대로 품달(稟達　　려니와, 아깝도다! 황상
께서 미덥데 여기시던 뜻이 허　　ㅗ 돌아갔노라."

　양상서가 다시 여짜오되

　'는 인륜대사이오　가히 경홀이 못 할 일이오며, 신(臣)도
마땅ㄴ, 궐문 밖에 '　ㅡ려 죄를 청하겠나이다."

　왕이 곧 식별하고 돌아가기에 상서는 들어가 정사도를 보고,
월왕의 말한 바를 아뢴즉, 춘운이 이미 부인에게 고하였기에 온
집안이 어찌할 바를 모르며 사도는 근심 구름이 눈썹 위에 가득
하여 능히 말도 못 하거늘, 상서가 이르되,

"장인은 염려치 마옵소서. 천자께서 성총(聖聰)이 밝으사 법
과 예(禮)를 중히 여기시니, 필경에는 신하의 윤기(倫紀)를 어
지럽게 아니하실 것이오니, 소서(小壻) 비록 불민하오나 맹세코
송홍(宋弘)의 죄인은 되지 아니하오리다."

하더라. 선시(先是)에 태후 봉래전에 친림하사 주렴 사이로 양소유를 보시고 마음에 미덥게 여겨 황상께 이르시되,

"상서는 실로 난양의 배필 될 자라 무슨 별 의론이 있으리요?"

하시고 이에 월왕을 보내시고 천자도 바야흐로 불러 친히 이르고자 하시더라.

이때 상이 별전에 계시다가 어제 양소유의 글을 다시 보시려고 내관으로 하여금 여중서(女中書)들이 받아 가진 글을 거둬들이게 하나, 모든 궁녀들이 다 깊이 감추었으되 오직 한 궁녀가 글 쓴 부채를 가지고 홀로 처소에 돌아가 품속에 넣어두고 밤새도록 슬피 울며 침식을 전폐하였는데, 이 궁녀는 곧 진채봉이니 화주 땅 진어사(秦御史)의 딸이니라.

진어사가 비명으로 참사를 당하고 채봉은 잡혀 서울로 올라와 대궐 나인으로 박히니, 궁녀들이 모두 진녀의 아리따움을 일컬어 주거늘 상이 부르시고 첩여(婕妤)[1]를 봉하고자 하신데, 황후께서 꺼리시어 상께 간하되,

"진녀는 가히 총애하실 만하오나, 폐하 그 아비를 죽이시고 그 딸을 가까이하심이, 옛적 밝은 인군의 색을 멀리하고 형벌을 세우던 바에 어길까 저허하나이다."

상이 그 말씀을 옳게 여겨 받아들이시고는, 이에 채봉을 불러 물으시되,

"네 글을 아느냐?"

채봉이 대답하되,

---

1) 궁중 여관(女官) 이름.

"글자를 약간 알고 있나이다."

상이 이에 명하여 여중서를 삼아 글을 맡게 하시고, 황태후궁으로 나아가 난양공주를 모시고 글도 읽고 글씨도 익히게 하시니, 공주가 진녀를 지극히 사랑하여 잠시도 서로 떨어지지 아니하더라. 이날 태후를 모시고 봉래전에 나아가 황상의 명을 받자와 여중서들과 더불어 양상서의 글을 받을새, 상서는 자나깨나 잊지 못하던 옛날의 양생이라 지척에 있으니 어찌 알지 못하리요.

채봉은 상서를 한번 보매, 마음이 타는 듯 살이 녹는 듯 설움을 감추고 쓰라림을 숨겨, 다른 사람이 혹시 수상히 여길까 두려워하며 옛 정이 통치 못함을 서러워하고 옛 인연을 잇기 어렵게 되었음을 못내 탄식하며 안타까와하더니, 조용한 틈을 타서 부채를 들고 읊으며 차마 놓지 못하니 그 글에 하였으되,

紈扇團團似明月
佳人玉手爭皎潔
五絃琴裏薰風多
出入懷中無時歇
깁부채가 둥글둥글 밝은 달 같아서,
가인의 옥수로 밝고 맑음을 다투더라.
오현금 속에 훈풍이 많으니,
품안으로 드나들며 쉴 새가 없더라.

紈扇團團月一團
佳人玉手正相隨

無路庶却如花面
春色人間摠不知
깁부채가 둥글둥글 달덩이러니,
가인의 옥수가 정히 서로 따르더라.
길이 없어 꽃 같은 낯 가리어 물리치니,
봄빛이 인간 세상을 도무지 알지 못하더라.

진씨녀(秦氏女)가 글을 읊으며 탄식하되,
'양공이 내 마음을 알지 못하는도다. 비록 궁중에 있으나 어찌 황상을 모실 리 있으리요?'
또 둘째 글을 읊으며 탄식하되,
'내 얼굴을 저가 보지 못하나 양랑은 필연 맘에 있지 아니하겠거늘, 글뜻이 이 같으니 실로 지척이 천리로다.'
인하여 예전 집에서 양류사(楊柳詞)로 화답하던 일을 생각하매, 슬픔을 억제치 못하여 눈물이 옷깃을 적시기에 드디어 글을 지어 부채에 잇대어 쓰고 바야흐로 읊으면서 탄식하는데, 문득 들으니 내관이 상의 명으로 글 쓴 부채를 찾는지라 깜짝 놀라 벌벌 떨면서 이르되,
"이를 어찌할꼬, 이제 내 죽었도다. 내 죽었도다."

내관이 진녀더러 이르되,
"황상께서 부채에 쓴 양상서의 글을 다시 보시려 하오."
하거늘 진녀 울면서 이르되,
"기박한 사람이 우연히 글을 화답하여 그 아래 써서 스스로 죽을죄를 범하였는지라. 황상께서 보시면 필시 죽이라 명하실

터이니, 범에 걸리어 죽는 것보다는 차라리 자결함이 시원할 듯하니, 지금 내 손으로 자처하겠은즉, 이 몸이 죽은 다음의 엄토(掩土)는 그대를 믿겠으니, 바라건대 그대는 이 몸으로써 까마귀 밥이 되지 않게 하라."

내관이 대답하되,

"여중서는 어찌 이런 말씀을 하느뇨? 황상께서는 인자하시고 관후하시니 큰 죄는 아니 주실 것이오. 설혹 진노하실지라도 내 마땅히 힘써 구할 터이니 나를 따라오라."

진녀 내관을 따라가니 문밖에 세우고 홀로 들어가 모든 글을 상께 바치니, 상이 차례로 어람하시다가 진녀 부채에 이르러, 양상서의 글 아래에 또 다른 글이 있으므로 상이 의아히 여겨 내관에게 하문하시니, 내관이 고하되,

"진씨 신에게 이르기를, 황상이 다시 찾지 아니하시리라 여겨 외람히 글을 지어 그 아래에 썼으니 필연 죽을죄를 면치 못하겠다 하고, 인하여 자처하려 하옵기에 신이 효유하여 데리고 왔나이다."

상이 그 글을 읊으시니, 하였으되,

紈扇團如秋月團
億會樓上對羞顔
初知咫尺不相識
却悔敎君仔細看

집부채 둥글기가 가을철 만월인 듯,
일찍이 다락에서 부끄러운 얼굴 대하였음을 추억하네.
애초에 지척에서 서로 모를 줄 알았던들,

문득 그대로 하여금 자세히 보게 하였음을 뉘우치리로다.

상이 다 보시고 이르시되,

"진씨 필연 사정이 있도다. 어느 곳에서 어느 사람과 서로 만났기로 글 뜻이 이 같으뇨? 그 재주 가히 아깝고 또한 가히 권장할지로다."

하시고 내관을 명하사 부루시니 진녀 뜰에 엎드려 죄를 청하거늘, 상이 이르사대,

"이실직고(以實直告)하면 네 죄를 사(赦)하리라. 네 어느 사람으로 더불어 사정(私情)이 있느뇨?"

진녀 머리를 조아리고 여짜오되,

"신첩(臣妾)이 어찌 감히 은휘(隱諱)하겠나이까? 신첩의 집이 패망하기 전에, 양소유가 과거 보러 가는 길에 마침 누 앞을 홀로 지나다가, 우연히 서로 보고 양류사(楊柳詞)를 회답하였으며 신첩의 유모를 보내어 정혼 언약을 맺었삽는데, 일전 봉래전에 입시하였을 적에 신첩은 구면임을 능히 알되, 양소유는 알지 못하옵는고로, 옛일을 슬피 느껴 난잡히 글자를 그렸삽는데 황상께서 보셨으니 죄사무정(罪死無情)이로소이다."

상이 그뜻을 불쌍히 여기사 이르사대,

"그러면 양류사로 정혼하던 일을 능히 기억하겠느뇨?"

진녀가 즉시 양류사를 써 올리니 상이 윤허(允許)하시되,

"네 죄 중하나 네 재주 가히 아깝고 또 난양공주가 심히 너를 사랑하는고로, 특히 용서하노니, 네 정성을 다하여 공주를 섬기고 네 본심을 저버리지 말지어다."

즉시 부채를 내리시니, 진녀를 황공하여 사은하고 물러가리라.

월왕이 정사도 집에서 돌아와 양소유가 이미 납채한 사실을
황태후께 아뢴즉, 태후가 낯을 찌푸리며 이르사대,

"양소유 벼슬이 상서에 이르렀으니 마땅히 조정 사체(事體)
를 알지어늘 그 고집이 어찌 이 같을꼬?"

상이 대답하여 가로되,

"납채는 성례함과는 다르니 친히 효유하오면 아니 듣지는 못
하리이다."

하시고 이튿날 양소유를 명소(命召)하사 이르사대,

"짐이 한 누이 있으니 자태가 비범하여 경이 아니면 배필될
이가 없기로 짐이 월왕으로 하여금 뜻을 일렀거늘, 경이 납채함
을 청탁하더라 하니 경은 생각지 않음이 심하도다. 옛적 인군들
이 부마를 간택할새 혹은 정처(正妻)를 내쫓는고로, 왕헌지(王
獻之)는 종신토록 뉘우치고 오직 송홍(宋弘)은 임금의 명을 받
지 아니하였으되, 짐의 뜻인즉, 그렇지 아니하니 어찌 예의에
어긋남이 남보다 더하리요? 이제 경이 정씨와의 혼인은 물릴지
라도 정녀(鄭女)는 갈 곳이 있고, 경은 또한 성례한 일이 없거
늘 무슨 윤기(倫紀)를 해침이 있으리요?"

"성상께옵서 죄를 주지 않으실 뿐 아니라, 도리어 순순히 효
유하사 부자지간같이 하시오니 감축하와 다시 아뢰올 말씀이
없나이다. 그러하오나 신의 정상은 타인과 다르오니, 신이 하방
서생(遐方書生)으로서 서울에 오던 날 의탁할 곳이 없삽더니,
정사도의 후대로 그 소저에게 이미 납폐할 뿐이 아니오라, 사도
와 옹서지분(翁婿之分)을 정하였삽고 또 이미 남녀가 서로 낯을
보아 완연히 부처의 의가 있사오나 아직 성례치 못하옴은, 국가
가 다사하와 모친을 데려올 겨를이 없사옵더니, 이제 다행히 변

방이 귀화하고 변경에 또한 근심이 없사오니, 바야흐로 여가를 얻어 시골집에 돌아가 노모를 데려온 후 택일하여 성례코자 하옵는데 뜻밖에 황상께서 명을 소신에게 내리시니, 황공무지하와 어찌할 바를 모르겠나이다. 신이 만일 죄를 두려워하여 명을 순수(順受)하온즉, 정여는 죽기로써 다른 데로 가지 아니하오리이니, 한 지어머의 길을 잃으면 어찌 왕화(王化)에 흠점이 되지 아니하오리이까?"

상이 이르사대,

"경의 정리는 비록 민박(憫迫)하나, 경은 국가의 주석지신(柱石之臣)[1]이요, 동량지재(棟梁之材)[2]로 짐의 뜻에 가합할 뿐만 아니라, 황태후께서 이미 경의 용모와 덕기(德器)를 사모하사 친히 혼례를 주장하시니 굳이 사양치 못하리라. 그러나 혼인은 인륜대사라 가히 경홀이 못할진대 잠시 짐은 경과 더불어 바둑을 두어 소일하겠노라."

하고 내관에게 명하여 바둑판을 들이게 하고, 군신 사이에 서로 승부를 겨루시다가 날이 저물어서야 물리시므로 양상서가 돌아가니, 정사도가 만면에 비창한 빛을 띠고 눈물을 씻으며 이르되,

"오늘 황태후 조칙을 내리사 양랑의 예폐(禮幣)를 물리라 하시는고로, 내 이미 춘운에게 내오게 하여 화원 별당에 두었거니와, 여아의 신세를 생각하건대 우리 내외의 심회가 어떠하겠는고? 나는 겨우 부지하나 노처는 과념한 탓으로 방금 혼몽하여 인사불성이로다."

---

1) 《한서》에 '將軍爲國柱石'이라는 글이 있음.
2) 《남제서》에 '松柏豫章雖小 已有棟樑之氣'이라는 글이 있음.

하거늘, 상서 대경실색하여 침음반향 후 고하되,

"이 일의 불가함을 들으소서. 소서(小婿)가 상소하여 다투오면 조정이 또한 공론이 없사오리이까?"

사도가 손을 흔들어 만류하되,

"양랑이 황명을 거역함이 여러 번이라 이제 상소하면 어찌 황송치 아니할꼬? 반드시 중한 죄책이 있을 터이니 준수함만 같지 못하고, 한편 내 집 화원에서 일후에도 거처하는 것은 체면에 대단 불안하니, 창졸간에 서로 헤어짐은 심히 결연(缺然)하나 양랑은 다른 곳으로 이접(移接)함이 합당하도다."

상서 부답하고 화원에 들어가니, 춘운이 흐느껴 울다가 예폐를 받들어 올리며 이르되,

"천첩이 소저의 명을 받아 상공을 모신 지 오래온데 각별히 은애(恩愛)를 입사와 항상 감격하옵더니, 귀신이 시기하고 사람이 투기하여 대사가 그릇되니, 소저의 혼사는 여망(餘望)이 없사온즉 천첩도 또한 상공께 영영 이별하고 돌아가 소저를 모시겠나이다. 아아! 천지신명이시어, 너무도 가혹하시나이다."

흐느끼어 우는 소리 차마 들을 수 없기에, 상서가 일러 두기를,

"내 방장(方將) 상소극간(上疏極諫)하려 하고, 또 여자가 한번 몸을 남에게 허락하였은즉 지아비를 따르는 것이 예법에 맞거늘, 춘랑이 어찌하여 나를 배반하려 하는고?"

춘랑이 대답하되,

"천첩이 비록 불민하오나 삼종지도(三從之道)[3]를 아옵고, 또

---

3) 《의례》에 '婦人有三從之義 無專制之道 故未嫁從父 旣嫁從夫 夫亡從子'이라는 글이 있음.

한 사정이 남과 다른 것은 첩이 어릴 적부터 소저와 더불어 자라나며 귀천의 분을 끊고 생사를 같이하기로 맹세하였삽기로, 길흉과 영욕을 다름이 없게 하여야 되겠기에 이 몸은 소저께 마치 그림자가 몸을 따르듯 하는고로, 몸이 이미 갔은즉 어찌 그림자만 홀로 남아 있사오리까?"

상서 이르되,

"네 주인을 위하는 정성은 극진하다 하려니와 너는 소저와는 다르니라. 소저는 동서남북에 뜻대로 가려니와 너는 소저의 뜻을 좇아 타인을 섬기는 것이 여자의 예절에 아무런 방해가 없으리라."

춘운이 대답하되,

"상공의 말씀은 소저와 첩의 마음을 알지 못하신다 하겠나이다. 소저는 결심하시기를, 길이 부모님 슬하에 계시다가 두 분 백년해로하신 후에 절간으로 들어가서 머리를 깎고 중이 되어, 부처님께 발원하여 후생(後生)에는 절대로 여자의 몸이 되지 않기를 굳게 맹세하였고, 천첩도 처신을 그와 같이 할 따름이오니. 상공이 만일 춘운을 다시 보려 하시오면 상공의 예폐가 다시금 소저의 방 안으로 들어간 다음이라야 논의할 터이요, 불연즉(不然則) 오늘이 곧 생리사별(生離死別)이오니 다만 바라옵건대, 후세에 상공의 집 견마(犬馬)가 되어서 주인을 위하는 정성을 본받으려 하오니, 부디 옥채를 보증하옵소서."

하고 돌아앉아 흐느껴 울기를 반일이나 하다가, 몸을 일으켜 뜰에 내려 재배하고 내당으로 들어가더라. 양상서 화원에서 춘운을 보낸 후 오장이 녹는 듯 만사무심하여 청천을 우러러 긴 한숨 쉬며 손을 어루만지며 자주 탄식하되,

'내 마땅히 상소극간(上疏極諫)하리라.'
하고 이에 붓을 드니, 언사가 심히 격렬하더라. 그 상소문에 하
였으되,

'예부상서 신 양소유는 돈수(頓首) 백배하옵고 황상폐하께
말씀을 올리나이다. 엎드려 아뢰건대 윤기(倫紀)는 왕정지본(王
政之本)이요 혼인은 인륜지시(人倫之始)[1]이니, 그 근본을 한번
잃은즉 덕화(德化)는 크게 무너져 그 나라가 어지럽고, 그 비롯
함을 삼가지 아니한즉 그 끝도 이루지 못하고 그 집이 망하나
니, 가문과 국가의 흥망과 성쇠(盛衰)에도 관련됨이 어찌 현저
치 아니하리이까? 성인군자와 인군명주(人君名主)는 미상불 이
에 유의하여 그 나라를 다스리고자 하매, 반드시 그 기강을 바
로잡고 그 집을 바라잡고자 함에는 혼인을 바르게 함으로써 으
뜸을 삼는지라, 신이 이미 예폐를 정녀에게 보내고 또 거처를
정가(鄭家)에 의탁하였사온즉 신이 이미 정한 것이어늘, 뜻밖에
이제 부마(駙馬)로 간택하시는 운명을 합당치 못한 천신에게 내
리시니 황송무지하와 성상의 하교와 조정의 처분이 과연 예의
에 맞아 드는 줄 알지 못하겠나이다. 신이 설령 정혼치 아니하
였을지라도 문벌이 미천하고 재주가 짧고 학식이 옅은 몸이온
즉 부마 간택이 합당치 못하옵거든, 하물며 정녀와 짝이 되고
정사도와 더불어 장인과 사위가 되기로 정하였거늘, 아직 육례
(六禮)를 끝내지 못하였다 하여 이를 거론치는 못할 것이옵니
다. 이러하온데 어찌 귀한 몸이신 공주로 하여금 필부(匹夫)나
다름없는 천신에게 하가케 하시려 하시나이까? 어찌 예법에 합

---

1) 《시경》 〈관유〉 주(註)에 나옴.

불합을 묻지 아니하시고 구차한 기롱(譏弄)을 무릅써 예 아닌 예를 행코자 하시나이까? 이에 밀지(密旨)를 내리사 이미 행한 예를 파기케 하시니, 신은 예부(禮部)의 책임을 맡고 있으므로 예(禮)를 위하여 취하지 않나이다. 신은 두려워하건대, 왕정이 신으로 말미암아 어지럽고 인륜이 신으로 말미암아 무너져서 성상의 덕을 손상하옵고, 아래로 가도(家道)를 무너뜨려 마침내 큰 화를 면치 못할까 우려하오니, 삼가 바라옵건대 성상은 예의 근본을 중히 하옵시고 풍화(風化)의 비롯함을 바르게 하사 빨리 조명을 거두시어 그로 하여금 천분(賤分)을 편안케 하옵소서.'

상이 남필(覽畢)에 태후께 아뢰시니, 태후는 대노하여 양소유를 옥에 가두라 하시기에 조정 대신들이 일시에 힘써 간하니, 상이 이르사대,

"짐도 그 벌이 과한 줄 아나, 태후께서 방금 진노하시니 짐도 감히 사하지 못하겠도다."

하시고 하옥하라 명하시니, 이에 양소유는 옥에 갇히고 정사도는 또한 황송하여 두문사객(杜門謝客)하더라.

차시(此時)에 토번(吐藩)이 강성하여 10만 대군을 거느려 변방 고을을 잇달아 함락시키고, 그 선봉이 위교(渭橋)에 이르니 황성(皇城)이 소란해지기에, 상이 만조 백관을 모으고 논의하시니 모든 신하들이 상주하되,

"황성 군사는 불과 수만에 지나지 못하고 외방 구원병은 미처 오지 못하나, 상께서는 잠시 황성을 떠나 관동에 나아가 순행하고 각도(各道)의 군사를 불러 그로써 회복하심이 옳을 듯하나이다."

상이 머뭇거리며 미결하시다가 이르되,

"제신 중에 오직 양소유 지모(智謀)·방략(方略)이 많고, 결단을 잘하기로 짐이 그를 그릇〔器〕이라 여기더니, 전일 삼진(三鎭)의 항복받은 것이 다 양소유의 공이로다."

하고 양소유를 불러 올려 계교를 물으시니 양소유가 아뢰되,

"황성은 종묘 계시고 궁궐이 있는 곳이어늘 이제 만일 떠나시오면 천하의 인심이 따라서 요동할 것이요. 또 강한 도적이 웅거하면 졸연히 회복하기란 어려운 줄로 아뢰오. 지난날 대종(代宗) 때에, 토번이 회흘(回紇)[1]과 더불어 힘을 다하여 백만대군을 몰고 서울을 범할새, 그때 군사의 힘이 지금보다 약하되 분양왕(汾陽王)에 봉해진 곽자의(郭子儀)[2]가 필마(匹馬)로써 물리쳤사오니, 신의 재주와 방략이 비록 곽자의의 만분의 일도 미치치 못하나, 바라건대 수천 명 군사를 얻으면 이 도적을 토평하여 신의 재생지은(再生之恩)을 갚을까 하나이다."

상이 대열(大悅)하사 즉일에 곧 대장군을 삼으시고 경영문(京營門)의 군사 3만 명을 거느리고 토번을 치라 하시니, 상서는 하직하고 물러나와 군사를 지휘하여 위교에 진을 치고, 도적의 선봉을 쳐서 토번의 좌현왕(左賢王)을 사로잡으니, 도적의 군세가 크게 꺾여 도망치기에 상서가 쫓아가 세 번 싸워 이기고, 군사 3만을 베어 죽이고 말 8천 필을 얻어서 승전한 첩서(捷書)를 올리니, 상이 크게 기꺼워하여 군사를 돌이키라 하시고, 모든 장수의 공을 논의하여 차례로 상을 내리시기에, 상서가 군진에 있으며 상소하였으되,

'신이 듣사온즉, 왕자(王者)의 군사는 만전(萬全)함이 귀하

---

1) 터키 계의 고대 국가.
2) 중국 당나라 때의 명장. 분양왕으로 봉군됨.

니, 앉아서 기회를 잃으면 공을 가히 이루지 못할지라 하고, 또 들사오니 항상 이기는 군사는 더불어 대적(大敵)을 염려하기 어렵고[1], 주리고 약한 때를 타서 치지 아니하면 도적을 가히 피하지 못할지라 하오니, 이 도적의 형세 강하지 못하다 할 수 없삽고 그 계략이 이롭지 않다 할 수 없겠사오니 이는 소인의 적은 공을 세운 바이요, 도적의 형세는 날로 줄고 군사는 날로 약한 바이라, 병법에 일렀으되, 용전부투하되 이기지 못하는 말미암음이라 하니, 이제 도적의 형세 이미 꺾여 도망하였으니 도적의 피폐함이 극심하고, 이제 연도(沿道)의 각 읍이 다 군량과 마초(馬草)를 산같이 쌓아 우리는 주리는 근심이 없삽고, 평원 광야에 지형을 얻었은즉 저들의 복병(伏兵)이 없으니, 만약 날랜 군사로 하여금 그 뒤를 쫓으면 거의 온전한 공을 이루겠삽거늘, 이제 작은 승리를 다행으로 여겨 만전지책을 버리고 지레짐작으로 회군하여 토평(討平)을 아니하시니, 이는 그 바른 계교인 줄을 알지 못하나이다. 삼가 바라옵건대 폐하께서는 조정의 공론을 널리 캐어 보시고 결단을 내리시어, 신으로 하여금 군사를 몰아 멀리 엄습하여 굴혈(窟穴)을 소탕케 하옵시면, 신은 맹세코 도적들이 돌아가지 못하고 한 번의 저항도 못 하게 하여, 성상의 진념을 덜게 하겠나이다."

상이 그 상소의 참뜻을 장하게 여기시고 벼슬을 돋구어 어사대부(御史大夫) 겸 병부상서(兵部尙書) 정서대원수(征西大元帥)를 삼으시고, 상방참마검(尙方斬馬劍)과 동궁(彤弓)과 적전(赤箭)과 통천어대(通天御帶)와 백모황월(白旄黃鉞)[2]을 주시고, 이

1) 《후한서》에 '常勝之家 難興慮敵'이라는 글이 있음.
2) '백모'는 얼룩소의 꼬리를 깃대에 단 기. '황월'은 황금으로 꾸민 부월.

에 조서를 내리시어 삭방(朔方)³⁾과 하동(河東)과 농서(隴西) 등 각도 병마를 발하여 군사의 기세를 도우라 하시기에 양소유가 조서를 받자와 대궐을 바라보며 사은하고, 이에 택일하여 둑 (纛)⁴⁾에 제사하고 떠나니, 그 병법은 육도(六韜)의 신기한 꾀요 그 진세는 팔괘(八卦)의 변하는 법이라, 항오(行伍)를 정제하고 호령이 엄숙하니, 병의 물쏟듯 대나무를 쪼개듯 공을 이루어 수 월 사이에 잃었던 50여 고을을 회복하더라. 대군을 몰아 적설산 (積雪山) 아래에 이르니 홀연 희오리바람이 말 앞에 이르고 까 마귀 울며 진중을 뚫고 지나기에, 상서가 점을 쳐 보니 적병이 필연 우리 진을 기습하겠으나 나중에 길할 징조라, 산 밑에다 진을 치고 녹각(鹿角)⁵⁾과 질려(蒺藜)⁶⁾를 사면에 벌여 펴며 가지 런하게 설비하고 기다리더라.

원수 장막 가운데 앉아 촛불을 밝히고 병서(兵書)를 보더니 순라군이 이미 삼경을 보하는지라, 홀연 음풍(陰風)이 일어나 촛불을 끄고, 한 여인이 공중으로부터 내려와 몸을 숨기듯 장막 가운데 섰는데 손에 서릿발 같은 비수를 들었는지라, 원수는 자 객(刺客)인 줄 알되 낯빛을 변치 아니하고 위의를 더욱 늠름히 하면서 서서히 묻되,

"네 어떠한 여인인데 밤에 군중(軍中)에 들어오니 무슨 연고 있느뇨?"

여인이 대답하되,

---

3) 북쪽 지방. 여기서는 몽고.
4) 군기(軍旗).
5) 수목을 베어 뉘어 놓고 적병을 막는 것.
6) 군기(軍器)의 하나로서 도로 장애물.

"첩이 토번국 찬보(贊普)[1]의 명을 받아 원수의 머리를 얻고자 하여 왔나이다.

양원수가 웃고 이르되,

"대장부 어찌 죽기를 두려워하리요? 속히 하수(下手)하라."

여인 칼을 던지고 머리를 조아리며 대답하되,

"귀인(貴人)은 염려 마소서. 첩이 어찌 감히 경거망동할 수 있겠나이까."

원수 잡아 일으키며 이르되,

"그대가 이미 비수를 끼고 군중에 들어왔거늘 도리어 나를 해치지 않음은 어찌함이뇨?"

여인 대답하기를,

"첩은 전후 내력을 말씀드리고자 하오나, 이렇듯 서서 한 말로 다할 수 없나이다."

원수 자리를 주어 앉으라 하고 묻되,

"낭자 위험을 무릅쓰고 나를 찾아와 만나니 장차 무슨 가르침이 있느뇨?"

여인 대답하되,

"첩이 비록 자객이란 이름은 있사오나 자객의 마음은 없는지라, 속마음 당당히 귀인께 토설(吐說)하겠나이다."

1) 토번국의 군장.

3

    일어나서 다시 촛불을 켜고 원수 앞에 나가서 앉거늘, 원수 다시 보니 구름 같은 머리에 금비녀를 높이 꽂고, 몸에 소매 좁은 갑옷을 입고 그 곁에 석죽화(石竹花)를 그렸으며, 봉미목화(鳳尾木靴)를 신고 허리에 용천검(龍泉劍)[1]을 비껴 찼는데, 그 얼굴빛이 천연(天然)히 이슬에 젖은 해당화 같더라. 앵두 같은 입술을 천천히 열어 꾀꼬리 울음 같은 소리를 말하되,

    "첩은 본디 양주(揚州) 고을 사람이오라 여러 대에 걸쳐 당나라의 백성이옵는데, 어려서 일찍 부모를 여의고 한 계집 스승을 따라 제자가 되었더니, 그 스승이 검술에 신묘하여 제자 셋을 가르쳤는데 즉 진해월(秦海月)·김채홍(金綵虹)·심요연(沈裊煙)이며 첩이 곧 심요연이옵니다. 검술을 배운 지 3년에 능히 변화하는 법을 터득하여, 바람을 타고 번개를 따라 순식간에 천

---

1) 옛날 중국에 있었다는 보검.

여 리를 달리며 세 사람이 별로 우열이 없사온데, 스승이 원수를 갚으라 하거나 혹은 악한 사람을 없이하라 하면, 반드시 채홍과 해월 두 제자만 보내며 첩은 한 번도 보내지 아니하기로, 첩이 분함을 이기지 못하여 스승께 묻자오되, '우리 세 사람이 함께 가르치심을 받았으나 첩은 홀로 스승의 은혜를 갚지 못하겠사오니, 첩의 재주가 용렬하여 한 번도 부리지 아니하시나이까?' 하온즉, 스승이 이르기를, '너는 우리들과 다르니라. 후일에 마땅히 바른 도를 얻어 마침내 뜻을 펴게 되겠거늘, 너도 저 두 사람과 같이 인명을 살해하면 해로울 터이매, 너를 부리지 아니하노라' 하기에 첩이 또 묻자오되, '만일 그러하오면 첩의 검술은 장차 어디에 쓰게 되오리까?' 한즉, 스승이 또 타이르기를, '네 전생의 연분이 당나라에 있고 그는 큰 위인인데, 너는 타국에 있는지라 만날 도리가 없으니, 내 너를 위하여 검술을 가르침은 너로 하여금 재주를 인연으로 귀인을 만나게 함이니, 네 후일에 마땅히 백만군 중에 들어가 검극(劍戟) 사이에서 좋은 인연을 이루리라' 하고 다시 금년 봄에 첩더러 이르기를, '천자가 대장군으로 하여금 토번을 치시매, 찬보(贊普)가 방을 붙여 자객을 불러 당나라 장군을 치려 할 터이니 네가 이 기회를 잃지 말고 산에서 내려가 토번국에 가서 모든 자객들과 더불어 검술을 겨루어 일변 당장의 급한 화를 면하고 일변 전생의 좋은 연분을 맺으라' 하기로, 토번국에 가서 몸소 성문에 붙인 방을 떼어 가지고 들어가 본즉, 찬보가 첩을 불러 먼저 온 여러 자객으로 더불어 재주를 견주게 하기에 첩이 검술을 부려 으뜸이 되니, 찬보가 크게 기꺼워하여 첩을 보내면서 말하되, '네 당나라 장수의 머리를 베어 온 후에 내 너를 귀비로 삼겠노라'

하더이다. 이제 장군을 만나 뵈오니 과연 스승의 말씀과 같은지라, 바라옵건대 첩은 시비의 반열에 참여하여 좌우에 모시려 하오나 장군께옵서는 과연 허락하시겠나이까?"

원수가 크게 기꺼워하여 이르되,

"낭자 이미 죽게 된 목숨을 구하고 또 몸으로써 섬기고자 하니, 이 은혜를 어찌 다 갚으리요? 백년해로하는 것이 실로 내 뜻이다."

하고 이로 인하여 동침하니, 창검 빛으로 화촉을 대신하고 칼 소리로 거문고를 대신하니, 바로 군막 속일지언정 호탕한 정이 여산여해(如山如海)하더라.

이로부터 원수는 심요연에게 빠져 장졸을 돌보지 아니함이 연사흘이 되니 요연이 말하되,

"군중은 부녀자의 거처할 곳이 아닐 뿐더러 군병의 사기가 발양치 못할까 두렵나이다."

하고 이어서 돌아갈새, 원수가 이르기를,

"낭자는 범상한 여자에 견줄 바 아니기로 나에게 기모(奇謀)와 비계(秘計)를 가르쳐 도적에게 써 보기를 바라오."

요연이 이에 대답하되,

"첩의 이 일은 스승의 명으로 말미암아 나왔사오나, 스승께 길이 하직은 아니하온지라 돌아가 스승을 모시고 좀더 있다가, 군께서 군사를 돌이킴을 기다려 서서히 황성으로 나아가 뵈옵겠나이다. 또 토번의 자객은 많으나 첩의 적수가 없으니 첩이 귀순한 줄 알면 생심(生心)[1]을 돋굴 자 없을 터이오니 아무 염

---

1) 하려는 마음을 냄.

려 마시옵소서."

하더니, 손으로 허리를 더듬어 구슬 한 개를 꺼내어 주며 이르되,

"구슬의 이름은 묘아원(妙雅琬)이니 찬보의 머리에 꽂았던 것이오라, 장군은 사자를 보내어 이 구슬로 하여금 첩이 다시 돌아갈 뜻이 없는 줄 알게 하소서. 앞길에 반사곡(蟠蛇谷)[1]이 있으니, 장군께서는 반드시 그 길로 지날 것이옵고, 또 먹을 물이 없사오니 장군께서는 안심하시고 우물을 파서 군사를 먹이심이 좋을까 하나이다."

하고 인하여 구슬을 던지거늘 원수가 또 계교를 묻고자 하였으나, 심랑이 한번 뛰어 공중으로 오르매 그 거처를 알 수 없더라. 원수가 모든 장졸을 모아놓고 심랑의 일을 말하니, 제장 군졸이 대원수의 행복과 위엄이 도적으로 하여금 두렵게 함이니 필연 신인(神人)이 와서 도움이라 하더라.

양원수는 즉시 사람을 적진에 보내어 묘아원 구슬을 찬보에게 보내고 행군하여 드디어 태산(泰山)하에 이르니, 산골길이 심히 좁아 겨우 말 한 필이 지나갈 형편이거늘, 석벽을 붙잡고 시냇가를 따라서 나아가, 수백 리를 지나매 비로소 넓은 곳이 있어 유진(留陣)[2]하고 군사를 쉬게 하니라. 군사들이 피곤하고 목이 타서 물을 찾으나 얻지 못하다가, 산 밑에 큰 연못이 있는 것을 보고 다투어 마시더니 모두들 온몸이 푸른 빛을 띠고 벙어리가 되어 숨소리가 멀어지며 죽으려 하더라. 원수가 괴이쩍게 여겨 몸소 가 보니 물빛이 심히 푸르고 깊이를 측량치 못하겠고

---

1) 뱀같이 생긴 매우 긴 골짜기.
2) 어떤 한 곳에 군사를 머물러 둠.

냉기가 가을 서리 같은지라, 비로소 깨달아 이르되,

"필연 심요연이 이른 반사곡이로다."

하고 남은 군사를 재촉하여 우물을 파게 하여 모든 군사가 수백여 곳에 10여 길씩이나 파 보되 물 솟는 곳이 하나도 없기에, 원수가 매우 민망히 여겨 진을 다른 곳으로 옮겨 치라 하는데, 홀연히 산 뒤로부터 북소리가 나며 진동하는 듯이 산과 골짜기에 울리니, 이는 적병이 험한 곳에 몰려 있다가 원수의 군사가 돌아갈 길을 끊으려 함이다.

군사들의 갈증과 앞뒤 길이 막혀 심히 곤경에 빠져들었기에, 원수는 장차 도적을 물리칠 계교를 생각하며 장막 안에 앉아 몸이 피곤하여 졸고 있는데, 홀연 기이한 향내가 장막에 가득 차며 계집아이 둘이 원수 앞으로 나아와 서는데, 그 용모가 신선 같기도 하고 귀신 같기도 하더라. 계집아이들이 원수에게 고하되,

"우리 낭자의 말씀을 귀인께 아뢰고자 하오니, 원컨대 귀인은 누추한 곳에 한번 들르시기를 아끼지 마시옵소서."

원수가 묻되,

"낭자 어떠한 사람이며 어느 곳에 있느냐?"

여동(女童)이 대답하되,

"우리 낭자는 곧 동정용왕(洞庭龍王)의 딸이며, 근일 잠시 궁중을 떠나 이곳에 와 머무르시나이다."

원수 이르되,

"용왕의 거하는 곳은 수부(水府)[3]요, 나는 인간계(人間界)의 사람이니, 장차 무슨 술법으로 내 몸을 가게 하리요?"

---

3) 전설상 물을 맡아 주장한다는 신의 궁전.

여동이 대답하되,

"신마(神馬)를 이미 문 밖에 매었사오니 귀인이 타시면 자연 이르시리이다."

원수가 여동을 따라 진문 밖에 나아가니 추종(騶從)들의 옷차림이 다 이상한데, 그들이 원수를 거들어 말 위에 올리니 말 걸음이 흐르는 것 같고 말굽에서 먼지가 일어나지 아니하더니, 이윽고 수부에 닿으매 호화롭게 꾸민 궁궐이 화려하여 임금 계신 곳 같고, 문 지키는 군사가 모두 물고기 머리에 새우 수염이더라. 여동 수 명이 안으로부터 나와 문을 열고 원수를 인도하여 단상에 오르니, 전각 가운데 백옥의 교의(交椅)[1]를 남향으로 놓았거늘, 시녀가 원수에게 청하여 그 위에 앉게 하고 비단 자리를 깔아 놓고서 곧 내전으로 들어가더니 얼마 후에 시녀 10여 명이 낭자 한 사람을 일도하여 왼편 월랑(月廊)[2]으로부터 전각 앞에 이르니, 자태가 아름답고 의복이 산뜻함은 가히 형언할 수 없겠더라. 시녀 하나가 앞으로 나와 청하되,

"동정용왕의 용녀, 원수께 뵈옵기를 청하나이다."

원수 놀라 피하고자 하나 시녀가 만류하여 자리에서 내려오지 못하게 하고, 그 용녀가 앞을 향하여 네 번 절하는데 패옥(佩玉)[3] 소리는 맑고 꽃다운 향기가 코를 찌르는지라, 원수도 답례로 전상에 오르기를 청하니, 용녀는 사양하며 작은 돗자리를 펴고 앉기에 원수 이르되,

---

1) 신주를 모시는 의자.
2) 행랑. 대문의 양쪽에 벌여 있는 하인들이 거처하는 방.
3) 금관조복(金冠朝服)의 좌우에 늘이어 차는 옥. 흰 옥을 서로 연해 무릎 밑까지 내려 가도록 하는 것인데, 엷은 사(紗)로 긴 주머니를 지어 그 속에 넣어서 참.

"소유(少游)는 인간 천품이요 낭자는 수부의 용녀이시거늘, 어찌 예모(禮貌)가 이토록 과공(過恭)하시나이까?"

용녀가 대답하되,

"첩은 동정용왕의 막내딸 백능파(白凌波)이온데 갓 낳아서 부왕이 옥황상제께 뵈올 적에, 장진인(張眞人)이 첩의 사주의 점괘를 뽑아 보고 이르기를, '이 낭자는 전신(前身)이 곧 신녀로서 죄를 범하고 귀양 와서 왕녀가 되었으나, 필경에는 다시 사람의 모습을 얻어 인간 세계에서 귀인의 첩이 되어 부귀와 영화를 누리고, 마침내 부처님께로 돌아가 대선사가 되리라' 하였으니, 우리 용의 무리는 수족(水族)의 조종(祖宗)으로서, 사람모습으로 변화하는 것을 큰 영광으로 알고 신선과 부처님에 이르러서는 더욱 왕망하는 바이라. 첩의 맏형은 처음에 경수용궁(涇水龍宮)의 며느리가 되었더니 화합치 못하여 두 집 사이가 틀리고, 유진군(柳眞君)⁴⁾에게 개가(改嫁)⁵⁾하매 친척들이 높이고 온 집안 사람이 공경하나, 첩은 장차 바른 인연을 찾아서 일신의 영귀(榮貴)함이 필시 맏형보다는 나을 것이라, 진인의 말씀을 들으신 후로 첩을 각별 사랑하시고, 궁중의 댓 시녀들로 하여금 하늘 위의 신선같이 대접하였나이다. 차차 자라나매 남해용황의 아들 오현(五賢)이 첩에게 다소 자색이 있다는 말을 듣고 통혼하였으나 우리 동정(洞庭)은 남해 용왕의 아래 관원인고로 부친은 감히 앉아서 거절치 못하고, 몸소 남해로 가서 장진인의 사주 이야기를 아뢰고 즐겨 따르지 아니하온즉, 남해 용왕은 교만한 아들을 위하여 도리어 부친께 허망한 말에 흘렸다 하

---
4) 유진군이란 유의를 가리킴.
5) 〈유의전〉에 동정용녀가 유의에게 개가한다는 이야기가 나옴.

고 준절하게 책망하여, 혼담이 급하기로 첩이 스스로 헤아리되, '만일 부모 슬하에 있으면 필연 몸에 욕이 미치리라' 하고 슬하를 떠나 몸을 빼어 도망을 하여 가시덤불을 헤치며 집짓고 홀로 변방에 숨어서 구차로이 세월을 보내오나 남해의 핍박이 더욱 심하기에 부모님께서 말씀하기를, '딸아이는 사람 따르기를 원치 아니하고 멀리 도망하여 깊이 숨어 홀로 세월을 보내나이다' 하였더니, 남해 용자가 첩의 의로운 신세를 업신여겨 몸소 군사를 이끌고 와서 첩을 핍박코자 하오매, 첩의 간절한 소원에 천지신명이 감동하사 저택(瀦澤)의 물이 거연(居然)히 변하여[1] 차기가 얼음 같고 어둡기가 지옥 같아서 타국의 군사는 능히 쉽게 들어오지 못하였나이다. 첩이 이에 힘을 입어 온전하고, 지금에 이르도록 위태로운 목숨을 보존하옵는데, 오늘 당돌하게 귀인을 청하와 누추한 곳에 왕림하시게 함은, 다만 첩의 정경을 아뢰고자 할 따름이 아니옵나이다. 이제 천자의 군사가 구차하옴이 이미 오래였고 우물에 물이 나지 아니하며 흙을 파고 땅을 뚫는 것이 또한 수고롭거늘, 물을 얻지 못하여 군사의 힘을 지탱하지 못하오리다. 이 물은 본디 청수담(清水潭)이더니, 첩이 와서 거처함으로부터는 물맛이 심히 흉악하여 마시는 자는 병이 나는고로 이름을 고쳐 백룡담(白龍潭)이라 부르나이다. 이제 귀인이 오시매 첩이 의지할 곳을 얻었사오니 귀인의 근심이 곧 천첩의 근심이오라, 감히 미련한 소견이나마 의를 다하여 군공(軍功)을 돕지 아니하리이까? 이제로부터는 물맛이 예전과 같이 달 것이니, 군사들로 하여금 마시게 해도 해가 없고 병난 군

---

1) '저택'은 '깊은 못', '거연히'는 '갑자기'로, '깊은 못의 물이 갑자기 변해'의 뜻.

사들도 또한 쾌차(快差)하리이다."

원수가 이르되,

"지금 낭자의 말을 들으니 우리는 천정연분(天定緣分)이라, 월로(月老)²⁾의 언약을 어지간히 맞출 수 있음직한데 낭자의 뜻이 또한 나와 같으뇨?"

용녀 대답하되,

"첩이 몸을 비록 낭군께 허락키로 하였사오나, 지레 낭군을 모시고 인연을 맺음에 가당치 않은 것이 셋 있으니, 첫째는 부모를 돌보지 않음이요, 둘째는 환골탈태(換骨奪胎)³⁾한 후에야 가히 귀인을 모실 것이어늘, 이제 비늘껍질에 비린 지느러미와 갈기를 지닌 누추한 몸으로써 귀인의 자리를 더럽히지 못할 것이요, 셋째로 남해 용자가 매양 나졸을 이 근처로 보내어 가만히 더듬어 살피니, 만일 그가 알게 되면 필연 한바탕 풍파를 일으킬 터이온즉, 그 노여움을 격동시킴은 해로울까 두려워함이오니 원수께서는 모름지기 속히 진으로 돌아가 군사를 바로잡고 도적을 멸하사 큰 공을 이루어 개가(凱歌)를 부르며 상경하시면 첩이 마땅히 치마를 걷고 물을 건너 귀인을 장안(長安) 댁으로 좇으리이다."

원수 이르되,

"낭자의 말이 비록 아름다우나, 나는 생각함이 낭자 이곳에 와 있는 것이 다만 뜻을 지킬 뿐 아니라, 또한 융왕이 낭자로 하여금 여기에 머물러 소유가 오기를 기다려 곧 따르게 하라 함일지니, 오늘부터 서로 짝이 됨이 어찌 부모와 뜻이 아니겠느

2) 월하노인. 부부의 인연을 맺어 준다는 전설의 노인.
3) 딴 사람이 된 듯이 용모가 환하게 트여 아름다워짐.

뇨? 또한 낭자는 신명한 후신(後身)이요 신명한 성품이라, 사람과 귀신 사이를 넘나들매 가는 데마다 옳지 아니함이 없은즉, 어찌 비늘과 지느러미와 갈기로써 그대를 꺼리리요? 소유가 비록 재주 없으나, 천자의 명을 받자와 백만 대병을 거느리고서 비렴(飛廉)[1]으로 길잡이를 삼고 해약(海若)[2]으로 후진을 삼으니, 저 남해 용자를 모기나 개미같이 볼 따름이라. 이제 그가 만일 스스로 헤아리지 못하고 망령의 항거코자 하면 내 칼을 더럽힐 따름이렷다! 오늘밤 다행히 서로 만났으니 좋은 때를 어찌 헛되이 지내며 아름다운 기약을 어찌 쉽사리 저버릴 수 있으리요?"

하고 인하여 용녀를 이끌고 취침하니 그 즐거움이 꿈이냐 생시냐 할러라.

익일 미명(未明)에 우레 같은 소리가 나며 수정궁(水晶宮)을 흔들거늘, 용녀가 홀연 놀라며 일어나니, 궁녀가 고하되,

"남해 태자가 무수한 군병을 거느려 산 밑에 진을 치고 양원수와 승부를 결단함을 청하나이다."

원수가 크게 화를 내어 이르되,

"미친 아이가 어찌 감히 이러느뇨?"

하고 소매를 떨치며 일어나서 물가로 걸어 나아가니, 남해 군사는 이미 백룡담을 에워싸고 떠느는 소리 크게 진동하여 살기가 사면에 뻗치며, 이른바 태자라 하는 자는 말을 달려 진두에 나아와 크게 꾸짖어 가로되,

"너는 어떠한 사람이기로 남의 아내를 빼앗아 가느뇨? 맹세

---

1) 바람의 신.
2) 바다의 산.

코 너와 더불어 이 천지간에 살지 아니하라."

하기에 원수가 말을 세우고 크게 웃으며,

"동정용녀가 나와 더불어 맺은 연분을 천궁(天宮)에 치부한 바요 진인(眞人)이 아는 바이니, 나는 천명을 준수할 뿐이거늘, 요망한 고기새끼가 무뢰함이 어찌 이 같으뇨?"

인하여 군사를 지휘하여 싸움을 재촉하니, 태자 크게 화가 나서 천만가지의 물고기들에게 영을 내리니, 이제독(鯉提督)과 별참군(鼈參軍)이 기운을 돋우고 용맹을 내어 걸어나오기에, 원수가 한 번 지휘하여 다 목을 베고 백옥 채찍을 들어 한 번 휘두르니 백만 군병이 짓밟으며, 삽시간에 부스러진 비늘과 깨어진 껍질이 땅에 너저분하고 태자는 몸의 수개 처를 창에 찔려 능히 변화를 일으키지 못하고 마침내 원수의 군사에게 잡힌 바 되니, 이를 결박하여 원수의 말 앞에 바친즉, 원수는 크게 기꺼워하며 징을 쳐서 군사를 돌리니, 수문군이 고하되,

"백룡담 낭자 친히 진(陣) 앞에 나아와 원수께 치하하고 군사를 호궤(犒饋)하려 하시나이다."

원수가 사람을 시켜 맞아들이니, 용녀 원수의 승전함을 치하하고 술 100석과 소 100필로써 군사를 위로한즉, 모든 군사가 함포고복(含哺鼓腹)[3]하고 사기(士氣)의 용맹함이 전보다 백 배나 더하더라. 원수가 용녀로 더불어 한자리에 앉아서 남해 용자를 잡아들여 소리를 높여 꾸짖되,

"내 천자의 명을 받들어 사방의 도적을 치매 1만 귀신도 감히 내 명을 거역하는 자 없거늘, 네 한낱 조그마한 아이가 천명을

---

3) 잔뜩 먹어서 부른 배를 두드리며 즐김.

알지 못하고 감히 대군을 거역하니 이는 스스로 죽기를 재촉함
이렷다. 이에 한자루 보검(寶劍)이 있는데 이는 위징(魏徵) 승
상이 경하(涇河)의 용을 베던 잘 드는 칼이라, 내 마땅히 네 머
리를 베어 우리 군사의 위엄을 떨칠 것이로되, 너의 집이 남해
를 진정하여 인간계에 비를 널리 내려 만민에게 공이 있는고로
각별히 용서하노니 지금부터 전의 행실을 고쳐 다시는 낭자께
죄를 짓지 말지어다!"

인하여 끌어 내치니 남해 용자는 숨도 크게 못 쉬고 쥐 숨듯
돌아가더라.

홀연 서기가 동남으로부터 일더니 붉은 놀이 영롱하고 산 구
름이 찬란하며, 기치(旗幟)와 절월(節鉞)이 공중으로부터 내려
오며 붉은 옷 입은 사자가 종종걸음으로 나아와 이르되,

"동정용왕이, 양원수께서 남해군을 격파하고 공주의 위급을
구하심을 아시고, 친히 진문 앞에 나아와 치하코자 하시나 몸이
정사(政事)에 매어 감히 마음대로 처단치 못하시는고로 바야흐
로 대연(大宴)을 별전에다 베풀고 원수께 청하오니 원수는 잠시
왕림하소서. 대왕이 또한 소신으로 하여금 공주를 모시고 한가
지로 돌아오라 하시더이다."

원수가 이에 답례하되,

"적군이 비록 물러갔으나 진 친 것이 오리혀 남아 있고, 또한
동정호가 만리 밖에 있으니 오고가는 사이에 날짜가 오래 걸릴
터인즉, 군사를 거느리는 자가 어찌 감히 멀리 나가리요?"

사자 이르되,

"이미 여덟 용으로 수레에 멍에를 갖추었으니 반일이면 마땅
히 왕반(往返)하리이다."

양원수 용녀와 더불어 용거(龍車)에 오르니, 이상한 바람이 바퀴를 굴리어 공중으로 올라가매 다만 흰 구름이 일산(日傘)같이 세계를 덮을 따름이더니, 차차 내려가 동정호에 이르니 용왕이 멀리까지 나아와 맞으며 주객의 예의를 차리고 옹서지정(翁婿之情)[1]을 펼새, 허리를 굽혀 절하고 위층 전각에 오른 다음 잔치를 베풀어 정성껏 대접하더라. 용왕이 친힌 술잔을 권하면서 사례하되,

"과인이 덕이 없어 한낱 딸자식으로 하여금 능히 그곳을 편하게 해주지 못하였더니, 이제 원수의 엄숙한 위세로써 남해의 교동(狡童)[2]을 사로잡고 딸아이를 구하였으니, 그 은혜는 하늘보다 높고 땅보다 두텁도다."

원수가 답사하되,

"이는 다 대왕의 위령(威令)이 미친 바이니 소유에게 무슨 공이 있사오리까?"

하고 술이 취하니 용왕이 분부를 내려 여러 풍악을 아뢰니, 그 음률이 융융(融融)하여 들으매 조(條)와 절(節)이 있으나 시속의 풍악과 다르고, 장사 1천 명이 전각 좌우로 늘어서서 각기 칼과 창을 버리고 큰 북을 알리며 나오는데, 여섯 쌍의 미인들이 부용의(芙蓉衣)를 입고 명월패(明月佩)를 차고 한삼(汗衫)[3]을 가볍게 날리며, 쌍쌍이 대무(對舞)하니 보기에 참 장관일러라.

양원수가 수부 풍악을 듣다가 묻되,

---

1) 장인과 사위간의 정분.
2) 교활한 아이. 여기서는 성질이 포악한 사람을 일컬음.
3) 손을 감추기 위해 저고리 소매 흰 천으로 길게 덧대는 소매.

152

"이는 무슨 곡조이오니까?"

용왕이 대답하되,

"옛적에는 수부에 이 곡조가 없었는데, 과인의 맏딸이 경하왕(涇河王)의 세자비(世子妃)가 되매, 유생(柳生)[1]의 전하는 글로 인하여 그 목양(牧羊)이 곤함을 만날 줄 알고 과인의 아우 전당군(錢塘君)이 경하왕과 더불어 크게 싸워 대파하고 딸아이를 데려오니, 궁중 사람들이 이 풍악을 짓고 춤을 붙여 이름하여 부르되 '전당군 파진악(破陣樂)'이니 '귀주환궁악(貴主還宮樂)'이라 일컬으며 궁중 잔치에서 때때로 아뢰더니 이제 원수가 남해 용왕을 격파하고 우리 부녀도 서로 만나게 하였으니 전당군의 옛일과 흡사한고로 그 이름을 고쳐 원수파군악(元帥破軍樂)이라고 하노라."

원수 또 묻자오되,

"유생이 어디 있으며 가히 서로 만날 수 있사오리까?"

용왕이 대답하되,

"유생이 이제 영주(瀛州)의 선관(仙官)이 되어 바야흐로 그 마을에 있으니 어찌 가히 보리요?"

술이 아홉 순배(巡杯)에 원수가 하직하되,

"군중(軍中)이 다사하여 오래 머무르지 못하오니, 원컨대 대왕은 만수무강하소서."

또 용녀를 돌아보다 이르되,

"낭자는 뒷날의 기약을 어기지 말라."

하니, 용왕이 대신 대답하되,

---

1) 유씨 성을 가진 서생이란 뜻으로, 곧 유의를 가리킴.

"그것은 염려 말라, 마땅히 언약대로 하리라."

하고 궁문 밖으로 나아가 전송할새, 원수 홀연 보니 앞에 산악이 돌올(突兀)하여 다섯 봉우리가 구름 사이로 솟아올라 유람할 경개가 있는지라, 이에 용왕께 묻기를,

"이 산은 무슨 산이오니까? 소유가 천하 명산을 두루 구경하였으되 오직 형산(衡山)²⁾과 파산(巴山)³⁾을 보지 못하였나이다."

용왕이 이르되,

"원수는 이 산의 이름을 알지 못하느뇨? 곧 남악 형산이니 신기하고도 이상한 산이거늘 어찌 알아보지 못하느뇨?"

원수가 간청하되,

"어찌하오면 이 산에 오르리이까?"

용왕이 대답하되,

"오늘 일세(日勢) 오히려 늦지 아니하였으니 잠깐 구경하고 돌아가도 또한 저물지 아니하리로다."

원수 사례하고 수레에 오르니 이미 형산 아래라, 한길을 찾아 한 언덕을 넘고 한 구렁을 건너니, 산이 더욱 높고 지경이 점점 그윽하며 1만 가지 경개가 널려 있어 이루 다 구경할 수 없으니, 소위 '천봉이 경수(競秀)하고 만학(萬壑)이 쟁류(爭流)로다'⁴⁾의 경치로다.

원수가 사방을 둘러보매 그윽한 생각이 저절로 떠오르기에 탄식하되,

---

2) 중국 삼신산(三神山)의 하나. 진시황과 한무제가 불사약을 구하려 사신을 보냈다는 가상적인 선경.
3) 중국 섬서성에 있는 산.
4) 중국 24사(史) 중의 하나인 《보서》〈고개지전〉에 나옴.

　'진중에서 오랫동안 몸이 시달리고 정신이 고달프니 이 몸의 속세 인연이 어찌 그리 중할꼬? 공을 이루고 물러가 초연하게 만물 밖의 사람이 되리로다.'

　문득 들으니, 경종(警鐘) 소리 수목 사이로 울려오거늘 원수 이르되,

　"필연 절간이 멀지 아니하도다."

하고 언덕에 오르니 한 절이 있는데, 전각이 깊숙하여 그윽이 보이고 여러 중들이 모여 있는 자리에 노승한 사람이 높이 앉아 바야흐로 경문을 외며 설법하는데, 눈썹이 길고 희며 골격이 맑고 파리하여 그 연세가 많음을 가히 알겠더라.

　노승은 원수가 들어오는 것을 보고는 제자들을 거느리고 당에서 내려가 맞으며 이르되,

　"산중 사람이라 귀밝지 못하여 대원수의 오심을 전혀 알지 못하와 문 밖에 나아가 영접치 못하였소이다. 청컨대 원수는 이를 용서하소서. 그러나 이번은 아주 오시는 것이 아니오니 모름지기 전각에 올라 불전(佛煎)에 합장배례하고 돌아가소서."

　원수가 곧 부처님 앞에 나아가 분향재배하고 바야흐로 전각에서 내려오다가 갑자기 발을 헛딛고 놀라 깨니, 몸은 진중에 있으며 책상을 의지하고 앉았는데 동녘이 이미 밝았는지라. 원수는 이상히 여겨 여러 장수를 불러들여 묻되,

　"제공들도 또한 꿈이 있었느뇨?"

　장수들이 일제히 대답하되,

　"소장(小將)들도 꿈에 원수를 따라 신병귀졸(神兵鬼卒)과 더불어 크게 싸워서 이를 격파하고 그 대장을 사로잡아 돌아왔으니, 이는 실로 도적을 격파하고 수괴(首魁)를 사로잡을 길조로

소이다."

원수는 꿈속 일을 낱낱이 말하고 제장으로 더불어 백룡담에 가 보니 부스러진 비늘과 깨어진 껍질이 땅에 가득 깔리고 흐르는 피가 내를 이루었기에, 원수가 몸소 표주박을 들고 물을 떠서 먼저 맛보고서 병든 군사들을 먹이니 그 병이 깨끗이 났는지라. 도적이 이 말을 듣고 몹시 두려워하여 곧 항복하고자 하더라.

양원수는 출전한 이후로 첩보(捷報)를 연속하여 올리니 천사가 매우 기뻐하시고, 하루는 태후께 문안드릴새 양소유의 공을 칭찬하시되,

"옛날의 곽분양(郭汾陽)이 곧 오늘의 양소유로소이다. 그가 돌아옴을 기다려 즉시 승상(丞相)의 벼슬을 내려 세상에 드문 공을 갚을까 하옵니다. 공주의 혼사를 확정하지 못하였사오나, 양소유가 마음을 돌려 명을 준수하면 다행하옵거니와, 만일 또 고집하여도 공신(功臣)을 아루래도 죄 주지 못할 것이요, 또한 그 뜻을 아무래도 빼앗지 못할 터이오니, 조처할 도리가 실로 알맞기 어려우니 극히 민망하도소이다."

태후 이르시되,

"정사도의 여아 진실로 아름답고 또 소유로 더불어 이왕에 서로 보았다 하니 소유 어찌 즐겨 정녀를 버리리요? 소유가 변방에 나아간 틈을 타서 조서를 내려 정녀로 하여금 타인과 성혼케 하면 소유도 소망이 끊어질 터이니, 군명(君命)을 어찌 가히 따르지 않으리요?"

상이 오래 대답치 아니하시더니 잠잠히 나가시더라. 이때 난양공주가 태후 곁에 있다가 태후께 고하되,

"태후마마의 하교(下敎) 사리에 크게 틀리도소이다. 정녀의

혼인 여부는 곧 그 집 일이요, 어찌 조정에서 지휘할 바이겠나
이까?"

태후가 이르되,

"이 일은 너의 중난한 일이요 나라의 큰 예절이니, 내 너와
더불어 의논코자 하노라. 병부상서 양소유는 풍채와 문장이 만
조제신(滿朝諸臣) 중에서 뛰어날 뿐 아니라, 지난날 퉁소 한 곡
조로써 너와 천정연분임을 알았으니, 결코 양소유를 버리고 타
인을 구하지 말지며 또한 소유가 본래 정사도 집과 더불어 정분
이 범연치 아니하여 서로 저버리지는 못할지라. 이 일은 극히
난처하니 소유가 돌아오거든 혼례를 먼저 치르고서, 소유로 하
여금 정녀에게 다시 장가들어 첩을 삼게 하면 소유도 감히 사용
치 못할 듯하나 너의 의향을 알지 못하는지라 이렇듯 주저하니
라."

공주 여짜오되,

"소녀 일생 투기가 무엇인 줄 알지 못하오니 정녀를 어찌 꺼
리오리까마는, 양상서가 처음에 납채하였으니 다시 첩으로 삼
는 것은 예가 아니오며, 정사도는 또한 누대의 재상이요 명문
귀족이니, 그의 여식으로 하여금 첩을 삼게 함도 가하지 아니하
니이다."

태후 물으시되,

"그러면 네 뜻에 어찌 조치코자 하느뇨?"

공주 대답하되,

"국법에 제후(諸侯)는 부인이 셋이라, 양상서가 공을 세우고
돌아오면, 크면 왕이요 적어도 공후(公侯)가 될지니 두 부인을
두는 것이 별로 분수에 넘치는 바 아니올지라, 이때를 당하여

정녀에게 정실(正室)로 장가들게 하심이 어찌하나이까?"

태후 이르시되,

"이는 실로 불가하다. 너는 선제(先帝)께서 사랑하신 딸이요, 금상(今上)이 고이는 누이이니, 몸이 실로 귀중하고 지위가 또한 높거늘 어찌 가당치 않게 여염집 여자와 더불어 어깨를 견주며 한 사람을 섬기리요?"

공주 대답하되,

"옛적 성주(聖主) 명군(明君)도 어진 사람을 높이고 선비를 공경하여 스스로 몸의 존귀함을 잊고 오직 그 덕을 사랑하여 만승천자의 몸으로써 필부(匹婦)를 벗삼으셨으니 어찌 귀천을 가릴 수 있겠나이까? 소녀가 들으니, 정녀의 용모와 절행(節行)이 비록 고금의 손꼽는 열녀라도 이에서 낫지 못하리라 하오니, 과연 사실이 이 말 같을진대 저와 같이 어깨를 견주는 것은 역시 소녀에게 다행할 따름이요 욕은 아니로소이다. 그러하오나, 남의 말이란 틀리기 쉬워 그 허실(虛實)을 믿디 어렵사오니 소녀는 아무쪼록 친히 정녀를 보아 그 용모와 재덕이 소녀보다 과연 나으면 우러러 섬길 것이요, 만일 그렇지가 못하면 첩을 삼게 하거나 종을 삼게 함은 개의치 아니하오리이다."

태후 탄식하시되,

"재주를 투기하고 아름다움을 꺼림은 여자의 상정이거늘, 내 딸아이는 남의 재주 사랑하기를 제 몸에 있는 것같이 하고, 남의 덕행 공경하기를 목마른 사람이 물 찾듯 하니, 그 어미 된 자 어찌 기쁜 마음이 없으리요. 또한 정녀를 한번 보고 싶어하니 내일 마땅히 조서를 정사도에게 내리리라."

공주 여짜오되,

"비록 낭랑(娘娘)의 명이 있사와도 정녀는 필연 칭병하고 들어오지 아니하오리니, 그렇다고 재상가의 여자를 함부로 협박하여 부르시지는 못할 터이온즉, 혹시 도관(道觀)[1]과 이원(尼院)[2]에 분부를 내리시와 미리 정녀의 분향하는 날을 알면 한번 만나 보기 어렵지 않을 듯하오이다."

태후 옳게 여겨 내관을 시켜 도관에 두루 물으시니 정혜원(定惠院)의 이고(尼姑) 고하되,

"정사도 집에서 불공을 우리 절에 올리되, 그 소저는 본디 절간에 왕래하지 아니하고, 다만 사흘 전에 소저의 시비 가춘운(賈春雲)이 소저의 명을 받고 그 발원하는 글을 부처님께 바치고 갔사오니, 바라건대 내관은 이 글을 가지고 태후 낭랑께 복명함이 어떠하오니이까?"

내시 응낙하고 돌아와 그 연유를 아뢰고 정소저의 발원서(發願書)를 올리니, 태후가 이르시되,

"진실로 이 같으면 정녀의 얼굴을 보기 어렵도다."

하시고 공주로 더불어 그 발원서를 한 가지 보시니, 하였으되,

'제자 정경패(鄭瓊貝)는 삼가 백배하고 비자(婢子) 춘운을 목욕재계하여 보내어 여러 부처님 전에 비나이다. 제자 경패는 죄악이 매우 무겁고 업장(業障)이 미진하여 세상에 여자의 몸이 되옵고 또 형제의 즐거움도 없사오며, 전일에 이미 양씨의 납채를 받았기로 장차 몸을 양씨 문중에 마치고자 하였삽는데 양랑이 부마 간택에 뽑히매 군명이 지엄하시니, 제자는 양씨와 더불어 장차 어찌하오리까? 다만 하늘의 뜻과 사람의 일이 서로 어

1) 도사(道士)가 수도하는 산의 깊숙한 곳.
2) 비구니들만 사는 절.

굿남을 한탄하옵고 기박한 몸이 여망(餘望)이 없사오며, 몸을 비록 허락지 아니하였으나 마음은 이미 붙였사온즉 아직은 부모 슬하에 의지함으로써 미진한 세월을 보내고자 하옵는데, 이 몹시 궁박한 신세로 말미암아 다행히 일신에 한가함을 얻은고로 이에 감히 정성을 부처님 앞에 올려 제자의 심정을 아뢰옵나니, 엎드려 바라옵건대 여러 부처님께서는 이를 통촉하시와 자비지심(慈悲之心)을 드리우셔 제자의 늙은 부모로 하여금 상수(上壽)를 누리게 하옵시고, 제자의 몸으로 하여금 질병과 재앙이 없이 부모님 앞에서 고운 색동옷을 입고[3] 새 새끼를 길러 희롱하는 즐거움을 다하게 하옵소서. 부모 백년해로하시고 돌아가신 다음에는 맹세코 부처님께로 돌아와 세속 인연을 끊고 경계하는 말씀을 복종하여, 마음에 재계하고 경문을 외며 몸을 정결히 하여 부처님 앞에 예배하와, 부처님의 두터운 은혜를 갚으오리다. 춘운이 본래 경패와 더불어 크게 인연이 있사와, 이름은 비록 종과 상전이나 정의는 형제와 같사오니, 그가 일찍이 주인의 명으로써 양씨의 소실이 되었삽는데, 일이 마음과는 어긋나 아름다운 인연을 보존치 못하옵고 길이 양씨를 하직하고 다시 주인에게 돌아왔사오니 아무래도 생사고락(生死苦樂)을 같이 하올지라. 여러 부처님께서는 제자 두 사람의 가슴속을 굽어살피시고, 세세생생(世世生生)에 다시 여자 몸이 되는 것을 벗어나게 하시와, 전생의 죄를 소멸하고 후세에 복을 주시며 좋은 땅에 환생(還生)하여 유쾌한 환락을 길이 누리게 하옵소서.' 라고 하였더라. 공주 보고 나서 눈썹을 찡그리며 이르되,

---

3) 중국 초나라의 노래자가 부모를 즐겁게 해주기 위해 70세에 색동옷을 입고 어린아이처럼 즐겁게 놀았다고 함.

"한 사람의 혼사로 말미암아 두 사람의 신세를 그르치게 하니, 이는 크게 음덕(陰德)에 해로우리로다."

태후 들으시고 묵묵하시더라.

이때 정소저 그 부모를 모셔 화기이색(和氣怡色)하여 일호원한(一毫怨恨) 없으나, 최부인이 매양 소절를 보매 슬프고도 섭섭함을 이기지 못하였고, 춘운이 소저를 모시고 문필과 기예를 강잉하여 수심을 억제하고 세월을 보내나, 저절로 마음이 타고 간장이 녹아서 점점 초초해지기에, 소저는 위로 부모를 생각하고 아래로 춘운을 불쌍히 여겨, 자못 심회가 산란하여 스스로 평안치 못하되 남들은 알지 못하더라.

소저 모친의 답답한 마음을 위로할새, 풍악과 모든 구경거리를 구하여 시시로 받들어 노모를 즐겁게 하는데, 하루는 한 여동(女童)이 찾아와서 수놓은 족자를 팔려고 하거늘, 춘운이 펴 보니 한 폭은 꼭 사이에 공작새요, 다른 하나는 대숲에 자고새더라. 춘운이 그 수놓은 솜씨를 흠모하여 그 여동을 기다리게 하고 족자를 부인과 소저께 드리고 여짜오되,

"소저 매양 춘운의 수놓은 것을 칭찬하시는데 시험삼아 이 족자를 한번 보소서. 이는 선녀의 틀 위에서 나오지 않았으면 필연 귀신의 손에서 된 것이로소이다."

소저 부인 앞에 펴 보고 놀라 이르되,

"글쎄 사람은 이토록 공교한 솜씨가 없겠거늘, 염색과 꾸밈새가 더욱 산뜻하여 옛 것이 아니고 고이하도다."

이에 춘운으로 하여금 그 여동에게 출처를 물으니, 여동이 대답하되,

"우리 소저께서 수놓은 것이라, 소저는 요즈음 객지에 계셔

서 급한 소용이 있는고로 값의 다과는 따지지 아니하고 팔려 하나이다."

춘운이 묻되,

"너의 소저는 뉘 집 소저이시며 또 무슨 일로 홀로 객지에 머물러 계시느냐?"

여동이 대답하되,

"우리 소저는 이통판(李通判)의 매씨이니, 통판 어른이 대부인을 모시고 절동(浙東) 고을에 가 벼슬을 사시오나, 아가씨는 병환으로 따라가지 못하옵고 외숙인 장별가(張別駕) 댁에 머무셨는데, 별가 댁에 근일 사소한 연고가 있어서 길 건너 연지점(臙脂店) 사삼랑(謝三娘) 집을 빌어 임시 우거하여 절동 고을에서 맞으러 오기를 기다리고 계시나이다."

춘운이 들어가 그 말대로 고한대, 소저 비녀와 가락지와 그 밖의 패물 등속으로 값을 넉넉히 주고 족자를 사서는 대청에 높이 걸어놓고, 날이 저물도록 바라보며 칭찬하더라. 이후로 그 여동이 족자 매매함을 인연하여 정사도의 저택에 출입하고 비복들과도 사귀게 된지라. 소저 춘운에게 이르되,

"이씨 소저 수놓는 재주 이 같으니 필연 비범한 사람이라, 내가 시녀를 시켜 계집아이를 따라가서 이 소저의 용모를 보리라." 하고 인하여 영리한 비자(婢子)를 가려 뽑아 보내더니 비자가 계집아이를 따라가 본즉, 여염집이라 몹시 협소하여 아예 내외하는 법이 없더라. 이소저 정씨 댁 비자인 줄 알고 음식을 먹여 보내거늘, 비자가 돌아와 고하되,

"이소저의 고운 태도와 아름다운 용모 우리 소저와 같더이다."

춘운이 믿지 아니하여 이르되,

"그 수놓은 솜씨를 보건대 노둔(魯鈍)한 재질은 아니겠거니와 어찌 그렇듯 지나친 말을 하느뇨? 이 세상에 우리 소저와 흡사한 분이 있다 함은 내 실로 의심하노라."

비자 대답하되,

"가유인(賈孺人)[1]이 실로 내 말을 의심할진대 다른 사람을 보내 보시면 내 말의 진실함을 알겠나이다."

춘운이 또 사사로이 한 사람을 보내었더니 돌아와 말하되,

"괴이하다, 괴이하다! 그 아가씨는 곧 천상 선녀요, 어제 들은 말이 과연 옳으니, 가유인이 내 말을 의심하거든 몸소 가 보심이 좋을 듯하오이다."

춘운이 이르되,

"전후 말이 다 허망하도다. 어찌 두 눈이 없느뇨?"

서로 가가대소하고 헤어지더라. 수일 후에 연지점에 사는 사삼랑이 정씨 댁에 와서 부인께 고하되,

"근자에 이통판 댁 소저가 이 늙은 것의 집을 빌어 거처하시는데, 그 소저의 고운 용모와 묘한 재주는 실로 처음보는 바이온데, 그 소저가 정소저의 현숙한 절행을 깊이 사모하와, 한번 서로 만나 맑은 말씀을 듣고자 하되 부끄러우며 또한 매우 어려운 일이오라, 선뜻 말씀을 못하옵더니 이 늙은 것이 부인께 자주 나와 뵙는 줄을 알고는 부인께 사뢰어 보라 하시옵기에 이렇듯 와서 아뢰나이다."

부인이 즉시 소저를 불러 이 뜻을 말하니, 소저 여짜오되,

1) '유인'은 생전에 벼슬하지 못한 사람의 아내의 신주나 명정에 쓰는 존칭.

"소녀의 몸이 타인과 다른 바 있사와 얼굴을 들고 남과 대면
코자 아니하오나, 다만 듣자오니 이소저의 위인(爲人)과 범절
(凡節)이 모두 그 수놓은 솜씨와 같다 하오니, 역시 한번 만나
보고자 하나이다."

사삼랑 노파가 기꺼움을 이기지 못하고 돌아가더니, 이튿날
이소저가 비자를 보내어 온다는 말을 먼저 알리고, 느직하여 휘
장을 드리운 소옥교(小玉轎)를 타고 시비 몇 사람을 거느리고
정사도 저택에 이르자 정소저가 침방(寢房)으로 맞아들여 볼새
주객이 동서로 마주 앉으니 광채가 서로 빛나 방 안이 찬란하니
서로 놀라더라. 정소저 이르되,

"향자(向者)에 시비들이 인연하여 이 근처에 계신 줄을 들었
사오나, 이 몸은 신세가 기구한 사람이라 인사를 전폐하고 있기
에 문후치 못하였삽더니, 이제 소저께서 욕되이 왕림하시니 감
격하고 죄송하와 사례할 바를 알지 못하겠나이다."

이소저 대답하되,

"소매(小妹)는 우둔한 사람이며 부친을 일찍 여의고 자친(慈
親) 편애하여 평생에 배운 일이 없고, 아무런 재주도 가려 낼
것이 없사와 스스로 탄하기를, '남자는 뜻을 사방에 두어서 어
진 벗을 사귀어 서로 배우고 서로 타일러 주는 일도 있거니와,
여자는 집안 식구와 비복 외에는 다시 대하는 사람이 없으니 규
중이 막혔도다' 하였더니, 공손히 듣자온즉 저저(姐姐)[2]께서는
반소(班昭)[3]의 문장에다 맹광(孟光)[4]의 덕행을 겸하여 몸을 중

2) 여자끼리 상대를 존칭하여 일컫는 말.
3) 중구 후한 때의 여류 문학가.
4) 중국 후한 때 양홍의 아내 맹광은 양처로 유명함.

문 밖에 나지 아니하시고 이름은 이미 구중궁궐에 들리시니, 소매는 이러함으로써 스스로 비루함을 헤아리지 못하고 성덕의 광채를 접하고자 원하였더니, 이제 소저의 버리지 않음을 입사와 족히 소매의 평생의 소원을 이루도소이다."

정소저 답사하되,

"저저 말씀이 바로 소매의 마음속에 있던 바로소이다. 규중에 매인 몸이라 출입에 걸림이 있고, 이목(耳目)에 가리움이 많으므로 본디 창해(蒼海)와 물과 무산(巫山)의 구름을 알지 못하오니 이 또한 옅고 짧은 지식의 탓이라, 어찌 족히 이를 괴이하다 하오리까? 이는 바로 형산지옥(刑山之玉)이 광채를 묻고 자랑하기를 부끄러워하며 늙은 조개 속의 구슬이 고운 빛을 감추고 스스로 보배가 되는 것과 같나이다. 그러나 소매 같은 사람은 고루하오니 어찌 감히 과도히 표창하심을 당하오리까?"

인하여 다과를 내어놓고 한담하다가, 이소저 이르되,

"풍문에 듣자온즉, 댁내에 가유인이란 사람이 있다 하오니 어떻게 한번 볼 수 없겠나이까?"

정소저 대답하되,

"소매도 또 한번 소저께 뵈옵게 하려 하였나이다."

이에 춘운을 불러 뵈어라 하니 이소저가 일어나 맞을새, 춘운이 놀라 속으로 암탄(暗炭)하되,

"전일 두 사람의 말이 과연 옳도다! 하늘이 이미 우리 소저를 내시고 다시 이소저를 내시니 참으로 하늘의 뜻을 측량할 수 없도다."

이소저 또한 스스로 헤아리되,

"가녀(賈女)의 이름을 익히 들었거니와 그 사람됨이 소문보

다 월등하니, 양상서(楊尙書) 어찌 권애(眷愛)[1]치 않으리요? 마
땅히 진중서(秦中書)로 더불어 어깨를 견줄 만하니, 만일에 가
녀로 하여금 진녀(秦女)를 본받게 하면 어찌 윤부인(尹夫人)의
울음을 본받지 않을 수 있으리요? 대저 상전과 비자의 자식이
이렇듯 빼어나고 또 재주가 있으니, 양상서가 어찌 놓을 수 있
으리요?"

하고 이에 춘운으로 더불어 가슴속을 털어놓고 이야기하니, 그
관곡(款曲)한 정이 정소저와 일반일러라. 이소저 작별을 고하기
를,

"일세(日勢) 이미 늦었으매 더 앉아 이야기를 못 하니 매우
안타깝사오나, 소매가 들어 있는 집이 다만 한길을 사이에 두었
을 뿐이오니, 마땅히 틈을 타서 다시 찾아와 나머지 말씀을 들
으려 하나이다."

정소저 답사하되,

"외람히 왕림하심을 받잡고 인하여 좋은 말씀을 듣자오니 마
땅히 당 아래로 내려가 사례하올 것이나, 소매의 처신이 남과
다른고로 감히 한 걸음도 문 밖에 나가지 못하오니, 바라건대
저저께서는 그 허물을 사(赦)하시고 그 점을 용서하소서."

두 사람이 작별할새, 오직 섭섭함을 이기지 못하여 차마 서로
손을 놓지 못하다가 이어서 떠나니라. 정소저가 춘운한테 이르되,

"보검(寶劍)이 비록 칼집 속에 감춰져 있어도 그 광채 두우
(斗牛)[2]를 쏘고, 늙은 조개가 비록 바다에 잠기나 기운이 누대
(樓臺)를 이루거늘, 우리가 다같이 한 성내에 살면서 진작 듣지

---

1) 보살펴 사랑함. 정을 둠. 귀여워함.
2) 28수(宿) 중의 두성(斗星)과 우성(牛星).

못하였으니 심히 괴이하도다."

춘운이 여짜오되,

"천첩의 마음에 한 가지 의심 있으니, 양상서가 매양 말씀하시되 화주(華州) 진어사(秦御史)의 딸로 더불어 얼굴을 누가 위에서 보고 글을 객사에서 얻어 아름다운 언약을 맺었으나, 진어사 집의 환난으로 말미암아 일이 어긋났다 하시고서, 절세의 미인이라 칭찬하시기에 첩이 또한 양류사(楊柳詞)를 보온즉 진실로 재주 있는 여자이오니, 혹시 그 여자가 성명을 감추고 아가씨를 사귐으로써 전일의 인연을 이루고자 함인가 하나이다."

정소저 이르되,

"진씨의 미색(美色)을 나도 또한 다른 길로 들었으니, 이 여자와 비슷한 점이 있으나 진녀의 집이 환난을 만나 궁녀가 되었다 하니, 어찌 능히 여기 이르리요?"

하고 부인께 들어가 뵈옵고 이소저를 칭찬하여 마지않으니, 부인이 이르되,

"나도 또 한번 청하여 보고자 하노라."

하고 수일 후에 시비로 하여금 이소저 한번 굽힘을 청하니, 소저는 흔연히 응낙하고 정사도 저택에 이르기에 부인이 섬돌에 내려가 맞아들이니, 이소저는 자질(子姪)의 예로써 부인께 뵙는지라. 부인이 크게 사랑하여 이르되,

"일전에 소저 전위(專爲)[1]하여 여아를 찾아 두터운 정을 드리우니 이 몸이 진심으로 감사하오나 그때는 신병이 있어 제대로 접대치 못하였으니, 지금까지 부끄럽고 한탄하는 바이로다."

---

1) 특히 한 가지 일을 위해 함.

이소저가 엎드려 대답하되,

"이 몸이 저저께서 천상의 선녀 같사옴을 사모하오되 오직 멀리 내치실까 두렵더니, 저저께서 한번 만나매 형제의 의로써 이 몸을 대접하시고 부인께서 또 자질의 예로써 기르시니 이 몸의 소망에 과하온지라, 이 몸이 다하도록 출입하며 친어머님같이 섬기려 하나이다."

부인이 지재지삼(之再之三),

"나에게 불감(不敢)하다."

일컫더라. 정소저 이소저로 더불어 반나절이나 부인을 모시고 앉아 있다가, 뒤이어 침방으로 청하여 춘운과도 한가지로 솥밭같이 세 사람이 마주 앉아, 은은하게 울리는 목소리로 기꺼이 주고받으니, 마음이 서로 통하고 정의가 또한 친밀하여지는지라, 고금의 문장을 평론하고 부녀자의 덕행을 논의할새 해 그림자 이미 서창(西窓)에 비끼는 줄을 깨닫지 못할러라.

이소저 돌아간 후에 부인이 소저와 춘운더러 이르되,

"내 친정과 시가(媤家)의 친척이 심히 많아 거의 천사람에 이르는지라, 내 소시로부터 아름다운 자색을 많이 보았으나 다 이소저를 따르지 못하니, 이소저는 실로 우리 아이와 한가지로 비등하매 의형제를 맺으면 실로 좋으리라."

소저 춘운의 말하던 바 진씨의 일로써 고하되,

"춘운은 마침내 의심이 없지 못하다 하나, 소녀의 소견은 춘운의 생각과는 다르오니, 이소저는 자색 이외에도 기상의 표일(飄逸)[2]함과 몸차림의 단정함이 여염집이나 사대부집 부녀자들

---

2) 모든 것을 마음에 두지 않고 마음에 내키는 대로 행동함.

과는 각별 다르오니, 진씨 같단 말로써 어찌 비기겠나이까? 소
녀가 듣사온즉, 난양공주가 용모와 마음씨가 아름답다 하오나,
혹 두려운 말씀이오나 이소저의 기상이 곧 난양공주인 듯하오
이다."

부인이 이르되,

"공주를 나도 또한 보지 못하였으니 가히 억탁(臆度)하지 못
하려니와, 비록 공주가 높은 자리에 있어 이름을 얻었으나, 어
찌 이소저와 같을 줄 알리요."

소저 여짜오되,

"이소저 실로 의심나오니, 후일에 마땅히 춘운으로 하여금
가서 그 동정을 살펴보라 하오리이다."

이튿날 정소저가 춘운으로 더불어 바야흐로 이 일을 의논할
새, 이소저의 계집종이 정사도 댁에 이르러 말을 전하되,

"우리 소저 마침 절동(浙東)의 순귀선편(順歸船便)을 얻어 내
일 발행하려 하시는고로, 오늘 댁에 들어와 부인과 소저께 작별
인사를 드리려 하시나이다."

정소저 중당(中堂)을 소제하고 기다리더니, 이윽고 이소저가
당도하여 부인과 정소저에게 뵈오니, 이별하는 정이 아득하고
연연하여 어진 형이 사랑하는 아우를 이별함과 같고 방탕한 남
자가 미녀를 보냄과 같더라. 이소저 홀연 일어나 재배하고 고하
되,

"소질(小姪)이 모친 떠나고 오라버님을 이별한 지 이미 한 돌
이 되매, 돌아가고 싶은 마음이 화살 같사와 아무래도 더 머무
르지 못하오니, 다만 부인의 은덕과 저저의 정의로써 마음이 실
같사와 풀고자 하오나 다시 맺혀지나이다. 소질이 이에 한 말씀

이 있사와 저저게 간청코자 하오나, 들어 주지 않으실까 두려워 먼저 부인께 여쭈나이다."

하고 인하여 주저하며 말을 내지 아니하거늘, 부인이 이르되,

"낭자(娘子)의 청코자 하는 바는 무슨 일이뇨?"

이소저 대답하되,

"소질이 선친을 위하여 바야흐로 남해대사(南海大師)[1]의 화상을 수놓아 겨우 마치오매, 오라버니가 절동 고을에 있고 소질은 여자의 몸이온고로, 아직 글 하는 사람의 화상찬(畵像讚)[2]을 받지 못하와 장차 수놓는 것이 허사가 되게 되오니 매우 아까운고로, 소저의 두어 구 글과 두어 줄 글씨를 받으려 하옵는데 수폭(繡幅)이 매우 넓어서 펴고 접기에 어렵삽고 또 더럽힐까 염려되어 감히 가져오지 못하고, 부득이 잠깐 저저를 모셔다가 글과 글씨를 얻어 그로써 소녀의 어버이를 위하는 효성을 완전케 하고, 그것으로써 원로에 서로 이별하는 회포를 위로케 하심을 바라오니, 저저의 의향을 알지 못하와 감히 바로 청하지 못하옵고 부인께 우러러 고하나이다."

부인이 정소저를 돌아보며 이르되,

"네 비록 친척의 집이라도 본래 왕래치 아니하였으나 이제 이 낭자의 청하는 바는 대개 위친(爲親)하는 지성에서 나옴이요, 하물며 낭자의 우거하는 집이 지척이니 잠시 갔다 옴이 어여운 일이 아닐 듯하도다."

소저 처음에는 어려운 기색이 있더니 돌리어 생각하고 속으

---

1) 관세음보살. 대자대비하여 중생이 괴로울 때에 정성으로 그 이름을 외면 그 음성을 듣고 곧 구제한다고 함.
2) 화상에 써 놓은 글.

로 깨달아 이르되,

'이소저의 행색이 바쁘니 춘운을 보내지 못할지라, 내 이 기회를 타 가서 그 종적을 탐지하리라.'

하고 이에 모친께 아뢰되,

"이소저의 청하는 바가 만일 등한한 일이면 실로 하기 어렵거니와 위친하는 효성은 사람마다 감동하는 바이니 어찌 따르지 아니오리까? 그러나 날이 어둡거든 가고자 하나이다."

이소저 크게 기꺼워하며 사뢰하되,

"일모(日暮)하면 글씨 쓰시기 어려울 듯하오니, 저저 만일 길일 번거로움을 꺼리실진댄, 소매의 탄 바 교자(轎子)가 비록 추하나 족히 두 사람의 몸을 용납할지니, 함께 가셨다가 저녁에 돌아오심이 또한 어떠하니이까?"

정소저 대답하되,

"저저의 말씀이 심히 합당하오이다."

하고 부인께 배사(拜謝)한 후에 춘운의 손을 잡아 이별하고 정소저로 한 교자를 타고 사도 댁의 시비 몇 사람이 뒤따르더라. 정소저가 이소저의 침방에 와 보니 벌여 놓은 것이 심히 번다(繁多)치는 아니하되 모두 훌륭한 물건들이요, 나오는 음식도 비록 간략하나 맛이 비길 데 없이 좋은지라, 유의하여 보매 다 의심되는데 이소저는 오랫동안 글 받을 말을 꺼내지 아니하고 날이 점점 저물어 가매 이에 묻되,

"대사의 화상은 어느 곳에 봉안(奉安)하였나뇨? 소매는 급히 물러가고자 하나이다."

이소저 대답하되,

"마땅히 저저로 하여금 받들어 구경케 하리다."

　말을 겨우 마치매, 홀연 거마(車馬) 소리 문 밖에 들리며 기치(旗幟)가 길 위에 편만하거늘, 사도댁 시비들이 황망히 고하되,

　"군병의 한 떼가 이 집을 에워싸니 낭자, 낭자여 장차 어찌하리요?"

　정소저 이미 기미를 알고 자약(自若)히 앉았더니, 이소저 이르되,

　"저소는 안심하소서. 소매는 다른 사람이 아니라 난양공주 소화(簫和)이오니, 저저를 이리 맞아 옴은 곧 태후의 명이니이다."

　정소저 자리를 피하여 대답하되,

　"여염에 사는 미천한 소녀가 비록 지식이 없으되, 안나한 귀골(貴骨)이 천생으로 더불어 다를 줄 아오니, 공주 강림하심은 천만뜻밖의 일이로소이다. 이미 존경하는 예를 잃었사옵고 또 무례히 행동한 죄 많사와, 엎드려 비옵나니 공주는 죄벌을 내리소서."

　공주 미처 대답치 못하여 시녀가 고하되,

　"삼전궁(三殿宮)에서 설상궁(薛尙宮)·왕상궁(王尙宮)·화상궁(和尙宮)을 명하여 보내시와 공주께 문안케 하시나이다."

　공주가 정소저더러 이르되,

　"소저 여기 잠깐 머물러 있으라."

하고 이에 나아가 당상에 앉으니, 세 상궁이 차례로 들어와 예(禮)를 마치고 엎드려 고하되,

　"공주 대내(大內)를 떠나신 지 이미 여러 날이오니 태후 낭랑의 보고 싶은 마음이 간절하옵시며, 황상 폐하 또한 소녀들로

하여금 문후하옵시고, 오늘이 곧 공주께서 환궁하실 날인고로,
거마와 의장(儀仗)이 이미 다 밖에 대령하옵고, 황상께옵서 조
태감(趙太監)을 하사 배행(陪行)케 하시나이다."
하고 세 상궁이 또 아뢰되,

　"태후 낭랑께서 하교하사대, 공주 정낭자로 더불어 연을 함
께 타고 들어오라 하시더이다."

　공주 세 상궁을 밖에 머무르게 하고 들어와 정소저더러 이르
되,

　"여러 말은 조용한 때에 자세히 하려니와, 태우 낭랑께서 보
고자 하시와 바야흐로 마루에 납시어 기다리신다 하오니, 소저
는 사양 말고 소매로 더불어 함께 들어가 뵈옴이 옳으렷다."

　정소저 가히 모면치 못할 줄 알고 대답하되,

　"첩이 이미 공주의 사랑하심을 아오나 여염의 여자가 일찍이
지존(至尊)께 뵙지 못하였사오니, 예모(禮貌)에 어긋남이 있을
까 두려워하나이다."

　공주 이르되,

　"태후 소저 보고자 하시는 마음이 어찌 소매의 소저를 보고
자 하는 마음과 다르시리요? 소저는 조금도 의심을 마오."

　정소저 이르되,

　"공주 먼저 행차하시면 첩은 마땅히 집에 돌아가 이 사연을
노무께 말씀하옵고 곧 뒤따라 돌아가려 하나이다."

　공주 이르되,

　"태후 낭랑이 이미 하교하사 소매로 하여금 연(輦)을 같이 타
라 하시매, 말씀하시는 뜻이 극히 정중하시니 소저는 더 사양하
지 마오."

정소저 사양하되,

"첩은 미천한 신자(臣子)이오니 어찌 감기 공주와 동연(同輦)을 하리이까?"

공주 이르되,

"강태공(姜太公)¹⁾은 위수(渭水)의 어부로되 주나라 문왕(文王)의 수레를 한가지로 탔고 후영(候嬴)²⁾은 이문(夷門)의 문지기로되 신릉군(信陵君)³⁾이 말고삐를 잡았으니, 진실로 어진 이를 높이고자 할진대 어찌 감히 귀함을 가리리요? 소저는 후백(侯伯)의 대가요 대신(大臣) 집안의 딸이니, 어찌 소매로 더불어 같이 타기를 혐의하리요?"

하고 드디어 손을 끌어 연을 같이 타거늘 정소저 시비 한 사람으로 하여금 돌아가 부인께 고하게 하고 시비 한 사람은 뒤를 따라 궁중으로 들어가게 하더라. 공주 정소저와 연에 동승하여 동화문(東華門)으로 들어가, 겹겹이 싸인 아홉 문을 지나 장신궁(長信宮)⁴⁾ 밖에 이르니, 연에서 내려 왕상궁에게 이르되,

"상궁은 소저를 모시고 잠깐 여기서 기다리라."

왕상궁이 여짜오되,

"태후 낭랑의 명을 받들어 이미 정소저의 막차(幕次)⁵⁾를 배설(排設)⁶⁾하였나이다."

---

1) 태공망의 속칭. 태공망은 중국 주나라의 정치가. 성은 강, 이름은 상. 문왕이 위수에서 처음 만나 스승으로 삼았으며, 뒤에 무왕을 도와 은나라를 멸하고 천하를 평정하여 그 공으로 제나라에 봉함을 받아 그 시조가 되었음.
2) 중국 전국 시대 위나라 소왕 때의 은사(隱士).
3) 중국 위나라 소왕의 왕자.
4) 중국 한(漢)나라의 궁궐 이름. 태후가 거처한 곳임.
5) 막을 쳐서 임시로 만들어 주련(駐輦)하던 곳.
6) 의식(儀式)에 쓰는 제구를 벌여 베풀어 놓음.

174

공주 기꺼워하며 머물러 있게 하고는 들어가 태후께 뵙더라. 태후는 처음에는 정씨에게 좋은 뜻이 없더니, 공주가 미복(微服)[1]으로 정사도 집 근처에 임시 거하면서 한쪽 수족자로 인연이 되어 정씨와 사귐을 맺어 그 자색과 덕행을 공경하고 사모하며, 뒤이어 정의가 또한 친밀하고 또 양상서도 마침내 정씨를 버리지 않을 줄을 알고, 서로 사랑하며 서로 언약하여 형제의 의를 맺고 장차 한집에서 한 사람을 섬기고자 하여, 자주 글을 올려 태후께 극간함으로써 마음을 돌리시게 하였더니, 태후가 이에 크게 깨닫고 공주와 정녀가 양소유의 두 부인이 되기를 허락하고, 친히 그 용모를 보고자 하시어 공주를 시켜서 계책을 내어 데려오게 하심이다. 정소저 막차에서 잠깐 쉬는데 궁녀 두 사람이 내전으로부터 의함(衣函)을 받들고 나아와, 태후의 명을 전하되,

"정소저 대신의 딸로서 재상의 예폐(禮幣)[2]를 받았거늘 오히려 처자(處子)의 옷을 입었으니, 가히 평복으로 내게 조회치 못하리니 각별히 일품명부(一品命婦)의 장복(章服)을 주노니 입고 입시(入侍)하라."

하거늘 정소저 재배하고 대답하되,

"신첩이 처자의 몸으로써 어찌 감히 명부의 복장을 갖추리이까? 신첩의 입은 옷은 비록 간단하고 단정치 못하오나 또한 부모 앞에서 입는 옷이오며, 태후 마마는 곧 만민의 어버이가 되시니, 엎드려 비옵건대 부모를 만나는 의복으로써 들어가 조회

1) 지위가 높은 사람이 무엇을 몰래 살피러 나갈 때 입는 남루한 옷.
2) 고마움과 공경하는 뜻으로 보내는 물건.

하여지이다."

궁녀 그대로 아뢴즉, 태후 크게 아름다이 여기사 곧 정씨를 불러들여 보시니, 좌우의 궁녀들이 다투어 보고 흠모하여 탄식하되,

"내 마음에는, 아름답고 고운 이는 우리 공주뿐이라 하였더니, 어찌 다시 소저 있을 줄 알았으리요?"

하더라. 소저 예필(禮畢)에 궁녀 인도하여 전상에 오르니 태후 명하여 앉으라 하고 하교하시되,

"향자 공주의 혼사로 말미암아 조칙(詔勅)으로 양상서의 예폐를 도로 걷어들이게 함은, 나라법을 좇아 공사를 분별함이요 과인이 비롯한 바 아니겠거늘, 공주가 간하되, '새 혼사로 말미암아 옛 언약을 저버리게 함은 인군으로서 인륜(人倫)을 바르게 하는 도리가 아니다' 하고, 또 너로 더불어 한가지로 양소유의 부인 되기를 원하기에, 내 이를 황상께 상의하고 공주의 뜻을 따른지라. 장차 양소유 돌아오기를 가다려 다시 예폐를 전대로 보내게 하고, 너로 하여금 한가지로 부인이 되게 하려 하니 자고급금(自古及今)에 이런 은전(恩典)은 없었기로 이제 이를 너로 알게 하노라."

정씨 복지사은(伏地謝恩)하되,

"은덕이 융중(隆重)하사 신자(臣子) 감히 바라지 못하는 바이오니, 신첩의 우매한 천질(天質)로 능히 보답치 못하리소이다. 그러하오나 신첩은 신하의 딸이오니 어찌 감히 공주와 더불어 반열(班列)³⁾을 같이 하고 그 위(位)를 가지런히 할 수 있겠나이

---

3) 품계의 차례. 신분 등급의 차례.

까? 신첩이 설혹 명을 따르고자 하올지라도 부모가 필연 죽기
로써 조칙을 받지 아니하오리이다."

태후가 이르시되,

"너의 겸손함이 비록 가상하나 너의 집이 누세 후백(侯伯)이
요, 너의 부친 사도(司徒)는 선조(先朝)의 노신이라, 나라에서
의 예우(禮遇)가 남과 다르니, 신자의 도리를 굳이 지키지 아닐
지니라."

소저 대답하되,

"신자의 도리는 군명(君命)을 순하는 것이, 만물이 스스로 때
를 따르는 것과 같사오니, 끌어올려 시녀를 삼으시든지 내려서
비복을 삼으시든지 어찌 천명을 거역할 수 있사오리까마는, 양
소유 또한 어찌 마음이 평온하오리까? 필시 따르지 아니하오리
이다. 신첩이 본래 형제가 없삽고 또한 부모가 노쇠하였사오니,
신첩의 간절한 소원은 오직 정성을 다하여 부모를 공경하와, 그
로써 남은 세월을 마치려 할 따름이로소이다."

태후가 이르사대,

"너의 부모 위하는 효성과 처신하는 도리는 가히 지극하다
하려니와, 어찌 감히 한 물건이라도 그것을 얻지 못하게 하리
요? 하물며 너는 백 가지가 아름답고 흠도 찾기 어려우니, 어찌
양소유가 마음에 즐겨 너를 버릴 것이랴! 또한 공주가 양소유
와 더불어 퉁소 한 곡조로써 백년연분을 증험하였으니, 하늘이
정하는 바를 사람이 가히 폐하지 못할 것이요, 또 양소유는 일
대 호걸이요 만고에 다시 없는 재사이니, 두 부인에게 장가듦이
무슨 불가함이 있으리요? 과인에게 본래 두 딸이 있다가 난양
공주의 형이 열 살에 요절하매 난양의 외로움을 염려하였는데

이제 너를 보매, 죽은 내 딸을 본 듯한지라. 내 너를 양녀로 삼고 황상께 말씀드려 너의 위호(位號)를 정하고자 하니, 첫째는 내 딸을 사랑하는 정을 표하고, 둘째는 난양이 너를 사귀어 가까이하는 뜻을 이루게 하고 셋째로 너로 하여금 난양으로 더불어 한가지로 소유께 돌아가 난처한 일이 없게 함이니, 네 뜻에는 어떠하뇨?"

소저 머리를 조아려 사은하되,

"처분이 이에 이르시니 신첩이 복에 겨워 죽을까 하나이다. 오직 바라옵건대 곧 처분을 도로 거두시고 그로써 신첩을 편케 하옵소서."

태후 이르사대,

"내가 황상께 주달하여 곧 결정을 내릴 터이니 너는 과히 고집하지 말라."

하시고 공주를 불러들여 정소저를 보게 하시니, 공주 장복(章服)을 갖추고 위의(威儀)를 베풀며 정소저와 더불어 서로 대하매, 태후 웃어 이르사대,

"여아 정소저로 더불어 형제되기를 원하더니, 이제 참형제가 되었으니 누가 형인지 누가 아우인지를 분별치 못하겠도다. 네 마음에 다시 한이 없느뇨?"

하시고 뒤이어 정소저를 얻어 양녀로 삼을 뜻을 공주에게 이르시니 공주 크게 기뻐하여 일어나 사례하되,

"낭랑의 처분이 지극하신 바로소이다. 오매(寤寐)하던 원을 성취하였사오니 마음의 쾌락함을 어찌 가히 다 아뢰리까?"

태우 정씨 대접함을 더욱 관곡히 하시고 옛적 문장을 논의하시다가 이에 이르사대,

178

"내 일찍이 공주에게 들으매, 네가 음풍영월(吟風咏月)[1]하는 재주가 있다 하는지라, 이제 궁중이 무사하고 봄경치가 좋으니 한번 읊어 봄을 아끼지 말고 그로써 즐거움을 돋우라. 옛 사람에 칠보시(七步詩)[2]를 지은 이가 있었으니 네 또한 능히 하겠느뇨?"

소저 복주하되,

"이미 명을 듣자왔으니, 재주를 다하여 한번 웃으심을 자아 내고자 하나이다."

태후는 궁중에서 걸음 빠른 사람을 골라 전각 앞에 세우고 글 제를 내어 시험코자 하시니, 공주 아뢰되,

"저저로 하여금 홀로 짓게 하심이 소녀의 마음에 미안하오 니, 소녀 또한 정녀로 더불어 한가지로 시험코자 하나이다."

태후 더욱 기꺼워하사대,

"여아의 뜻이 또한 묘하도다. 그러나 청신(淸新)한 글제를 얻 은 연후에야 글 생각이 스스로 나리라."

하시고 바야흐로 옛글을 생각하시더니, 이때는 늦은 봄이라, 벽 도화(碧桃花)[3]가 난간 밖에 만발하였는데, 갑자기 기쁜 까치가 우짖으며 복사나무 가지 위에 앉기에, 태후가 까치를 가리키며 말씀하사대,

"내 바야흐로 너희들의 혼인을 정하매 저 까치, 가지 위에서 기쁨을 보하니 이는 길조라 벽도화 위에 기쁜 까치 소리를 들은

1) 음풍농월. 맑은 바람과 밝은 달에 대해 시를 읊고 즐겁게 노는 것을 말함.
2) 일곱 걸음(7보)을 걷는 사이에 시를 읊다. 조선 명종 때의 학자 조식이 칠보시를 지었다 고 함.
3) 벽도나무의 꽃. 벽도나무는 복숭아나무의 한 가지로, 천엽의 꽃이 희고 아름다우며 열매 는 매우 잘고 먹지는 못함.

것으로 글제를 삼고, 각기 칠언절구(七言絶句)⁴⁾ 한 수를 짓되, 글 속에 반드시 정혼하는 뜻을 넣으라."

하시고 궁녀를 명하사 각각 문방제구(文房諸具)를 벌여 놓으니, 공주와 정씨 붓을 잡으매 전각 앞에 섰는 궁녀가 이미 발걸음을 옮기면서, 마음에 일곱 걸음 안에 혹시 미처 글을 짓지 못할까 두 사람의 붓 놀리는 것을 돌아보고 발 들기를 적이 어렵게 하는데 두 사람이 모두 붓이 빠르기가 바람과 소나기 같아서 동시에 써 마치니, 궁녀는 겨우 다섯 걸음을 걸었더라. 태후 먼저 정소저의 글을 보시니 하였으되,

紫禁春光醉白桃
何來好鳥語咬咬
樓頭御妓傳新曲
南國天花與鵲巢

궁궐의 불빛이 벽도에 무르익으니,
아름다운 새 어디서 와 지저기뇨.
누각 머리에서 궁중 기생 새 곡조를 부르니,
남국의 천화가 까치로 더불어 깃들이더라.

또 공주의 글을 보시니 하였으되,

春深宮掖百花繁
靈鵲飛來報喜言

---

4) 한 구가 일곱 자로 된 한시의 한 체로, 칠언사구로 된 한시.

銀漢作橋須努力
一時齊渡兩天孫
액정(掖庭)에 봄이 깊어 백화가 만발하니,
신령스런 까치가 날아와 기쁜 소식 전하누나.
모름지기 은하수에 다리 놓길 힘써 하여,
일시에 나란히 두 직녀성이 건너게 하여라.

태후 읊으며 탄식하되,

"내 두 여아는 곧 여자 중의 청련(靑蓮)[1]과 자건(子建)[2]이로다. 조정에서 만약에 여진사(女進士)를 취할진대, 마땅히 감시장원(監試壯元)과 탐화(探花)[3]를 하리로다."
하시고, 두 글을 바꾸어 공주와 정씨를 보이니, 두 사람이 각기 공경하고 탄복하며, 공주가 태후께 고하되,
"소녀 비록 한 수를 채웠으나 그 글 뜻이야 뉘 능히 생각지 못하리이까마는 저저의 글이 정묘하여 소녀의 미칠 바 아니로소이다."
태후 이르사대,
"그러하다. 그러나 여아의 글은 조금 영민함이 사랑홉도다."
하시더라.
차시에 천자 태후께 나아와 문안하시니 태후 공주와 정씨로

---

1) 이태백.
2) 조식.
3) 조선 시대 때 갑과에서 셋째로 급제한 사람을 일컫는 말. 방방(放榜)할 때에 어전에서 모화(帽花)를 한데 받아서 여러 신은(新恩)에서 한 가지씩 나누어 머리에 꽂아 줌.

하여금 협방으로 피하게 하고 이르사대,

"내 공주의 혼사를 위하여 양소유의 예폐를 도로 보내게 하였으니, 마침내 덕화(德化)에 손상함이 있는 지라, 정녀와 더불어 함께 부인께 말씀하면 정사도 집에서 감히 따르지 못하겠다 할 것이요, 정녀로 하여금 첩이 되게 한즉 또한 강박한 처사이기로, 오늘내 정녀를 불러 보매 아름답고 또 재주가 있어 족히 공주와 형제가 될 만한지라 이러므로 내 정녀와 더불어 모녀지의(母女之義)를 맺고서, 공주와 한가지로 양소유에게 돌아가게 하고자 하니, 이 일이 과연 어떠하오?"

상이 대희하사 하례하대,

"이는 성덕이 천지와 같사옴이니 자고로 두터운 혜택이 태후께 견줄 사람이 없소이다."

태후 곧 정씨를 불러 황상께 뵙게 하시니, 상이 명하사 전상(殿上)에 오르게 하고, 태후께 고하사되,

"정씨 이미 황제의 누이가 되었거늘 아직도 평복을 입음이 어찌 됨이니이까?"

태후 이르사대,

"황상의 조칙 내리지 아니함으로 장복(章服)을 굳이 사양하오."

상이 여중서(女中書)에게 명하사 난봉문(鸞鳳紋)의 홍금지(紅錦紙) 한 축(軸)을 가져오라 하시니, 진채 봉이 받들어 올리기에 상이 붓을 들어 쓰려 하시다가 태후께 묻자오되,

"정씨를 이미 공주로 봉하였으니 국성(國姓)을 줄까 하오이다."

태후 이르사대,

"나도 또한 이 뜻이 있으나, 다만 들으니 정사도 내외는 나이 이미 노쇠하고 다른 자녀가 없다 한즉, 내 노신의 성을 전할 사람이 없음을 민망히 여기니 그 본성(本姓)대로 두는 것이 역시 진념(軫念)하는 뜻이로이다."

상이 친필로 크게 써 이르사대,

"짐이 태후의 성지(聖旨)를 받들어 양녀 정씨를 봉하여 영양(英陽)공주를 삼노라."

쓰기를 마치시대 황제와 황후 양전궁(兩殿宮)이 어보(御寶)를 찍어 정씨를 주시고 궁녀를 시켜서, 관복을 받들어 정씨를 입시시니, 정씨는 정상에서 내려와 사은하고, 상이 난양(蘭陽)공주로 하여금 좌차(座次)를 정하게 하실새 영양이 난양보다 한 해 위가 되나 감히 위에 앉지 못하기에, 태후 이르사대,

"영양공주 이제는 내 딸이라 형이 위에 있고 아우가 아래 있음이 예이거늘, 형제지간에 어찌 가히 겸양하리요?"

영양이 머리를 조아리며 사양하되,

"오늘의 좌차는 곧 후일의 항렬이오니 어찌 가히 애초 삼가지 아니하리이까?"

난양공주 가로되,

"춘추(春秋) 시대에 조쇠(趙衰)의 아내가 곧 진문공(晉文公)의 딸이로되 위(位)를 그 전취(前娶)의 적실(嫡室)에게 사양하였거늘, 하물며 저저는 소매의 형이니 다시 무슨 의심이 있으리이까?"

정씨 사양함이 자못 오래더니, 태후가 명하여 나이를 따라 정하시매, 이후로 궁중이 다 영양공주라 일컫더라. 태후 두 공주의 글을 상께 보이시니, 상이 또한 칭찬하사대,

"두 글이 다 묘하나, 영양의 급이 주시(周詩)의 뜻을 이끌어 덕을 후비(后妃)에게로 돌려보냈으니 크게 체례(體例)를 얻었나이다."

태후 이르사대,

"상의 말씀이 옳도다."

상이 또 이르사대,

"낭랑의 영양을 사랑하심이 이에 이르렀으니 실로 전에 없는 바이오라, 신이 또한 우러러 청할 일이 있삽나이다."

하고 이에 진중서(秦中書)의 전후 사실을 들어 아뢰되,

"진채봉의 아비 비록 죄로써 죽었사오나 그 조상이 다 조정의 신자(臣子)이오니, 그 정상을 진념하여 공주를 쫓아 시집을 가게 하여 잉첩(媵妾)[1]을 삼고자 하오니, 이를 태후께서는 긍측(矜惻)히 여기시고 허락하옵소서."

태후 두 공주를 돌아보시자 난양이 아뢰되,

"진씨 일찍이 이 일로써 소녀에게 말하더이다. 소녀 이미 정의가 친밀하고 서로 떨어지고자 아니하오니, 마마의 처분이 아니 계실지라도 이 마음에 있었나이다."

태후 진채봉을 불러 하교하사대,

"공주 너와 더불어 생사를 같이할 뜻이 있는고로 특별히 너로 하여금 양상서의 잉첩을 삼으니, 이후로 더욱 정성을 다하여 그로써 공주의 은의(恩誼)를 갚을지니라."

진시 감격하여 눈물을 흘리며 사은한 후에, 태후 또 하교하사대,

---

1) 귀인의 시중을 드는 첩.

"두 공주의 혼사를 쾌정(快定)하매 홀연 기쁜 까치 와서 길조를 보았거늘, 두 공주의 글을 내 이미 보았는지라 너도 또한 글을 지어 경사를 같이하라."

진씨 명을 받고 즉시 글을 지어 드리니, 하였으되,

喜鵲查查繞紫宮
鳳仙花上起春風
安巢不待南飛去
三五星稀正在東
까치 소리 까악까악 나는 소리에,
봄바람 불어와 봉선화 피었도다.
보금자리 찾아 남으로 날아감을 기다리지 않고,
삼오성이 드문드문 바로 동녘에 보이더라.

태후 상과 함께 어람하기고 크게 기뻐하사 이르사대,

"옛적 설경(雪景)을 읊던 사녀(謝女)도 이를 따르지 못하리로다. 이 글 속에 또한 주시(周詩)를 이끌어 정실과 소실의 분의(分義)를 잘 지키니 이것이 더욱 가상하도다."

난양공주 아뢰되,

"이 글제의 글 재료가 본래 많지 아니하옵고 또한 우리 형제가 이미 글을 지었사오니 떼어 올 글이 없나이다. 조맹덕(曹孟德)[1]의 이른바 '나무로 세 겹을 둘렸으되 가히 의지할 가지가

---

1) 중국 삼국 시대의 위나라의 왕. 이름은 조. 권모에 능하고 시문을 잘했음. 후한 말기에 황건의 난을 평정하여 공을 세우고 동탁을 멸한 후 심권을 장악, 호북 적벽에서 유비·손권 연합군에게 크게 패함.

없다'는 것이 본디 길한 말이 아니오니 그 말을 끌어쓰기가 어렵거늘, 이 글이 맹덕과 두자미(杜子美)와 주시를 섞어 끌어 한 귀를 지었으나, 조금도 흠할 데가 없사오니, 실로 옛 사람들이 진씨를 위하여 먼저 글을 지은 것이 아닌가 하나이다."

태후 이르사대,

"예로부터 여자로서 능히 글짓는 자는 오직 반희(班姬)[2]와 채녀(蔡女)와 탁문군(卓文君)과 사도온(謝道蘊)의 넷뿐이더니, 이제 절재(絶才)의 여자 세 사람이 한자리에 모였으니 가히 보니 드문 일이라 하겠노라."

난양이 이르되,

"영양저저의 시비 가춘운의 글 재주 또한 신시하더이다."

이때에 날이 장차 저물게 되었거늘, 상은 외전으로 환어하시고 공주 또한 물러가 침전에서 자고, 이튿날 새벽에 닭이 첫 홰를 울매 영양이 태후께 들어가 문후하고 집에 돌아감을 주청하되,

"소녀 궁중으로 들어올 때 부모는 필연 놀라고 황송하였을 것이오니, 오늘 돌아가 부모님을 보고 태후마마의 은덕과 소녀의 영광을 일문 친척에게 자랑코자 하오니, 엎드려 비옵건대 낭랑은 허락하옵소서."

태후 이르사대,

"여아가 어찌 번거롭게 대내(大內)를 떠나리요? 내 여아의 친모와 상의할 일이 있도다."

하시고, 전교하사 최부인으로 하여금 입조(入朝)하라 하시더라.

---

2) 중국 한나라 성제의 시첩.

이때 정사도(鄭司徒) 내외는, 일조(一朝)에 소저의 비자 전하는 말을 듣고 인하여 놀란 마음이 바야흐로 놓이며 감축하여 마지 않는데, 갑자기 태후의 부르심을 받고 급히 내전으로 들어가니, 태후 접견하시고 이르사대,

"부인의 여아를 데려옴은 대개 난양공주의 혼사를 위함일러니, 소저의 얼굴을 한번 보매 사랑하는 마음을 이기지 못하여, 드디어 양녀를 삼아 난양공주의 형이 되었으니, 필시 과인의 전생 딸이 이 세상에서 부인 집에 탄생함인가 하노라, 영양이 이미 공주가 되었으니 마땅히 나라 성을 줄 것이로되, 내 부인에게 자식이 없음을 진념하여 성을 고치지 아니하였으니, 부인은 오직 나의 지극한 정을 받들지어다."

최부인이 머리를 조아려 아뢰되,

"신첩이 늦게 한낱 여식을 낳아 사랑하였삽더니, 필경 혼사가 한번 그릇되와 예폐를 돌려보내게 되어 죽고 싶지만 하옵더니, 난양공주께서 여러 번 누추한 제 집에 왕림하사 천한 딸아이를 사귀시고, 뒤이어 함께 궁중으로 들어와 세상에 다시없는 은전을 입게 하시니, 마땅히 정성을 다하고 힘을 다하와 천은(天恩)의 만분의 일이라도 갚고자 하오나, 신첩의 지아비는 나이 늙고 병들어 이미 벼슬을 하직하옵고 첩도 또한 늙어서, 궁녀를 뒤따라 액정(掖庭)의 때를 지우는 일을 하올 길이 없사오니, 천지와도 같사온 은덕을 장차 무엇으로써 갚사오리까? 오직 감격하온 눈물만 흘릴 뿐이로소이다."

이에 일어나 절하고 엎디어 울어서 소매가 젖은지라 태후 측은히 여기고 가로되,

"영양이 이미 내 딸이 되었으니 다시 데려가지 못하리다."

최부인이 부복주하되,

"모녀 단란하여 하늘 같사온 덕백을 칭송치 못하오니 이것이 한이로소이다."

태후가 적이 웃고 이르되,

"성혼한 후에 난양을 또한 부인에게 부탁하리니 내가 영양을 보듯 하여라."

인하여 난양공주를 불러 서로 만나게 하시니, 최부인이 누누이 전일의 무례한 허물을 사죄하더라. 태후 이르사대,

"내 들으니, 부인은 좌우에 가춘운이 있다 하니 내 한번 봄을 청하노라."

부인이 곧 춘운을 불러 전각 아래에서 뵈옵거늘, 그 아름다움을 칭찬하며 앞으로 나오라 한 다음 하교하사대,

"난양의 말을 들으니 네가 글재주 있다는데 이제 글을 짓겠느냐?"

춘운이 부복주하되,

"신첩이 감히 지존지전(至尊之前)에서 당돌히 글을 짓사오리까? 그러하오나 시험삼아 글제를 듣삽고자 하나이다."

태후 세 사람의 글을 내리며 이르사대,

"네 능히 이 글뜻에 적합하게 하겠느냐?"

춘운이 그 자리에서 지어 드리니, 하였으되,

報喜微誠祈自知
虞庭幸逐鳳凰儀
秦樓春色花千樹
三繞寧無借一枝

기꺼움을 알리는 작은 정성을 다만 스스로 알지니
우정에서 다행히 봉황의 거동을 따를러라.
진루의 봄빛이 꽃 천 나무에 세 겹이 둘렸는데,
어찌 한 가지를 빌림이 없으리요?

태후 남필(覽畢)에 두 공주를 보이며 이르사대,
"가녀(賈女)의 글 재주 이럴 줄은 짐작치 못한 바로다."
난양이 여짜오되,
"이 글이 까치로서 그 몸을 견주고 봉황으로서 저저(姐姐)를
견주었사오니, 체례(體例) 분명하옵고 글귀에는 소녀가 서로 허
락지 아니할까 의심하여 한 가지의 깃들임을 빌고자 하여, 옛사
람의 글을 모으고 시전(詩傳)의 뜻을 케어 한 구절로 합하여 이
루었사오니, 진실로 뜻이 정묘하고 수완이 민활하나이다. '나
는 새가 사람을 의지하매 사람이 스스로 불쌍히 여긴다'는 옛
말이 자녀에게 합당한 격언이로소이다."
인하여 춘운을 명하여 진씨로 더불어 상면케 할새, 난양공주
이르사대,
"이 여중서는 곧 화음현 진씨 여자인데 춘운으로 더불어 해
로할 사람이로다."
춘운이 대답하되,
"그러하오면 양류사를 지은 낭자이니이까?"
진씨 놀라 묻되,
"춘랑이 어떠한 사람으로 인하여 양류사를 들었느뇨?"
춘운이 대답하되,
"양상서 매양 낭자를 생각하시고 그 글을 외시기로 얻어 들

었노라."

진씨 감창(感愴)하여 이르되,

"양상서 첩을 잊지 아니하였도다."

춘랑 이르되,

"낭자 어찌 이런 말을 하느뇨, 양상서 양류사를 몸에 감추시고, 보면 눈물이 흐르고 읊은즉 탄식하시더이다."

진씨 대답하되,

"상서 만일 옛정이 있으면 첩이 비록 상서를 다시 못 뵈고 죽어도 한할 바 없도다."

하고 인하여 비단 부채에 상서의 글 받은 일을 말하니, 춘향이 또 이르되,

"첩의 몸에 지닌 보배가 다 상서의 아는 바로소이다."

하고, 또 다른 말을 하려 할새 궁인이 보하되,

"정사도 부인이 곧 나가신다."

하거늘, 두 공주 들어가 모시고 앉으니 태후가 최부인에게 하교하사대,

"양소유 미구에 돌아오리니 전일의 예폐가 스스로 부인집 문에 다시 들어가겠으나, 영양은 곧 내 딸인즉 두 딸아이의 혼례를 함께 거행코자 하노니, 부인은 허락하겠느뇨?"

최부인이 복지주하되,

"신첩은 오직 태후낭랑의 처분만 기다리나이다."

태후 웃고 가라사대,

"양상서 영양을 위하여 나라의 처분을 세 번 항하였으니, 내 또한 일차 속이여 보고자 하노라. 상말에 '흉측길(凶則吉)이라' 하였으니, 상서가 돌아온 후에 말하되 '정소저 우연히 병을 얻

어 불행히도 세상을 떠났다' 하라, 또 전일 상서가 올린 상소문에 정녀를 몸소 보았다 하였으니, 초례(醮禮)하는 날 상서가 그 모습을 아나 모르나 시험코자 하노라."

최부인이 수명(受命) 하직하고 돌아설새, 영양이 전문(殿門) 밖에 나와 절하여 보내며, 춘운을 불러 양상서를 속일 계교를 조용히 일러 주거늘, 춘운이 여짜오되,

"첩이 신선도 되고 귀신도 되어 상서를 속인 일도 마음에 걸리거늘, 또 다시 계교를 거행함은 너무 무례하고 단정치 아니하리이까?"

영양공주 이르되,

"이는 우리가 하는 것이 아니라 태후의 명이시다."

춘운이 웃음을 머금고 가더라. 차시 양원수가 백룡담의 물로 군사를 먹이매, 군사의 기운이 전일과 같아 진지라 개원일전(皆願一戰)이거늘, 원수 모든 장수를 불러 군략을 정하고 한 북소리로 곧 진군하니, 찬보(贊普) 바야흐로 심요연(沈裊煙)의 보내는 구슬을 받았기에, 양원수의 군사 이미 반사곡(般蛇谷)을 지난 줄로 알고 크게 놀라 겁을 내고 나아가 항복하기를 논의할새, 모든 장수들이 찬보를 사로잡아 결박하여 양원수 진에 이르러 항복하더라.

원수는 다시 군사의 행오(行伍)를 가지런히 하고 적의 도성으로 들어가, 노략질을 금하고 백성을 보살펴 위로하고 곤륜산(崑崙山)에 올라가 돌비를 세워 당나라의 위엄과 덕망을 기록하고, 군사를 돌려 개가를 부르며 바야흐로 서울로 돌아올새, 진주(眞州) 땅에 이르니 이미 가을이라 산천이 황량하고 천지가 쓸쓸하며 싸늘한 꽃잎이 애달픔을 빚어 내고 날아가는 기러기가 슬픔

을 자아내어, 사람으로 하여금 객창의 외로움을 더욱 간절케 하더라.

원수가 밤에 객사에 드니, 회포는 침울하고 기나긴 밤은 괴괴할 따름이라, 능히 잠을 이루지 못하다가 마음에 스스로 생각하되,

'고향을 떠난 지 이미 3년이다. 어머님의 근력이 전일 같지 아니하실 터이니, 병 구완은 뉘게 부탁하며 조석 문안은 어느 때에 하게 될꼬? 난리 평정하여 오늘 뜻을 이루었으되, 노모를 봉양할 마음은 아직도 펴지 못하였으니 사람의 자식된 도리가 아니로다. 하물며 수년간 국사에 분주하여 아직도 아내를 두지 못하였고 또한 정씨와의 혼인을 반드시 기약하기는 어려우리라. 이제 내가 5천 리 땅을 회복하고 백만 적병을 진압하였으니, 천자께서 필연코 이에 큰 벼슬을 상전(賞典)으로 내리사 싸움터를 달렸던 이 몸의 수고를 갚으실 터이니, 내 그 벼슬을 도로 바치고 이 사정을 자세히 아뢰어 정씨와의 혼인을 허락하시도록 간청하면 혹 허락하심이 있으리라.'

생각이 이에 이르매 마음이 적이 풀려 베개를 베고 잠시 졸더니, 꿈속에서 몸이 날아 하늘에 오르매 칠보궁궐(七寶宮闕)의 단청이 찬란하고 오색 구름이 영롱하더니, 시녀 두 사람이 원수에게 와서 이르되,

"정소저 원수를 청하나이다."

양원수 시녀를 따라 들어가니 넓은 뜰에 꽃이 만발하였는데, 선녀 세 사람이 백옥루(白玉樓) 위에 모여 앉았거늘, 그 복색이 후비(后妃) 같으며 주옥 같은 광채가 눈을 쏘고, 바야흐로 난간에 의지하여 꽃가지를 희롱하다가 원수의 들어감을 보고 자리

를 떠나 맞아들이며 좌정한 다음, 윗자리의 선녀 먼저 묻되,

"원수 이별한 후 무탈하시나이까?"

원수 자세히 보니 지난날에 거문고의 곡조를 논의하던 정소 저인지라, 놀랍고 기꺼워 말을 건네고자 하다가 도리어 말을 못하니, 선녀가 이르되,

"이제는 내 이미 인간계를 이별하고 천상에 와 놀매 옛일을 생각하니 슬프고, 첩의 부모를 보시더라도 첩의 소식을 듣지 못하시리이다."

하고, 인하여 곁에 있는 두 선녀를 가리키며 이르되,

"이는 곧 직녀선군(織女仙君)이요, 저는 대향옥녀(戴香玉女)라, 원수와 더불어 먼저 좋은 언약을 맺으시면 첩이 또 의탁할 바 있으리다."

하거늘, 원수 두 선녀를 바라보니 말석에 앉은 이는 면목이 비록 익으나 능히 기억치 못하더니, 이윽고 북소리에 놀라 깨니 이는 바로 일장춘몽이더라. 꿈속 일을 생각하매 모두 길조(吉兆)가 아니므로 이에 스스로 탄식하되,

'정낭자 필연 죽었도다. 계섬월의 천거와 두연사의 중매가 다 월로(月老)의 지시함이 아니요 가약을 이루지 못하고 이미 유명(幽明)을 달리 하였으니 명(命)이냐, 하늘이냐? '흉한 것이 도리어 길하다' 하니 혹시 내 꿈을 이른 말인가?'

하더라. 오래 되매 전진(前陣)이 이미 서울에 이르니, 천자 위교(渭橋)에 몸소 납시어 맞으실새, 양원수는 봉계자금(鳳係紫金) 투구를 쓰고 황금쇄자(黃金鎖子) 갑옷을 입고 천리대완마(天里大宛馬)를 타고, 황제께서 내리신 백모황월(白旄黃鉞)과 용봉 그린 깃발로 전후좌우를 호위하고 찬보를 죄인 수레에 가두

어 진 앞에 세우고, 토번 삼십 육 군의 임금이 진공하는 물건을 가지고 진 뒤에 따르니, 그 위의의 굉장함이 천고에 드문 일이더라.

원수 말에서 내려 머리를 조아리며 뵈온즉, 상이 붙잡아 일으키고 그 군공을 이루었음을 권장하시고, 곧 조정에 조서를 내리시어 곽분양(郭汾陽)의 옛일을 의거하여 땅을 베어 주고 왕으로 봉하여 상전(賞典)을 추히 하시기에, 원수는 정성을 드러내어 힘써 사양하며 받지 아니하니, 상이 그 충성된 뜻을 좇아 칙지(勅旨)를 내려 양소유로 대승상을 삼고 위국공(魏國公)을 봉하고 식읍(食邑) 3만 호를 주시고 그 밖의 상급(賞給)은 낱낱이 여기에 기록치 못하겠더라.

양승상(楊承相)이 황제가 타신 수레를 따라 궐내로 들어가 사은하니, 상이 곧 명하여 태평연(太平宴)을 베풀어 예로 대접하는 은전을 보이시고, 양승사의 화상을 기린각(麒麟閣)에 그리라고 명하시더라. 승상이 대궐에서 물러나와 정사도 집에 이르니, 정씨의 겨레붙이가 모두들 의당에 모여서 승상을 맞아 절하며 각기 치하하기에, 승상이 먼저 사도와 부인의 안부를 물으니 정십삼랑이 대답하되,

"숙부와 숙모 비록 목숨은 부지하시나 누이의 상변(喪變)을 당하신 후로는 너무 애통하여 병이 나시니 기력이 노쇠하여 능히 외당에 나와 승상을 대하지 못하시기로, 바라건대 승상은 소생과 더불어 내당으로 들어가심이 어떠하오?"

승상이 이 말을 들으매 여취여광(如醉如狂)하여 능히 급히 묻지도 못하고, 한동안 생각에 잠기었다 묻되,

"장인이 어느 때 따님의 상변을 보셨느뇨?"

정생이 대답하되,

"숙부모 무남독녀이옵는데 천도(天道)가 무심하여 이 비경(悲境)에 이르시니 어찌 비통치 않겠소이까? 승상은 들어가 보실 때 삼가서 슬픈 기색을 내지 마소서."

승상의 비척(悲戚)한 눈물이 비 같아 옷깃을 적시니 정생이 위로하되,

"승상의 혼약이 비록 금석 같으나 집안의 운수가 불행하여 대사를 이미 그르치니, 바라건대 승상은 오직 정리를 생각하여 힘써 위로하소서."

승상이 눈물을 뿌려 사례하며 정생으로 더불어 내당으로 들어가 사도 내외에게 뵈오니, 오직 기뻐 치하할 따름이요, 말이 소저가 요절(夭折)한 이야기에는 미치지 아니하므로, 승상이 이르되,

"소저 다행히 국가 위엄을 힘입어 외람되어 공(公)을 봉하는 상전(賞典)을 받으매 사은하옵고, 또 사사(私事)를 상달하여 황상의 의향을 돌리시게 함으로써 전일의 언약을 이루고자 하였더니, 아침 이슬이 이미 먼저 마르고 봄빛이 이미 저물었으니, 어찌 생사에 대한 감회 없사오리까?"

정사도 눈썹을 한번 찡기고 정색한 후에 이르되,

"오늘은 온 집안이 모여서 경사를 치하하는 날이니 비창한 말은 말지어다."

하는데, 정생이 자주 승상께 눈짓을 하거늘 승상이 말을 끝맺고 나아가 화원으로 들어가니, 춘운이 섬돌 아래로 내려와 맞아 뵙는지라, 승상이 춘운을 보매 소저를 만나는 것 같아서 슬픈 회포가 더욱 간절하고 눈물이 멎지 아니하니, 춘운이 꿇어앉아 위

로하되,

"상공 상공! 오늘이 어찌 상공의 비창하실 날이리이까? 복망하오니 상공은 마음을 돌려 눈물을 거두시고 굽혀 첩의 말씀을 들으소서. 우리 낭자는 본래 하늘의 신선으로서, 잠시 인간계에 이르기를 '너도 몸소 양상서와 인연을 끊고 다시 나를 따르라, 내가 이미 인간계를 버렸거늘 네가 다시 양상서에게로 어찌 가히 너와 더불어 서로 떠나리요? 상서 조만간 돌아와 만일 나를 생각하고 슬퍼하시거든 모름지기 내 말을 전하여 이르기를, 예폐를 이미 물렀은즉 노상에서 만나는 사람들과 다름이 없으며, 황차 전일 거문고를 들은 혐의가 있다 하여 지나치게 생각하고 너무 슬퍼하면 황상의 명을 거역하고 사사로운 정을 따르는 것이니, 이는 죽은 사람에게까지 누를 끼침이라 어찌 민망치 아니하리요. 또한 내 무덤에 제사를 지내거나 혹은 궤연(几筵)에서 곡을 하시면 이는 나를 행실 나쁜 여자로 대접하심이니 지하에서나마 어찌 섭섭한 마음이 없으리요. 그리고 황상이 상서의 돌아옴을 기다려 다시 공주와의 혼사를 의논하신다 하는데, 내 들은즉 관저(關雎)의 위엄과 덕망이 군자의 배필되기에 합당하다 하니, 국명을 준수하여 죄에 빠지지 아니함이 나의 바라는 바이라'고 하시더이다."

승상이 이 말을 들으매 더욱 비창하여 이르되,

"소저의 유언이 비록 이 같으나 능히 비회 없으리요. 열 번 죽어도 그 은덕을 갚기 어렵도다."

하고 인하여 진중의 꿈 이야기를 하니, 춘운이 눈물을 흘리며 이르되,

"소저 반드시 옥경(玉京)에 계실 것이니, 승상께서 천추만세

194

(千秋萬歲) 후에 어찌 서로 만나실 기약이 없사오리까? 너무 서러워하시다가 기체를 상치 마옵소서."

승상이 이르되,

"이 외에 소저 또 말씀이 없었느냐?"

춘운이 대답하되,

"비록 혼자 하신 말씀이 있사오나 아무래도 춘운의 입으로는 말씀하지 못하오리다."

승상이 정색하고 이르되,

"네 들은 바를 은휘 말고 다 말할지어다!"

춘운이 여짜오되,

"소저께서 또 첩더러 이르되, '내 춘운과 더불어 한 몸이니, 상서 만일 나를 잊지 못하시고 춘운 보기를 나같이 하여 마침내 버리지 아니하시면, 내 몸은 비록 땅 속으로 들어가되 친히 상서의 은덕을 받는 것 같다' 하시더이다."

승상이 더욱 슬퍼 이르되,

"어찌 춘랑을 버리리요? 하물며 소저의 부탁이 있으니 비록 직녀(織女)로 아내를 삼고 복비(宓妃)로 첩을 삼을지라도, 맹세코 춘랑을 저버리지 않으리라."

하더라.

4

다음날, 천자가 양승상을 불러 보시고 하교하시기를,

"향자에 공주의 혼사로 인하여 태후 특히 엄한 처분을 내리사 짐의 마음이 또한 불안하더니, 이제 정녀 죽으매 타념(他念)이 없게 되고 경의 회환함을 기다려 공주의 혼례를 행하려 하였노라. 경은 아직도 소년이요 당상에는 대부인이 있은즉, 제반 의식을 어찌 스스로 분별하며 황차 대승상 관부(官府)에 여군(女君)이 가히 없지 못할 터요, 위국공(魏國公) 가묘(家廟)에 아헌(亞獻)[1]을 권하지 못할지라. 짐이 이미 승상부 공주궁을 짓고 성례한 날을 기다리니, 경은 지금도 또한 허락지 아니하겠느뇨?"

승상이 머리를 조아려 아뢰되,

"신이 전후 거역한 죄는 만사무석(萬死無惜)이오나 칙교(勅

---

1) 제사를 지낼 때에 주부(主婦)의 두 번째 헌작을 이름.

教)를 거듭 내리사 말씀이 온후하시니, 신은 진실로 황감하와 욕사무지(欲死無地)로소이다. 신이 단단무타(斷斷無他)[1]오라, 문벌이 미천하옵고 재주가 없사오니 부마의 위(位)로 당치 못하도소이다."

상이 대희하사 곧 조서를 흠천감(欽天鑑)에 내리사 길일(吉日)을 택하여 들이라 하시니, 태사(太師) 9월 15일로써 아뢰매 다만 수십 일이 남아 있을 따름이더라. 상이 승상에게 다시 하교하사대,

"전일에는 혼사를 완정치 못한고로 경에게 미처 말하지 못하였노라. 실은 짐의 누이 두 사람이 있으니 다 현숙함이 비범하며, 비록 다시 경 같은 사람을 구하고자 하나 어느 곳에 가히 있으리요. 이러므로 짐이 태후의 명을 받들어 두 누이로써 경에게 하가(下嫁)케 하고자 하노라."

승상이 문득 진주(眞州) 객사의 꿈을 생각하고, 마음에 크게 괴이쩍게 여기는 바 있어 복지주하되,

"신이 부마 간택(揀擇)을 입사온 이후로 황송무지하옵더니, 이제 폐하 두 공주로 하여금 한 사람 몸에 하가코자 하옵시니, 나라 있은 이후로 듣지 못한 바이온즉 신이 어찌 당하리이까?"

상이 이르사대,

"경의 공업(功業)이 족히 나라에 제일이 된지라, 그 공로를 갚을 도리가 없는고로 두 누이로써 섬기게 함이요, 또 두 누이의 우애가 다 천성(天性)에서 나왔으므로 서면 서로 따르고 앉으면 의지하여, 매양 늙어도 서로 떨어지지 않기를 원하는고로,

---

1) 아무런 다른 기예도 없다는 뜻.《서경》〈진서〉의 '斷斷兮無他技'에서 나온 말.

한 사람에게 하가함이 또 태후마마의 의향이시니 경은 가히 사양치 말지어다. 또한 궁녀 진씨는 대(代)를 거듭한 사환가(仕宦家)의 여자로서 자색이 있고 글을 잘 하매 공주가 수족같이 사랑하므로, 하가할 때에 잉첩(媵妾)을 삼고자 하므로 먼저 경으로 알게 하노라."

승상이 또 일어나 사은하고 대궐에서 물러 나아가니라. 이때 영양이 궁중에 있은 지 이미 여러 달이라. 태후 섬김에 충성을 다하고 또 난양공주와 진씨와 더불어 정의가 동기(同氣) 같기에, 이로써 태후는 더욱 사랑하시는데 혼삿날이 임박함에 조용히 태후께 고하되,

"당초에 난양으로 더불어 좌차를 정하던 날 상좌에 거하옴이 극히 참람하오나, 일향(一向) 고사(固辭)하오면 태후낭랑의 자애하시는 온정을 기억할 듯싶사와 억지로 따르옴이 본의가 아니옵더니, 이제 양승상께로 돌아가 난양이 제일좌를 사양하오면 이 역시 옳지 않사오니, 엎드려 바라옵건대, 태후마마와 황상폐하께옵서는 그 정례(情禮)를 짐작하시고, 그 위차(位次)를 바르게 하시와 사분(私分)이 편안케 하시고 가법(家法)이 문란치 않게 하옵소서."

난양이 태후 옆에 있다가 이르되,

"저서의 덕행과 재주가 다 소녀의 스승이 되오니, 재주가 비록 정씨 문중에 있을지라도 소녀가 마땅히 조녀(趙女)[2]가 위(位)를 사양함같이 할 터이거늘, 이미 형제되온 후에 어찌 존비의 분별이 있을 수 있겠나이까? 소녀 비록 제2부인이 될지라도

---

[2] 조쇠의 아내.

200

스스로 인군의 딸로서 존귀함을 잃지 아니할 것이요, 만일 제일 위에 있게 되오면 태후낭랑의 저저를 기리시는 본의(本意) 과연 어디 있나이까?"

태후 황상께 의논하사대,

"이 일을 어찌 조처할꼬?"

상이 대답하사대,

"난양의 사양함이 지정에서 나오나, 자고로 왕가 공주에 이런 일이 있음을 듣지 못하였으니, 복원컨대 마마께서는 그 겸양하는 덕을 아름답게 여기사 이 일에 그 아름다운 뜻을 이루소서."

태후 이르사대,

"상의 말씀이 옳도다."

하시고, 이에 전교를 하교하사 영양으로써 위국공의 좌부인(左夫人)을 삼으시고 난양으로 우부인을 봉하시고, 진씨는 본래 사부가(士夫家)의 여자이므로 봉하여 숙인(淑人)으로 삼으시니라.

전례에 공주의 혼례를 궐문 밖에서 거행하였거늘, 이날을 태후 특별히 대내(大內)에서 행례하라 하시더니, 길일이 이르매 양승상이 인포옥대(麟袍玉帶)로써 두 공주와 더불어 성례하니, 몸차림의 화려함과 예모의장함은 이르지도 말 것이고, 예식이 끝나 자리를 잡은 다음에 진숙인(秦淑人)이 또한 예로써 뵙고 이어서 공주 곁에 시립하거늘, 승상이 자리를 주니 마치 세 사람의 선녀가 하늘에서 내려온 듯 휘황찬란하여 승상이 꿈속에 있는 것이 아닌가 의심하더라. 이 밖에 승상은 영양공주와 더불어 베개를 같이하고 이튿날에 일찍이 태후께 문안드리니, 태후 잔치를 베풀어 주시는데 황상과 황후 또한 태후 좌우로 시립하시고 종일토록 즐기시더라. 승상이 이날 밤에는 다시 난양공주와 더불어 이불을 한가지로 하고, 제삼일에는 진숙인 방으로 가니 숙인이 문득 눈물을 흘리거늘, 승상이 놀라 묻되,

"오늘 웃는 것은 옳거니와 우는 짓은 옳지 아니하도다! 그러나 무슨 까닭이 있음직하니 실사(實事)를 말하라."

진숙인이 대답하되,

"소첩을 기억하지 못하시니 승상은 이미 잊어버리심이로소이다."

이때 승상이 자세히 보더니 이윽고 숙인의 옥수를 잡고 이르되,

"그대는 화음현 진씨로다! 오매불망하던 바로다."

채봉이 목이 메어 소리가 입 밖에 나오지 못하거늘, 승상이 이르되,

"낭자 이미 지하로 돌아갈 줄 알았는데 궁중에 고이 있었으니 천만다행이로다. 그때 화주(華州)에서 헤어진 후 낭자의 집이 참혹한 화란을 겪음은 다시 말할 길 없거니와, 객사에서 피란 후 어찌 하루라도 생각지 않았으리요! 오늘 옛 언약을 이룸은 실로 내 생각에 미처 못 한 바요, 낭자 역시 기약치는 못하였으리라."

하고 드디어 주머니 속에서 진씨의 글을 내니, 진씨 또한 승상의 글을 받들어 올릴새, 두 사람의 양류사가 의연히 서로 화답하던 날 같은지라, 진씨 이르되,

"승상은 오직 양류사와 언약을 맺은 줄만 알고 금부채로 오늘의 연분이 된 줄을 알지 못하시나이다."

하고 이에 상자를 열더니 그림부채 내어 승상에게 보이고 인하

여 그 연유를 자세히 말하니, 승상이 이르되,

"그때 전남산(田藍山)으로 피란갔다 돌아와 객점 주인에게 물어 본즉, 혹은 낭자 액정(掖庭)에 박혔다 하고 혹은 먼 고을에 관비가 되어 갔다 하며 혹은 흉화(凶禍)를 면치 못하였다 하여 적실한 소식을 알지 못하여 다시 가망이 없는고로, 부득이 다른 집에 혼처를 구하나 매양 화산과 위수 사이를 지나매, 몸은 짝 잃은 기러기 같고 마음은 낚시에 채인 고기 같더니, 천은이 융숭하사 비록 서로 함께 모였으되 마음에 불안한 일이 있으니 이는 다름이 아니요 바로 객점에서 정한 언약이 어찌 부실(副室)로서 서약하였으리요, 마침내는 낭자로 하여금 이 위에 굽히게 하였으니, 어찌 아깝지 아니하며 부끄럽지 아니하리요?"

진씨 대답하되,

"첩의 기박함은 첩이 스스로 알고 그때 유모를 객점으로 보낼새, 낭군이 만일 성취(成娶)하였으면 스스로 부실되기를 원하였거늘, 이제 공주의 다음가는 자리에 있사오니 첩의 영광이며 다행이온즉, 첩이 만일 원망하고 한탄하면 하늘이 미워하시리이다."

이 밤에는 옛정이 새로워 전일의 두 밤에 비하여 더욱 친밀하더라. 익일에 승상이 난양공주로 더불어 영양공주 방에 모여 같이 앉아서 술을 마실새, 영양공주 소리를 낮추어 시녀를 불러 진숙인을 청하거늘, 승상이 그 목소리를 듣고 스스로 구슬픈 감회가 서려 낯에 오르니, 이는 전일에 양생(楊生)이 여복을 입고 정사도 집에 들어가 소저를 대하여 거문고를 탈 적에, 곡조를 평하던 목소리를 듣고 그 용모가 더욱 눈에 익었더니, 이날 영양공주의 음성이 또한 정소저의 그것이요, 자세히 본즉 모습이

또한 정소저라, 승상이 이에 이르러 가만히 생각하되,

'세상에 흡사한 사람도 있도다! 내 정씨와 혼약을 언약할새 사생을 한가지로 하고자 하였더니, 이제 나는 금슬지락(琴瑟之樂)을 맺었거니와 정씨의 외로운 넋은 어느 곳에 의탁하였을꼬? 내 허물을 피하고자 하여 묘전일패(墓前一盃)와 궤연일곡(几筵一哭) 아니하였더니, 내 정씨를 저버림이 많도다!'

하고 두 눈에 눈물이 괴니, 정씨의 거울 같은 마음으로 승상의 가슴 속을 어찌 알지 못하리요, 이에 옷깃을 바로 잡고 묻자오되,

"이제 상공이 잔을 임하여 홀연 비감한 빛이 계시니 감히 그 연고를 묻잡나이다."

승상이 사례하되,

"소유(少游)의 마음속 일을 어찌 귀주(貴主)께 감추리요, 소유 일찍이 정사도의 집에 가서 그 낭자를 보았더니, 귀주의 음성과 마음에 살아나는고로, 아마도 비창한가 하오니 귀주는 괴이히 여기지 마옵소서."

영양이 이 말을 듣고 나서 두 볼에 붉은빛을 띠며, 홀연히 자리를 일어 내전으로 들어가 오래 나오지 아니하기에 난양 이르되,

"저저는 태후낭랑의 총애하시는 바인고로 성품이 굽힐 줄을 몰라 첩의 잔망(殘妄)함과 같지 않으시더니 아마도 상공께서 정녀로써 견주시매 매우 미흡한 마음이 있는가 보옵나이다."

승상이 다시 진씨로 하여금 사죄하사대,

"소유 취중에 망발하였으니, 귀주가 곧 나시면 소유 마땅히 진문공(晉文公)과 같이 가두워지기를 창하리이다."

하였더니, 이윽한 후에 진씨 나가 전하는 말이 없거늘 승상이 이르되,

"귀주 무슨 말씀하더뇨?"

진씨 대답하되,

"귀주 노여움이 높으사 말씀이 과도하시기로 감히 전치 못하나이다."

승상이 이르되,

"귀주의 과도한 말씀이 숙인에게 허물되지 않으리니 모름지기 자세히 전할지어다!"

진씨가 대답하되,

"영양공주의 말씀이 '첩은 비록 잔졸하나 태후낭랑의 총애하는 딸이요, 정녀가 비록 기이하나 여염의 미천한 집 여아라, 예법에 이르기를 '길말〔路馬〕[1]에 허리를 굽힌다' 하였으니, 말을 공경함이 아니라 인군의 타신 바를 공경함이거늘, 하물며 인군이 사랑하시는 누이에 있어서랴? 정녀가 일찍이 체모를 생각지 아니하고 스스로 그 자색을 자랑하여, 상공과 더불어 말을 건네며 거문고 곡조를 논난하였은즉, 아무래도 몸가짐이 옳지 못한지라, 또 스스로 혼사가 지체됨을 한탄하여 조울병(躁鬱病)을 일으켜 청춘을 재촉하였으니, 그 신수 가장 기박하거늘 상공이 어찌 나를 여기에 견주시나뇨? 옛날에 노(魯)나라 추호(秋胡)가 황금으로써 뽕 따는 계집을 희롱하매, 그 아내가 스스로 물에 빠져 죽었다 하거늘, 첩이 어찌 부끄러운 낯으로써 가히 상공을 대하리요? 또한 상공이 이미 죽은 낯을 기억하고, 그 소리

---

1) 천자의 승마(乘馬).

를 이별한 지 오랜 뒤에 알아들으니, 이는 바로 탁녀〔탁문군〕가 외당에서 거문고를 타면서 가(賈)씨 집에서 향을 도둑질함과 같으매, 첩은 이후부터 맹세코 문밖에 나가지 아니하고 몸을 마칠지라, 난양은 성품이 유순하여 나와 같지 아니하니, 바라건대 상공은 난양과 더불어 백년해로하소서' 하시더이다."

승상이 마음에 대노하여 이르되,

"천하에 여자로 세(勢)를 믿음이 이 영양 같은 자 있으리요? 과연 부마의 괴로움을 알겠도다."

이에 난양에게 이르되,

"내 정녀와 더불어 상봉함이 곡절이 있거늘, 이제 영양이 도리어 음행으로 내게 씌우고자 하는데 이는 상관없거니와, 욕이 이미 죽은 사람에게 미치니 이 실로 한탄할 바로다."

난양이 이르되,

"첩이 마땅히 들어가 저저에게 깨닫도록 말씀하겠나이다." 하고, 곧 몸을 돌이켜 들어가더니 날이 저물도록 또한 나오지 아니하고, 이미 방 안에 등촉을 벌여 놓았으매 난양이 시비를 시켜서 말을 전하되,

"첩이 만단개유(萬端開諭)하여도 저저 마침내 마음을 돌리지 아니하시나이다. 첩이 당초에 저저와 더불어 사생고락을 같이 하자 언약하여 천지신명께 언약하였기로, 만일 저저가 깊은 궁에서 홀로 늙으시면 첩도 또한 깊은 궁에서 늙고자 하오니, 바라건대 승상은 숙인 방에 나아가사 오늘 밤을 안녕히 지내소서."

하거늘, 승상이 노기 치밀어 탱중(撐中)하나 마음을 억제하여 얼굴과 말에 드러내지 아니하고, 빈 방장과 찬 병풍이 또한 무

료하므로 침상에 비스듬히 의지하고 진씨를 바라보니 진씨 곧
촛불을 들고 승상을 인도하여 침방으로 돌아가, 금화로에 용향
(龍香)을 피우며 상아평상에 비단 금침을 펴고서 승상께 고하
되,

"첩이 비록 불민하오나 일찍이 군자의 풍도(風度)를 듣사오
니 예법에 '첩을 거느림에 감히 당석(當夕)[1]치 못한다' 하니 이
제 두 공주마마께서 다 내전에 드신지라, 첩이 어찌 감히 상공
을 모시고 이 밤을 지낼 수 있사오리까? 오직 승상은 안녕히 취
침하소서."

하고 옹용(雍容)히 걸어가거늘, 승상이 비록 만류치 아니하나
이 밤의 경색(景色)이 자못 쓸쓸한지라, 드디어 방장을 드리우
고 베개를 베고 드러누우매 엎치락뒤치락 불매(不寐)하고 스스
로 이르되,

"이 무리가 떼를 짓고 꾀를 내어 장부를 조롱하니 내 어찌 저
들에게 애걸하리요? 내 전일 정사도 집 화원에 있으매 낮이면
정십삼랑과 더불어 주루(酒樓)에서 취하고, 밤이면 춘랑과 더불
어 촛불을 대하고 술을 마시니 하루도 불쾌함이 없거니와, 이제
부마된 지 3일에 마음이 심히 번뇌하도다."

하고 손을 들어 들창을 여니, 은하수는 하늘에 비끼고 월색은
뜰에 가득하거늘 신을 끌고 나아가 거닐다가, 멀리 영양공주의
방 쪽을 바라보니 촛불이 휘황하여 들창에 영롱하거늘, 승상이
마음에 하오되,

'밤이 이미 깊었거늘 궁인(宮人)이 어찌 지금껏 자지 않느

---

1) 자기 차례가 돌아온 밤에 잠자리에 모시다. 《예기》에 '妻不在 妾御不敢當夕'이라는 글
이 있음.

뇨? 영양이 내게 노하여 나를 이리 보내더니 이미 침실로 돌아 갔도다.'

　신 소리도 없이 고이 걸어 가만히 창밖에 나아간즉, 두 공주 의 말소리와 웃는 소리와 주사위 쌍륙(雙陸) 소리 창 밖으로 새 어나오거늘, 가만히 창틈으로 엿본즉 진숙인이 두 공주 앞에 앉 아 한 낭자로 더불어 주사위 판을 대하고 1을 빌며 6을 부르더 니²⁾ 그 낭자 몸을 돌리어 촛불을 돋우는데 자세히 보니 가춘운 이라 원래 춘운은 공주들의 대례(大禮)를 올리던 날 궁에 들어 옴이겠더라. 그러나 그날은 춘운이 몸을 감추어 승상을 보지 아 니한고로, 승상이 이에 춘운이 있을 줄을 어찌 알았으리요? 승 상이 놀라 괴이하게 여기며 이르되,

　'필연 공주 춘운의 자색을 보고자 하여 불러옴이로다.'
하더니, 진씨 홀연 주사위판을 다시 벌이며 이르되,

　"내기가 아니므로 몰자미(沒滋味)하니 마땅히 춘랑으로 더불 어 내기를 하리로다."

　춘운이 대답하되,

　"춘운은 본래 빈한하여 한 그릇 주효(酒肴)도 다행하거니와, 진숙인은 귀주의 곁에 있어 능라금수와 경거옥패 풍족하실 터 이니, 춘운더러 무슨 물건을 내기하라 하시느뇨?"

　진씨 이르되,

　"내 이기지 못하면 내 허리에 찬 노리개와 머리에 꽂은 비녀 중에 춘랑이 구하는 대로 줄 것이요, 낭자가 이기지 못하면 내 청을 들을지니, 이 일은 실로 낭자에게는 허비할 바 없도다."

---

2) 일홍육백(一紅六白). 한문본에는 '祝紅呼白'으로 적혀 있음.

춘운이 대답하되,

"청코자 하는 바는 무슨 일이며, 듣고자 하는 바는 무슨 말이 뇨?"

진씨 이르되,

"내 향지에 두 공주님께서 하는 말씀을 들으매, 춘랑이 신선 도 되고 귀신도 되어 그로써 승상을 속이었다 하는데, 내 그 자 세한 이야기를 듣지 못하였으니, 낭자 지거든 이 일로써 고담 (古談)삼아 내게 들리라."

춘운이 이에 주사위판을 밀고 영양공주를 향하여 여짜오되,

"소저, 소저! 소저는 평일에 춘운을 사랑하심이 지극하시더 니, 이런 이야기를 공주께 들리사 숙인이 이미 들었다 하오니, 궁중에 귀 있는 사람이야 뉘 알지 못하였사오리까?"

진씨 이르되,

"채봉이 춘랑에게 책할 말이 있도다, 우리 공주 어찌 춘랑의 소저 되리요? 영양공주는 곧 대승상의 부인이요 위국공의 여군 (女君)이시니, 연세는 비록 젊으시나 지위는 이미 높으시니 어 찌 감히 소저라 부르리요?"

춘운이 사과하되,

"10년 익은 일을 하루아침에 고치기 어렵고, 꽃을 다투고 가 지를 싸우던 일이 완연히 어제 같으니, 이 몸 공주를 두려워하 지 않는 데서 실언함이니 용서하소서."

하고, 인하여 가가대소(呵呵大笑)하거늘, 난양이 영양공주에게 묻자오되,

"춘운의 말끝을 소매로 미처 듣지 못하였거늘, 과연 승상께 서 춘운에게 속았나이까?"

영양이 대답하되,

"승상이 춘운에게 속은 일이 많으니, 불 아니 땐 굴뚝에 어찌 연기가 날 수 있겠나이까? 다만 그 겁내는 형상을 보고자 하였더니, 너무 우미(愚迷)하여 귀신을 미워할 줄 알지 못하니, 옛말에 이르기를 '호색하는 사람은 계집에 아귀(餓鬼)라' 하는 말이 과연 거짓말이 아니니, 주린 귀신이 어찌 귀신을 미워할 줄 알리이까?"

하니 좌중이 크게 웃더라.

승상이 정녕 영양공주 정소저인 줄 알고 차경차희(且驚且喜)하여 창을 열고 돌입하고자 하다가 도로 멈추며, 스스로 이르되,

'저들이 나를 속이고자 하니 내 또한 저들을 속이리라.'

하고 이에 가만히 진씨 방에 돌아가 잘 자고 나니, 이튿날 일찍이 진씨가 나아와 시녀에게 묻되,

"승상이 이미 기침(起寢)하셨느뇨?"

시녀 대답하되,

"아직 기침 아니하시나이다."

진씨 오래 창밖에 섰더니, 아침 날이 창에 가득하고 조반상이 장차 들이겠으되, 승상이 일어나지 아니하고 이따금 신음하는 소리가 들리거늘, 진씨 나아가 묻자오되,

"승상이 미령(未寧)하시나이까?"

승상이 눈을 떠 직시하되 사람을 보지 못하는 듯하고 왕왕 예어(囈語)[1]를 하니 진씨가 다시 묻기를,

---

1) 잠꼬대.

"승상께서 어찌 잠꼬대를 하시나이까?"

승상이 어지러운 듯 잠시 머뭇거리다가 갑자기 묻자오되,

"네 뉘뇨?"

진씨 대답하되,

"승상은 첩을 알지 못하시나이까? 첩은 진숙인이옵나이다."

승상이 점두(點頭)할 뿐이요 눈을 도로 감으며, 목 안의 소리로,

"진숙인? 진숙인이 뉘뇨?"

하거늘, 진씨가 놀라서 손을 들어 승상의 이마를 어루만지며 이르되,

"이마 자못 더우니 승상께서 환후(患候) 계심을 가히 알겠으나, 하룻밤 사이에 무슨 병이 이렇듯 위중하시나뇨?"

승상이 다시 눈을 떠 정신을 차리며 이르되,

"이상하다! 정녀 밤새도록 나를 괴롭히니 내 어찌하리요?"

하거늘, 진씨 그 자세함을 물은즉 승상이 다시금 어지러운 듯 대답치 아니하고 몸을 옮겨 돌아눕거늘, 진씨 매우 민박(憫迫)하여 시녀로 하여금 공주에게 고하되,

"승상이 환후가 계시니 속히 나와 뵈옵소서."

영양이 이르되,

"어제 술 마시던 상공이 무슨 병이 있으리요? 아무래도 이는 우리들로 하여금 나아가 보게 함이리라."

하더라. 진씨 급히 들어와 고하되,

"승상이 신기 혼미하사 사람을 보아도 알지 못하시고, 오히려 어두운 데를 향하여 잠꼬대를 자주 하시니, 황상께 아뢰옵고 의관(醫官)을 불러 치료하심이 어떠하니이까?"

하더니, 태후 들으시고 공주를 불러 꾸짖으시되,

"너희들이 승상을 과도히 속였거늘 그 병의 중함을 듣고도 나아가 보지 않으니 이 무슨 도리냐? 급히 문병하고 만일 증세 중하거든 의관 중에 의술이 신묘한 자를 불러 진찰하고 치료케 할지어다!"

영양이 난양으로 더불어 승상 침방으로 나아가 마루에 머무르고, 먼저 난양공주가 진씨와 더불어 들어가 보게 하였더니, 승상이 혹은 두 손을 휘두르고 혹은 두 눈을 부릅떠 처음에는 난양이 묻는 말을 듣지 못하는 듯하더니, 비로소 목 안의 소리로 말하되,

"내 명이 장차 다할지라, 영양으로 더불어 영결하려 하거늘 영양은 보지 못하겠도다."

난양이 말하되,

"승상께서 어찌 그런 말씀을 하시느뇨?"

승상이 처량한 말로 이르되,

"간밤 비몽사몽(非夢似夢)간에 정녀 내게 와 말하되, '상공은 어찌 언약을 저버리시나이까' 하고, 노기 추상 같으며 진주(眞珠) 한 웅큼을 내려주거늘, 내 그것을 받아 삼켰으니 이는 실로 흉한 징조요, 눈을 감은즉 정녀가 내 몸을 누르고, 눈을 뜬즉 정녀가 내 앞에 섰으니 어찌 능히 살리요?"

말을 마치지 못하고 또한 기진하는 시늉을 지으며 낯을 돌려 벽을 향하더니 다시 횡설수설(橫說竪說)하기에, 난양이 그 동정을 살펴보매 놀랍고 우려하여 밖으로 나와 영양에게 이르되,

"승상의 병인즉 과시 의질(疑疾)이오니 저저 아니면 능히 고칠 자 없도다."

하고 인하여 병의 증세를 말하니, 영양이 반신반의로 주저하므로 난양이 손을 끌고 들어가니, 승상이 아직도 헛소리를 하는데 모두가 정씨를 향한 말이라, 난양이 소리를 높이어 이르되,

"승상, 승상! 영양저저 왔으니 눈을 떠 보소서."

승상이 잠깐 머리를 들고 자주 희번덕거리며 일어나고자 하는 시늉을 하기에 부축하여 일으켜 평상 위에 앉으니, 승상이 두 공주 대하여 이르되,

"소유 편벽되이 천은(天恩)을 입어 두 분 귀주로 더불어 백년해로하자 하였더니, 나를 잡아가려는 듯한 자 있기로 세상에 오래 머무르지 못하겠으니 이를 슬퍼하나이다."

영양이 이르되,

"승상은 이치 아는 군자어늘 어찌 허망한 말씀을 하시나이까? 정씨의 흩어진 넋이 남아 있을지라도 백령(百靈)이 호위궁하는 구중 궁궐에 어떻게 들어오며, 또 어찌 대승상 태체(台體)1)를 침노할 수 있사오리까?"

승상이 소리 높여 외치되,

"정녀 방장(方將) 내 곁에 있거늘 어찌 들어오지 못한다 이르느뇨?"

난양이 이르되,

"옛 사람이 '술잔의 배암을 마시고 의질(疑疾)을 얻더니 벽에 걸린 활그림자가 배암 모양임을 안 후로는 병이 쾌차하더라' 2) 하였더니, 승상의 병이 또한 그 같고 쾌차하실 방법도 그와 비슷한 줄로 아뢰나이다."

---

1) 귀한 몸. 지체가 높은 이에게 한해 쓰는 말.
2) 서진(西晉) 낙광의 친구가 술잔 속에 비친 뱀 그림자에 놀라 병이 생긴 일.

승상이 눈을 감고 부대답하며 다만 손만 놀릴 따름이어늘, 영양이 병세 점차 위중함을 보고, 나아가 앉아 이르되,

"승상은 다만 죽은 정녀만 생각하시고 산 정녀는 보고자 아니하시나이까? 승상이 정녀를 보고자 하실진대 첩이 곧 정녀 경패(瓊貝)로소이다."

승상은 거짓으로 믿지 않는 체하며 이르되,

"이 무슨 말이뇨? 정사도에 한 딸이 있다가 죽은 지 이구(已久)한지라, 죽은 정녀는 이미 내 몸 곁에 있은즉 그 밖에 어찌 산 정녀가 있으리요? 죽지 않은즉 살고 살지 않은즉 죽는 것이 사람의 정한 일이요. '죽은 자는 다시 살아나지 못하나니라' 하니, 귀주의 말씀을 내 믿지 못하나이다."

난양이 이르되,

"우리 태후낭랑이 정씨로 양녀를 삼으시고 영양공주를 봉하사 첩과 한가지로 승상을 섬기게 하였으니, 영양저저 곧 전일의 거문고를 듣던 정소저니이다. 그렇지 않사오면 어찌 정녀로 더불어 일호(一毫)도 틀림이 없으리까?"

승상이 대답하지 아니하고 적이 신음하는 소리를 내더니, 홀연히 머리를 쳐들고 숨을 크게 쉬며 이르되,

"내 정씨 집에 있을 때에 정소저의 비자 가춘운이 내게 와서 사환 노릇을 하였더니, 이제 춘운에게 한 말을 묻고자 하니 그는 어디 있느뇨? 보고자 하나 그 역시 어렵도다. 슬프다! 한스럽기 그지없도다!"

난양이 이르되,

"춘운이 영양저저를 뵈옵고자 궁중에 들어왔다가 또한 승상의 병환을 근심하여 이제 밖에서 문후하나이다."

하더니, 춘운이 들어와 여짜오되,

"승상의 기체(氣體) 어떠하시니이까?"

승상이 이르되,

"춘운만 머무르고 그 외는 다 나가기 바라오."

하니, 두 공주와 숙인은 밖으로 나와 난간을 의지하여 서니라. 승상이 곧 일어나 소세(梳洗)하고 의관을 정제한 다음 춘운을 시켜 세 사람을 다시 불러들이니, 춘운이 웃음을 머금고 나와 두 공주와 숙인더러 이르되,

"승상께서 청하시나이다."

하고 네 사람이 함께 들어가니, 승상이 화양건(華陽巾)를 쓰고 관금포(官錦袍)를 입고 백옥여의(白玉如意)를 잡고 안석에 의지하여 앉았으니, 기상이 화창한 봄 날씨 같아 조금도 병들었다가 일어난 사람 같은 기색이 없는고로, 영양공주는 비로소 속은 줄을 알고 웃으며 머리를 숙이고 다시 문병치 아니하나 난양이 묻자오되,

"승상의 기후 지금은 어떠하시니이까?"

양승상이 정중한 태도로 정대히 이르되,

"소유 근래 풍속이 괴이함을 보매 미인계로써 장부를 속이니, 유한정정(幽閑貞靜)한 부덕을 장차 어디서 쫓아 볼 수 있으리요? 소유가 대신의 반열에 있기에 이를 교정할 방책을 골똘히 생각하다가 병이 되었으나, 이제 쾌차하니 귀주는 염려를 마소서."

하니, 난양과 숙인은 다만 웃으며 대답치 아니하고, 영양이 이르되,

"이 일은 첩들의 알 바 아니오니, 승상의 병근(病根)을 알고

자 하실진댄 스스로 돌이켜보시고 남 속이던 일을 뉘우칠 것이요, 한편 태후마마께 품달하여 보소서."

승상이 마음에 가려움을 이기지 못하여 이에 크게 웃으며 이르되,

"양소유의 신출귀몰(神出鬼沒)한 계교로 전후 미인계의 실상을 알았으니 '부인은 사람의 아래 엎드린다'는 말이 없도다. 그러나 소유가 오직 공경하고 감복함은 태후마마께서 자식같이 보시는 은덕과 황상폐하의 친신(親信)하시는 어념과 귀주의 우애하시는 덕행이오니, 소유 정성을 다하여 금실(琴瑟)의 즐거움을 오래 오래 누리리이다."

두 공주와 숙인이 부끄러운 빛을 띠고 점두묵묵(點頭默默)하더라. 이때 태후 궁녀를 불러 승상의 병을 칭탁한 사유를 아시고 크게 웃고 이르사되,

"내 진실로 의심하였다."

하시고, 이에 승상을 불러 보실새, 두 공주가 또한 모시고 앉았거늘 태후 하문하사대,

"승상이 이미 죽은 정녀와 더불어 끊어진 인연을 다시 이었다 하니 정녕인고?"

승상이 부복하여 대답하되,

"은덕이 조화(造化)로 더불어 한가지 크시니, 신이 분골쇄신(粉骨碎身)할지라도 갚기 어려운 줄로 아뢰나이다."

태후 이르사대,

"다만 희롱함이니 어찌 은덕이라 하리요?"

하시더라. 이날 천자 정전(正殿)에 군신(群臣)의 조회를 받으실새, 신하들이 아뢰되,

"근자에 밝은 별이 높이 뜨며 단 이슬이 내리고, 황하(黃河)의 물이 맑고 곡식이 풍성하고, 세 진(鎭)의 절도사가 땅을 들어 조회하며 강한 토번이 항복하였으니, 이는 다 성덕으로써 이룬 바로 아뢰오."

상이 겸양하사 공을 모든 군신에게 돌리시므로, 군신이 한가지로 아뢰되,

"양소유 근일 궁중에 오래 있사와 정부의 공사(公事)가 많이 지체되온 줄로 아뢰오."

상이 크게 웃고 이르사대,

"태후 연일 불러 보시는고로 승상이 감히 나오지 못함이니 짐이 친히 효유하리다."

하시더니, 이튿날 양상서 조정에 나아가 공사를 처리하고, 드디어 소(疎)를 올려 그 모친을 모셔 오려 하거늘, 그 상소문에 하였으되,

'승상 위국공 부마도위(駙馬都尉) 신 양소유는 돈수 백백하옵고 황상폐하께 삼가 아뢰옵나이다. 신은 본디 초 땅의 미천한 백성이오라 노모를 공궤(供饋)함에 넉넉치 못하므로, 두소(斗筲) 같은 작은 재주로 외람히 국록(國祿)으로써 노모를 봉양코자 하여, 분수를 헤아리지 않고 향공(鄕貢)을 입사와 과거에 뽑히고, 조정에 들어선 지 수년에 조서를 받들어 강적을 치매 절도(節度)는 무릎을 굽히옵고, 또 명을 받자와 서로 치매 흉한 토번(吐藩)이 꼼짝 못하고 나아와 항복하오니, 어찌 이를 신의 한 계책이라 하리이까? 이는 다 황상폐하의 위덕(威德)이 미친 바이요 모든 장수가 죽기로써 싸웠음이어늘, 폐하께옵서는 도리어 이에 적은 수고를 권장하시고 중한 벼슬로써 포양(褒揚)하

옵시니 신의 마음에 그지없이 황송하오이다. 또 부마 간택에 하교가 간절하옵고 천은이 깊사오매, 신의 미천함으로 능히 도망치 못하여 받들어 따랐사오나 또한 황송하오이다. 노모 신에게 바라던 바는 얼마 되지 않는 국록이옵고 신이 원하던 바도 미관말직(微官末職)에 지나지 아니하옵더니, 이제 신이 장상(將相)의 자리에 있사옵고 공후(公侯)의 작(爵)에 있사와, 국사에 견마지충(犬馬之忠)을 다하려 하기로 노모를 모셔 올 겨를을 내지 못하오니 거처와 음식이 신의 노모와는 판이하온지라 이는 부귀로써 몸을 처(處)하고 빈천으로써 어미를 대접하옴이니 자식의 도리에서 크게 벗어남이 아니겠나이까? 하물며 신의 어미 이미 늙고 신병이 무거우나 다른 자녀가 없사와 가히 구호치 못하오며 산천이 아득하여 소식이 또한 자주 통치 못하와 노모를 보고 싶은 마음이 간절하오는데, 이제 국가의 무사함으로 관부(官府) 한가하오니, 엎드려 비옵건대 폐하께서는 신의 다급한 형편을 살피시어, 신의 봉양(奉養)코자 하는 소원을 돌아보시와 각별히 두어 달 겨를을 허락하시오면, 그 사이에 돌아가 선영(先塋)에 성묘하고 노모를 데려와, 모자 함께 하여 천은을 갚사오리니, 성상(聖上)은 이를 딱하게 여기시와 윤허하옵소서.'

상이 상소문을 다 보시고 탄식하시되,

'효재(孝哉)라, 소유여!'

하시고, 특별히 황금 1천 근(斤)과 비단 800필을 하사하사 그 노모를 헌수(獻壽)케 하고, 또 노모를 만나 속히 데리고 돌아오라 하교하시매, 승상이 대궐로 들어가 사은하고 태후께 하직하니, 태후 또한 금과 비단을 내리시므로 승상이 사은하고, 두 공주와 진숙인 가유인과 더불어 작별하니라.

218

　서울을 떠나 천진교에 다다르니 계섬월·적경홍(狄驚鴻)의 두 기생이 부윤(府尹)의 기별을 받고 이미 객관에 와 등대(等待)하였기에 승상이 웃으며 두 기생더러 이르되,

　"내 이 길이 사사로운 길이요 군명(君命)이 아니거늘, 그대들이 어찌 내가 오는 줄을 알았느뇨?"

　경홍과 섬월이 대답하되,

　"승상 위국공 부마도위의 행차를 깊은 산 험한 골짜기에서도 다들 알고 떠들썩하게 들려 오는데, 첩들이 비록 두메에 사오나 어찌 귀와 눈이 없사오리까? 하물며 부윤이 첩들 대접하기를 상공의 다음으로 치니 어찌 기별하지 않으오리까? 상연에 상공께서 여기를 거치시매 첩들이 오히려 생색이 만길이나 높았사온데, 이제 상공의 지위 더 높고 공명이 더 크시니, 첩들의 영광이 또한 백 배나 더하나이다. 들자오니 상공께서 두 공주의 부마가 되셨다 하옵는데 두 공주가 첩들을 용납하시던지 알고자 하나이다."

　승상이 이르되,

　"공주 한 분은 황상폐하의 매씨요, 또 한 분은 정사도 댁 낭자로서 황태후의 양녀가 되었으매, 이는 곧 계랑의 천거한 바이니 정씨 어찌 계랑의 천거한 은혜를 잊어버리리요? 또한 공주로 더불어 사람을 사랑하고 물건을 용납하는 덕행이 있으니, 어찌 두 낭자의 복이라 하지 아니하리요?"

　경홍과 섬월이 서로 돌아보며 하례하더라. 승상이 두 사람과 더불어 밤을 지내고 다시 길을 떠나 고향에 다다르니, 지난날 15세 서생으로 모친 슬하를 하직하고 멀리 갔다가 이제야 돌아와 근친(覲親)하매, 승상의 거마를 타고 위국공의 장복(章服)을

입고 아울러 부마의 귀함을 겸하니, 4년 동안 성취함이 과연 장한 일이로다. 들어가 모부인께 뵈온즉, 노모 아들의 손을 잡고 그 등을 어루만지며 이르되,

"네가 참 우리 아들 소유뇨? 내가 아무래도 믿지 못하겠도다. 전일에 육갑(六甲)을 외며 글자 모으기를 할 적에, 어찌 오늘의 영광이 있을 줄을 알았겠느뇨?"

하고 기쁨을 이기지 못하고 눈물을 흘리므로, 소유가 공명을 이룬 일과 장가들고 첩들을 가려잡게 된 사연을 자세히 아뢴즉, 노모 이르되,

"너의 부친이 매양 너더러 '우리 집을 빛나게 할 자라' 하셨는데, 이제 너의 부친과 영화를 함께 누리지 못함이 한이로다."

하시더라. 승상이 선산에 영분(榮墳)[1]하고, 천자가 내리신 금과 비단으로 대부인을 위하여 잔치를 베풀어 오래 삶을 기리고, 일가 친척과 친구들을 청하여 열흘 동안이나 손님 치레를 하고서 대부인을 모시고 길을 떠나니, 연도의 백성들과 여러 고을 수령들이 분주하게 호행(護行)하니 광채가 한길에 빛나더라. 승상이 낙양을 지날새 본 고을에 분부하여 경홍과 섬월을 부르라 하였더니 돌아와 고하되,

"두 낭자 이미 동행하여 서울을 떠난 지 여러 날이옵니다."

하거늘, 승상이 교위(交違)[2]함을 섭섭히 여기고 황성(皇城)에 이르러, 대부인을 승상부(丞相府)로 모시고 대궐로 들어가 황상을 뵈오니, 양궁(兩宮)에서 불러 보시고 금은과 채단 열 수레를 나누어 하사하시니, 이로써 대부인께 헌수하고 만조백관을 청

---

1) 영화와 부귀를 누리게 됨을 선영에 아룀.
2) 길이 어긋남.

하여 3일 간 잔치를 크게 즐기더라.

승상은 다시 날을 가려잡아, 대부인을 모시고 황상께서 내리신 새 집으로 옮겨 드니, 누각과 정자, 동산과 연못이 굉장하더라. 영양공주와 난양공주 신부례(新婦禮)를 행하고, 진숙인과 가유인이 역시 예를 갖추어 뵈오니, 대부인은 화기가 흐뭇하며 마음속으로 기꺼워하더라.

승상은 이미 '대부인의 장수를 기리라' 하는 명을 받은고로, 위에서 내리신 물건으로써 다시 3일 간 대연을 베풀매, 양궁에서 궐내의 악공(樂工)들을 보내시며 상께서 잡수시는 음식을 내리시고 조정의 고관들이 모두 모인지라, 소유가 채색옷을 입고 두 공주와 더불어 옥잔을 높이 들어 차례로 대부인께 올려 장수함을 기리며 매우 즐겁게 노닐새, 잔치가 아직 파하지 아니하였는데 문 지키는 자가 들어와 고하되,

"문 밖에 두 여자가 대부인과 승상께 명첩(名帖)을 드리나이다."

하거늘, 받아 보니 섬월과 경홍이니라. 이에 대부인께 이 뜻을 사뢰고 곧 불러들이매 두 기생이 섬돌 아래에서 절하고 뵈오니, 모든 사람이 다 이르되,

"낙양의 계섬월과 하북 땅의 적경홍이 이름난 지 오랬거니와 과연 절세의 미인이로다! 양승상의 풍류가 아니면 어찌 능히 이르게 하리요?"

하더라. 승상이 두 기생에게 명하여 그 가진 바 재주를 보이게 하매, 경홍과 섬월이 동시에 일어나, 구슬신을 끌고 구슬자리에 올라 가벼운 소매를 날리며 예상우의곡(霓裳羽衣曲)에 맞추어 춤을 추니, 떨어지는 꽃과 나부끼는 가지는 봄바람에 떠다니며

구름 그림자와 눈비는 비단 장막에 비치니 한궁(漢宮)의 조비연
(趙飛燕)¹⁾이 다시 부마궁(駙馬宮)에 나타났고, 금곡(金谷)의 녹
주〔綠〕²⁾가 다시 위국공(魏國公)의 당상에 섰기에, 대부인과 두
공주 능라와 금수(錦繡)로 두 기녀에게 상금을 내리고, 진숙인
은 본디 섬월과 더불어 아는고로 옛일을 말하며 쌓였던 회포를
풀새, 영양공주 몸소 술잔을 잡아 따로이 계랑한테 권하여, 그
로써 천거하여 준 은혜를 갚는지라, 유(柳)부인이 승상에게 이
르되,

"너희들이 섬월에게 사례하고 내 외사촌은 잊었느냐?"

승상이 대답하되,

"소자의 오늘의 즐거움이 모두 두연사(杜鍊士)의 덕이요, 또
모친께서 이미 서울에 오셨으니, 비록 모친의 말씀이 없으실지
라도 진실로 받들어 청코자 하나이다."

하고 즉시 사람을 자청관(紫淸觀)으로 보내었더니, 모든 여관
(女冠)이 이르되,

"두연사 촉(蜀) 땅에 간 지 이미 3년이옵니다."

하거늘, 유부인이 심히 섭섭히 여기시더라.

양승상이 부중(府中)에 각각 거처를 정할새, 정당은 경복당
(慶福堂)이니 대부인이 거하고, 경복당 앞은 연회당(延會堂)이
니 좌부인 영양공주 처하고, 경복당 서쪽은 봉소궁(鳳韶宮)이니
우부인 난양공주 머무르고, 여회당 앞의 응향각(凝香閣)과 청화
루(淸和樓)는 승상이 거처하며, 시시로 거기서 잔치를 베풀고

---

1) 한(漢)나라 성제의 시녀. 경국지색이었음.
2) 석숭의 애첩.

222

그 앞의 연현당(延賢堂)은 승상이 손을 응접하는 집이요, 봉소 궁 남쪽의 심홍원(尋紅院)은 진숙인 채봉의 방이요, 연희당 동 쪽의 영춘각(迎春閣)은 가유인 춘운의 방이요, 청화루 동과 서 에는 각각 작은 누가 달렸으니, 푸른 창과 붉은 난간이 서로 비 추며 행랑이 돌아 청화루를 접하고, 응향각 동쪽은 상화루(賞花 樓)요, 서쪽은 망월루(望月樓)이니, 계섬월과 적경홍이 각각 한 누씩 차지하고서 궁중 악기(樂妓) 80인이 다 천하에 자색이 드 러나고 재주 있는 사람들인데 이를 동서부로 나누되, 동부 40인 은 계랑이 주장하고 서부 40인은 적랑이 맡아 가무를 가르치며 풍악을 공부시키고, 매월 청화루에 모여서 동서 양부의 재주를 비교하니, 승상이 대부인을 모시고 두 공주를 거느리며 누각에 서 관상할새, 이기는 자 석 잔 술로써 상을 주고 머리에다 꽃 한 가지씩을 꽂아서 영광을 빛내고, 지는 자에게는 한 잔 냉수 를 벌로 먹이고 먹붓으로 이마에 한 점을 찍어서 그 마음을 부 끄럽게 하는고로, 모든 기생들의 재주 날로 점점 성숙하니 위공 부(魏公府)와 월왕궁(越王宮)의 여악(女樂)이 천하에 이름을 드 날리어, 비록 이원(梨園)[1]의 악공이라 할지라도, 이 두 악공을 따르지 못하겠더라.

하루는 두 공주가 모든 낭자와 더불어 대부인을 찾아 모셨더 니, 승상이 한 봉(封) 글을 가지고 들어와 난양공주에게 내주며 이르되,

"이는 즉 월왕전하의 글월이니이다."

공주 펴 보니 하였으되,

---

1) 당나라 현종이 속락(俗樂)을 익히게 하던 곳.

'봄날이 정히 화창하온대 승상궁 균체(鈞體) 만복하시나이까? 지난 적에는 나라에 일이 많고 공사(公事)에 겨를이 없어, 낙유원(樂游原)에 말을 머무르게 하는 사람을 보지 못하고, 곤명지(昆明池) 머리에 다시 배를 대는 즐거움이 없으니, 마침내 가무를 즐기는 곳이 어느덧 잡풀의 마당을 이룬지라, 장안의 노인네들이 매양 열성조(列聖朝)의 성덕으로 시절이 변화하던 옛 일을 그리며, 때로는 눈물을 흘리는 자 있으니 이는 자못 태평한 기상이 아니외다. 이제 황제폐하의 은덕과 승상의 큰 공을 힘입어 사해(四海)가 태평하고 백성이 안락하며, 다시 개원(開元)과 천보(天寶) 때와 같이 즐거운 일을 치르는 것이 곧 이때요, 또 봄빛이 저물지 아니하고 날씨가 화창하여, 고운 꽃과 부드러운 버들이 능히 사람의 마음으로 하여금 기쁘고 평안케 하니, 아름다운 경치와 좋은 구경이 또한 이때에 있는지라, 승상과 더불어 낙유원 위에 모이어, 혹은 사냥하는 것을 보며 혹은 풍악을 들어 태평한 기상을 돕구고자 하오니, 승상의 마음이 이에 있거든 곧 일자를 정하여 회답을 주어, 과인으로 하여금 따르게 하시면 다행이로소이다.'

글월을 보고 난 공주가 승상께 이르되,

"상공(相公)은 월왕의 뜻을 아시나이까?"

승상이 대답하되,

"무슨 뜻인지 알 수 없으나, 소유의 생각으로는 꽃놀이에 불과할 듯하니 실로 귀공자다운 풍류로다!"

공주 이르되,

"상공이 오히려 다 알지 못하시리이다. 월왕 형의 좋아하는 바는 오직 미녀와 풍악이라, 그의 궁녀에 절세의 미녀가 한둘이 아닐지니, 요즈음의 새로운 총첩(寵妾)으로는 무창(武昌)의 명기로 꼽히는 만옥연(萬玉燕)이니, 월왕국의 미인들이 옥연을 한번 보매 정신이 없어, 스스로 무염(無鹽)[1]과 모모(嫫母)[2]같이 아리땁지 못한 여자로 자처한다 하오니, 옥연희 자색과 용모가 세상에 견줄 바 없음을 가히 짐작하옵는데, 형이 우리 궁전에 미인이 많다 함을 듣고, 아마도 왕개(王愷)[3]와 석숭(石崇)[4]의 서로 비교함을 본받고자 함이로소이다."

승상이 웃고 이르되,

"과연 범연히 보았더니 공주 먼저 월왕의 뜻을 알았나이다."

영양공주 이르되,

"이 비록 한때의 놀이하는 일이나 남에게 지지 아닐지다."

하고, 경홍과 섬월에게 눈짓하며 이르되,

"군사를 비록 10년 기르나 쓰기는 하루아침에 있는지라, 이번 놀이의 승부는 오직 두 교사(教師)의 수중에 달렸으니 모름지기 힘쓸지어다."

섬월이 대답하되,

"천첩은 아무래도 대적할 재주 없음을 염려하나이다. 월왕궁의 풍악은 천 명의 악공이 일제히 나서고, 무창의 옥연은 구주(九州)에 그 이름을 떨쳤는데, 월왕전하께서 이미 이렇듯 풍악을 거느리고 또 이렇듯 미인을 두시니, 이는 천하에 대적할 자 없겠고 첩들은 이를테면, 재주 적은 군사로써 규율도 밝지 못하

---

1) 제나라 선제의 왕비.
2) 황제의 네 번째 비.
3) 진(晋)나라 때의 장군. 대부호.
4) 진나라 때의 대부호.

며 기치(旗幟)도 제대로 갖추지 못함과 같사오니, 염려되옴은 싸우기에 앞서, 갑자기 도망칠 생각이 먼저 나지나 않을까 하오니, 첩들의 가소로움은 족히 괘념(掛念)할 것이 없사오나 다만 승상부의 수치가 되올까 두렵나이다."

승상이 이르되,

"계랑으로 더불어 처음으로 낙양(洛陽)에서 만났을 적에 '청루에 세 절세 미녀가 있다'고 일컫는데, 옥연의 이름이 그 가운데 있더니 필시 이 사람이로다. 그러나 청루의 절색이 세 사람뿐일진대, 내 이제 장량(張良)[5]과 진평(陳平)[6]을 얻었으니, 어찌 항우(項羽)[7]의 한 범증(范增)[8]을 두려워하리요?"

섬월이 이르되,

"'월왕궁의 화용월태 무비(無非) 팔공산(八公山)의 초목이라'[9] 하리만큼 저들의 겉치장이 화려한지라, 군사들이 지레 겁을 내어 달아날 뿐일 터이니, 우리가 어찌 감히 대적할 수 있사오리까? 바라옵건대, 공주낭랑은 계책을 적랑에게 물어 보소서. 첩은 담약하여, 이 말씀을 들으매 문득 목이 잠겨 제대로 노래를 부르지 못하겠나이다."

"계랑은 이 말이 참이뇨? 우리 두 사람이 관동(關東) 70여 고을을 돌아다니며, 이름을 홀로 드날리던 기약이 어찌 과히 옥여에게 첫 자리를 물려주리요? 세상에 나라를 쓰러뜨리며 성을

---

5) 자는 자방. 한고조 유방의 모신(謀臣).
6) 한고조의 모신.
7) 초나라의 폐왕(廢王).
8) 항우의 모신.
9) 전진(前秦)의 왕 부견의 고사. 적진을 치러다 팔공산의 초목이 모두 군병같이 보여 지레 겁을 먹음.

무너뜨리던 한궁부인(漢宮夫人)과, 아침에는 구름이 되고 저녁
에는 비가 되던 초대신녀(楚臺神女)[1]가 있으면 적이 부끄러운
마음이 서리려니와, 그렇지 아니한즉 저 옥연 따위를 어찌 족히
꺼리리요?"

섬월이 또 이르되,

"적랑의 말이 어찌 그리 용이하뇨? 우리들이 일찍이 관동에
있어, 큰즉 태수(太守)와 방백(方伯)이요 작으면 호기로운 선비
와 협기(俠氣) 있는 풍류랑(風流郎)의 잔치뿐이요, 강한 대적은
만나지 못하였기로 남에게 첫째 자리를 빼앗기지 않았거니와,
이제 월왕전하는 대내(大內)의 귀하신 사람들 사이에서 자라 나
신지라 안목이 매우 높고 평론함이 날카로우시니, 마치 적랑의
말은, '주먹을 보고 태산(泰山)을 업신여긴다'는 옛말과도 같도
다. 하물며 옥연은 지략(智略)이 월왕 궁중에서도 장자방(張子
房)이라, 장막 가운데 앉아 천리 밖에서 승리를 거두는 책략이
있거늘, 이제 조괄(趙括)[2]과 같이 큰소리를 치니 아무래도 패함
을 보리로다."

하고, 승상께 고하되,

"적랑이 자긍(自矜)하는 마음이 있사오니 첩이 그 흠터를 말
씀드리리다. 적랑이 처음으로 상공을 따를 적에 연왕(燕王)의
천리마를 도둑질한 하북소년이라 자칭하고, 상공을 감단(邯鄲)
길가에서 속였으니 그 용모 선연(嬋娟)하고 태도 요나(嬝娜)[3]하
오면 상공께서 어찌 남자로 아셨사오리까? 또한 적랑이 상공을

---

1) 초나라 양왕이 고당에서 꿈에 선녀를 만난 일.
2) 대언장어(大言壯語)하다가 진(秦)나라 군에 패해 죽은 조나라 장군.
3) 유미(柔美)한 모양.

처음으로 모시던 날 밤에 어둠을 타 첩의 몸을 대신 하였으니 이는 바로 남의 힘으로 소원을 이루었음이거늘, 이제 첩에 대하여 이러한 자랑을 내놓으니 역시 우습지 아니하니이까?"

경홍이 웃고 이르되,

"실로 사람의 마음이란 측량치 못하리로소이다. 천첩이 상공을 따르나 전에는 하늘 위의 항아(姮娥)같이 칭찬을 하더니, 이제 와서 팔시하니 상공의 은총을 홀로 차지하고자 하여 질투하는 기미 있나이다."

섬월과 모든 낭자가 다 소리내어 웃거늘, 영양공주 이르되,

"이 적랑의 섬약함이 저 같거늘 남자로 보았음은, 승상께서 한 쌍 눈동자가 아마도 총명치 못하신 연고요, 적랑의 아름다움이 이로 말미암아 떨어지지는 아니하리라, 그러나 계랑의 말하는 바 과연 옳도다, 여자 남북으로써 사람을 속이는 자는 필연 여자로서의 고운 태도가 없음이요, 또 남자가 여복으로써 사람을 속이는 자는 필연 자부로서의 기골(氣骨)이 없음이니 다 그 부족한 곳을 인하여 그 거짓을 꾸밈이로다."

승상이 크게 웃고 이르되,

"공주의 말씀이 과연 옳도다! 한 쌍 눈동자 총명치 못하여, 능히 거문고의 곡조를 분별하되 여복을 입은 남자는 분별치 못하였으니, 이는 바로 귀는 가졌으되 눈은 없음이라면 면상의 일곱 구멍 중에 하나가 없음인즉 어찌 가히 온전한 사람이라 말할 수 있으리요? 공주는 비록 소유의 잔졸함을 비웃으나 기린각에 양원수의 화상을 보는 자는 다 외모의 웅장함과 위품이 맹령함을 칭찬하더이다."

만좌(萬座) 또 크게 웃거늘, 섬월이 말하되,

228

"바야흐로 강한 대적을 상대로 진을 칠 터이온데, 우리 두 사람만 믿기는 어렵사오니 역시 가유인이 동행함이 어떠하오며, 월왕이 또한 모르는 분이 아니시니 진숙인이 동행한들 무슨 혐의 있으리까?"

진씨 대답하되,

"계, 적 두 낭자가 만일에 여자의 과거장중(科擧場中)에 들어가면 내 마땅히 일비지력(一臂之力)을 도우려니와, 가무(歌舞)를 하는 마당에서 첩을 어디다 쓰리요? 이는 이른바 시정아치를 몰아가 싸우는 것이나 다를 바 없으니 성공치 못할까 두려워하노라."

춘운이 이르되,

"첩의 한 몸이 남에게 조소를 받으며 재치 없는 가무로 수치를 당할 뿐이라면 이러한 큰 놀이에 어찌 구경할 마음이 없으리요마는, 첩이 만일 따라가면 사람들이 필연 손가락질을 하며, '저는 대승상 위국공의 첩이요, 영양공주의 잉첩(媵妾)이라' 하며 웃으리니, 이는 곧 상공께 비웃음을 끼치고 두 정실(正室)부인께 근심을 남김이니, 춘운은 결단코 가히 가지 못하리로다."

"어찌하여 춘운이 가는 것으로 상공께서 비웃음을 받으리요, 또 우리가 그대로 말미암아 근심이 있으리요."

춘운이 대답하되,

"비단요를 널리 포진하고 구름 차일(遮日)을 높이 걸으면 사람들이 다 말하되, '양승상의 첩 가유인이 온다' 하며 어깨를 비비고 발꿈치를 돋우며 구경하거늘 마침내 걸음을 옮겨 자리에 오르매, 이에 봉두구면(蓬頭垢面)¹⁾ 사람들이 모두 크게 놀라

1) 숙대강이의 더러운 얼굴. 《시경》에 나옴.

하는 말이, ‘양승상이 등도자(登徒子)²⁾의 호색하는 병이 있도
다’ 하리니, 이 어찌 상공께서 욕을 당하심이 아니며, 월왕전하
는 일찍이 누추한 물건을 보지 못하였기로 첩을 보시면 필연 구
역이 나서 미령(靡寧)하실 터이니 이 역시 마마께 근심이 아니
리이까?”

난양공주 이르되,

“가씨의 겸사는 너무 심하다! 전자에는 사람이 귀신이 되더
니, 이제는 서시(西施) 같은 미녀로써 무염(無鹽) 같은 추부(醜
婦)가 되고자 하니, 그 말을 아무래도 믿지 못하겠도다.”

하고, 이에 승상에게 묻자오되,

“어느 날로써 기약하셨나이까?”

승상이 대답하되,

“내일로 언약하였나이다.”

경홍과 섬월이 이에 크게 놀라 이르되,

“동·서 양부의 교방(敎坊)에 오히려 영을 내리지 못하였으
니 일이 이미 급한지라.”

하고 행수(行首)³⁾ 기생을 불러 명을 내리되,

“내일 승상이 월왕으로 더불어 난유원에 모이기로 언약하셨
으니, 양부의 모든 기생은 모름지기 새 단장으로 꾸미고서 악기
를 가지고 내일 새벽에 승상을 모시고 갈지어다.”

80명의 기생이 일시에 청령(聽令)하고 얼굴 치장을 하며 눈썹
을 그리고, 악기잡아 익일 새벽에 승상은 일찍 일어나 융복(戎
服)을 입고 활과 살을 차고 눈빛같이 흰 천리융산마(千里戎山

───
2) 중국 고대의 호색한. 한문본에는 ‘登都子’로 적혀 있으나 이는 잘못임.
3) ‘항수’를 잘못 전함. 우두머리 기생.

馬)를 타고, 사냥꾼 300명을 불러 호위케 하며 성문 밖 남쪽으로 향할새, 경홍과 섬월의 의복 치장은 금과 옥을 아로새기고 꽃을 수놓아 잎새를 그렸으며, 각기 부하 기생을 거느리고 화초말 금안장에 걸터앉아 산호편(珊瑚鞭)을 들어 구슬 고삐를 느슨히 잡고 승상의 뒤를 가까이 따르며 80명의 기생들은 각기 빠른 말을 잡아 타고 적경홍과 계섬월의 좌우를 호위하여 나아가다, 중로에서 월왕을 만나니 월왕의 사냥꾼과 기악(妓樂)이 족히 승상으로 더불어 대두(對頭)하더라, 월왕이 승상으로 더불어 말머리를 가지런히 하여 나아가더니, 승상에게 묻되,

"승상이 타신 말은 어느 나라의 종자이니까?"

승상이 대답하되,

"대완국(大宛國)[1]에서 났나이다. 대왕께서 타신 말도 완종(宛種)인 듯하나이다."

월왕이 대답하되,

"그러하면 이 말의 이름은 천리 부운총(浮雲聰)이니 상년 가을에 천자를 모시고 상림원(上林苑)에서 사냥할새, 나라 마굿간에 만 여 필 말이 모두 바람같이 빠르되, 이 말을 능히 따르는 것이 없고 장부마(張駙馬)의 도화총(桃花聰)과 이장군(李將軍)의 오추마(烏騅馬)가 다 용마라 일컫되 이 말에 비하면 매우 둔하니이다."

승상이 이르되,

"연전에 토번(吐藩)을 칠새 깊고 험한 물과 높고 거대한 석벽에 사람은 도저히 발을 붙이지 못하거늘, 이 말은 그곳을 평지

---

1) 지금의 아프가니스탄.

밟듯하여 한 번도 실족함이 없었으니, 소유의 공을 이룬 것이 실로 이 말의 힘을 입은 것인즉, 두자미(杜子美)의 이른바 '사람으로 더불어 일심이 되어 큰 공을 이룬다'2) 함이 곧 이것인가 하나이다. 소유가 군사를 돌이킨 후에 작품(爵品)인 높아지고 벼슬이 한가하여 편히 평교자를 타고 평탄한 대로를 서서히 다니는고로, 사람과 말이 한가지로 병이 나려 하니, 청컨대 대왕과 더불어 채찍을 둘러 한번 준총(駿驄)의 빠른 걸음을 견주며 옛 장수의 나머지 용맹을 다투어 보심이 어떠하나이까?"

월왕이 크게 기꺼워 응낙하되,

"또한 내 마음이로다!"

하고 드디어 모신 자에게 분부를 내려 두 집의 손과 기녀들을 군막에서 기다리게 하라 한 후, 채찍을 들어 말을 치려 할 즈음, 마침 큰 사슴 한 마리가 사냥꾼에게 쫓겨 월왕의 앞을 지나치게 왕이 말 앞의 장사를 시켜 쏘라 하니 여러 장사들이 일시에 활을 당기되 맞추지 못하므로, 왕이 노하여 말을 채쳐 나아가며 한 살로 그 옆구리를 맞추어 죽이니, 모든 군사가 일제히 천세(千歲)3)를 부르고 승상이 이르되,

"대왕의 신통한 살은 여양왕(汝陽王)4)과 다름이 없나이다."

월왕 대답하되,

"적은 재주를 어찌 족히 칭찬하리요? 내 승상의 활 쏘는 법을 보고자 하나이다."

말을 마치지 못하여 때마침 고니 한 쌍이 구름 사이로 날아오

---

2) 두보의 시 〈총마행〉에 '輿人一心成大功'이라는 구절이 있음.
3) 옛날 중국의 제후국이나 속국에서는 만세를 부르지 못하고 천세를 불렀음.
4) 당조(唐朝)의 왕자 이진. 활을 잘 쏨. 두보의 시 〈음중팔선〉의 한 사람.

니, 모든 군사가 이르되,

"이 새는 가장 쏘기 어려운지라 마땅히 해동청(海東靑)[1]을 쏠지니이다."

승상이 이르되,

"너희는 아직 쏘지 말렸다!"

하고 살을 매어 고니를 쏘아 눈을 맞추어 말 앞에 떨어지게 하니, 월왕이 크게 칭찬하되,

"승상의 묘한 수단은 이제 양유기(養由基)[2]다!"

하고 두 사람이 채찍을 한 번 휘두르매, 두 말이 일제히 별같이 흐르며 번개같이 달리고 귀신같이 번득이어 순식간에 너른 벌판을 가로질러 높은 산에 오르더니, 두 사람이 고삐를 당겨 나란히 서니라.

산천의 경개를 둘러보며 양승상과 월왕이 활 쏘는 법과 검술을 논의하는데, 추종들이 비로소 따라와 사슴과 고니를 은반에 담아 바치니, 두 사람이 말에서 내려 풀밭에 앉아서 허리에 찬 칼을 빼어 고기를 베어 구워 먹으며 서로 술을 권할새, 멀리 보매 홍포를 입은 두 관원이 급히 오며, 그 뒤에 사람의 한 무리가 따르니 이는 성중으로부터 나오는 자들이더라. 거무하(居無何)[3]에 한 사람이 달려와 아뢰되,

"양전궁(兩殿宮)에서 술을 내렸나이다."

월왕이 군막에 등대하니 두 내관이 어사(御賜)하신 술을 따라 두 사람에게 권하고, 이어 용봉의 무늬가 든 시전지(詩箋紙) 한

---

1) 매, 송골매.
2) 중국 춘추 시대의 초나라 대부. 활을 잘 쏨.
3) 얼마 있지 않아서.

봉을 주거늘, 두 사람이 세수하고 꿇어앉아 펴 보니 산에서 크
게 사냥함을 글제로 하여 글을 지어 들이라 하셨더라.

　월왕과 승상이 머리를 조아려 사배(四拜)하고 각기 글을 지어
내관에게 주어 드리게 하니, 내관이 두 글을 받고 돌아가니라.
이에 두 집의 손들이 차례대로 늘어앉아 하례하매 술도감이 주
안상을 들이는데, 낙타의 신기한 맛과 성성(猩猩)이의 연한 입
술을 은가마에서 나오고, 동월(東越)의 여지(荔枝)⁴⁾와 영가(永
嘉) 고을의 귤〔柑子〕은 옥소반 백량회(柏梁會)⁵⁾러라.

　수백 명의 기녀들이 촘촘히 모여들어 갑옷으로 장막을 이루
고 패물 소리는 우레와도 같으며 한 줌밖에 아니되는 가는 허리
는 마치 버들가지처럼 부드럽고, 아름다운 얼굴은 꽃빛처럼 곱
고, 풍악 소리는 곡강(曲江)의 물을 끓어오르게 하며, 노래 소
리는 종남산(終南山)을 움직이게 하니, 술이 거나하여진 월왕이
승상더러 이르되,

　"승상의 후한 정을 입었기로 구구한 정성을 드릴 것은, 데리
고 온 첩 수인으로 하여금 한번 승상의 즐거움을 돕고자 하니,
청컨대 앞에 불러 노래하며 춤추게 하여 주소서."

　승상이 사례하되,

　"소유 어찌 감히 대왕과 더불어 대면할 수 있으리까마는, 온
전히 남매의 정의만을 믿고 감히 참란한 생각이 있사온즉, 소유
의 첩 수 명이 역시 구경코자 따라왔으니, 또한 불러들여 대왕
의 첩과 더불어 각기 잘하는 기예(技藝)에 따라서 흥을 돕고자
하나이다."

―――――――――
4) 여주. 박과에 달린 일년생 만초.
5) 한무제가 백량대를 짓고 시회(詩會)를 열었다. 한시에 백량체가 있음.

왕이 이르되,

"승상의 말씀이 또한 좋도다!"

하거늘, 이에 섬월과 경홍과 월왕궁의 네 미녀가 분부를 받고 일어나 장막 안에서 절을 하거늘, 승상이 이르되,

"옛적에 영왕(寧王)[1]이 한 미인을 두었으니 이름은 부용(芙蓉)이라, 이태백이 영왕께 간청하여 겨우 미인의 목소리만 듣고 그 낯을 보지 못하였는데, 이제 소유는 마음껏 너희들의 낯을 보니 그 얻은 바가 이태백보다 갑절이나 낫도다. 네 미인의 성명은 무엇이뇨?"

네 미인이 일어나 대답하되,

"첩 등은 금릉(金陵)에서 온 두운선(杜雲仙)과 진류(陣留)의 소채아(蘇彩娥)와 무창(武昌)의 만옥연과 장안의 호영영(胡英英)이로소이다."

승상이 월왕더러 이르되,

"소유 일찍이 선비로 다니며 놀 때 옥연낭자의 이름을 들었는데, 이제 비로소 그 얼굴을 보니 그 이름보다 지나도이다."

월왕이 또 섬월과 경홍의 이름을 들어 알고 있는지라 이르되,

"두 미인을 온 천하가 추앙하더니 이제 승상부로 들어왔음은 주인을 잘 만났도다. 승상은 언제 이 미인들을 얻었나이까?"

승상이 대답하되,

"계씨(桂氏)는 소유가 과거 보러 올 적에 낙양에 다다르니 제 스스로 따랐고, 적씨(狄氏)는 일찍이 연왕궁(燕王宮)에 들어갔다가 소유가 사신으로 연나라에 가매 저가 빠져나와 소유를 따

---

1) 당나라 예종의 장자로 현종의 형.

랐나이다."

월왕이 박장대소(拍掌大笑)하되,

"적랑의 호기는 양가(楊家)의 집불기생(執拂妓生)에 견줄 바 아니로다! 그러나 적낭자는 양한림(楊翰林)을 귀한 사람임을 알고서 따랐거니와 계낭자는 한낱 서생을 따랐음은 능히 오늘의 부귀를 앎이니 더욱 기이하도다!"

인하여 월왕이 묻되,

"어찌하여 승상이 먼길 도중에서 만났나이까?"

승상이 천진교 주루에서 섬월을 만날 때 글을 지었던 전후 경위를 낱낱이 고하니, 월왕이 웃고 이르되,

"승상이 양장(兩場)에 장원함에 쾌한 일이라 하였더니 이 일은 더욱 상쾌한 일이오니, 그 글이 필연 오묘할 터이니 가히 들으리이까?"

승상이 대답하되,

"취중에 무심히 지은 것을 어찌 기억하리이까?"

월왕이 섬월더러 이르되,

"승상은 비록 잊었으되 낭자는 혹시 기억할 수 있겠느뇨?"

섬월이 여쭈오되,

"첩첩이 오히려 기억하고 있나이다마는 종이에 써서 드리리이까, 혹은 노래로 아뢰오리까?"

월왕이 더욱 기꺼워하여 이르되,

"노래와 겸하여 들으면 더욱 기쁘리로다."

섬월이 앞에 나아가 노래를 부르니 만좌 다 놀라는지라, 왕이 대단히 공경하며 칭찬하되,

"승상의 글재주와 섬월의 밝은 노래는 세상에 으뜸이요, 그

글 가운데 '꽃가지가 미인의 단장을 부끄러워하니, 고운 노래
가 나오기 전에 입이 이미 향기롭더라' 하는 구절이 능히 섬월
의 자색(姿色)을 그려 냈은즉, 마땅히 이태백으로 하여금 물러
서게 할 터이니, 감히 한 말로는 칭찬하지 못하리로다!"
하고 술을 금잔에 가득히 부어 섬월과 경홍에게 상으로 내리더
라. 월왕궁의 네 미인으로 하여금 시켜 춤추며 노래 불러 헌수
(獻壽)케 하니 주객(主客)이 알맞는 호적수(好敵手)더라.

월왕이 스스로 즐거움을 이기지 못하여 모든 손으로 더불어
장막 밖으로 나아가 무사의 칼 쓰며 서로 충돌하는 형상을 보고
승상을 향하여 이르되,

"미인의 말 타고 활쏘는 것이 또한 볼 만하기로, 우리 궁중에
활과 말에 익숙한 수십 명이 있는지라, 승상부중의 미인들에 또
한 북방으로 쫓아 온 자 있으니 영을 내려 불러 내어 꿩을 쏘고
토끼를 쫓아 한바탕 웃음을 돕게 함이 어떠하나이까?"

승상이 대희하여 분부를 내려 미인 수십 명을 골라 월왕궁의
미인과 더불어 내기를 하게 하니, 경홍이 일어나 고하되,

"첩이 비록 활과 칼에 능치 못하오나 오늘 시험코자 하나이
다."

승상이 기꺼워하며 즉시 몸에 찬 활을 끌러 주니, 경홍이 활
을 잡고 서서 모인 미인에게 이르되,

"비록 맞지 못할지라도 모든 낭자는 웃지 마소서."

이에 경홍은 준마를 잡아 나는 듯이 올라타고 장막 앞을 달리
는데 마침 꿩 한 마리가 수풀 속에서 날아오거늘, 경홍이 잠깐
가는 회를 젖히고 활 시위를 당겨 올리매 꿩은 오색깃을 펼친
채로 말 앞에 떨어지니, 승상과 월왕이 한가지로 손뼉을 치며

즐거워하더라. 장막 밖에서 몸을 굴려 말에서 내린 경홍이 천천히 걸어 자리에 나아가니 모든 미인들이 각기 하례하되,

"우리들은 십년 공부를 헛하였다."

하거늘, 섬월이 생각하되,

"우리 두 사람이 비록 월왕궁 기생에게 첫째를 빼앗기지는 아니하였으되, 저들은 네 사람이요 우리는 한 쌍이라 심히 외로우니, 춘랑을 끌고 오지 못함이 매우 한스럽다. 노래와 춤이 춘운의 장기(長技)는 아니나, 그 고운 용모와 아름다운 말씨가 어찌 두우선의 머리를 누르지 못하리요?"

하며 괴탄(愧嘆)하더니 문득 멀리 바라본즉, 들 너머로 두 미인이 쫓아오더라. 차시 두 미인이 유벽거(油壁車)를 몰아 장막 밖에 이르거늘 문 지키는 자가 묻되,

"월궁으로 쫓아오시느뇨?"

마부 대답하되,

"이 차 위의 두 낭자는 곧 양승상의 소실이시니 마침 일이 있어 처음에 함께 오시지 못하였노라."

문지기 군사 들어가 아뢰니, 승상이 이르되,

"필시 춘운이 구경코자 하옴이니 너무 경망하도다."

곧 명하여 불러들이게 하니, 두 낭자가 차에서 내리는데 앞에는 심요연(沈島煙)이요, 뒤에는 진중에서 꿈속에 만났던 동정용녀(洞庭龍女) 백능파(白凌波)라, 두 사람이 승상의 자리 앞에 나아가 절하고 뵈니, 승상이 월왕을 가리키며 이르되,

"월전하(越殿下)이시니 너희는 예(禮)로 뵈올지어다."

두 미인이 예로 뵈오매, 승상이 자리를 주어 경홍과 섬월도 동좌하게 한 다음 월왕께 이르되,

238

"저 두 여인은 토번을 칠 적에 얻은 바이나 근래 다사하여 미처 데려오지 못하였더니, 저들이 스스로 따라오다가 필시 소유 대왕으로 더불어 놀이함을 듣고 구경코자 이에 이름이로소이다."

월왕이 다시 두 미인을 보니, 그 용모 경홍, 섬월과 더불어 형제 같으면서 그 태도는 한결 빼어나니, 마음에 이상히 여기고 월왕궁 미인들도 또한 부끄러워 얼굴이 잿빛 같은지라, 왕이 다시 묻되,

"두 낭자의 성명은 무엇이며 어디서 살았느뇨?"

심녀 대답하되,

"소첩은 심요연이라 하오며 서량(西凉) 사람이옵나이다."

또 백녀 대답하되,

"소첩은 백능파라 하오며, 일찍이 소상강(瀟湘江) 사이에 거처하옵다가, 불행히 변을 만나 부득이 서방으로 피하였삽고, 이제 양상공을 쫓아 나왔나이다."

월왕이 이르되,

"두 낭자는 특별히 인간 사람이 아니라 신기할지니 능히 풍류를 짐작하느뇨?"

심요연이 대답하되,

"소첩은 변방인(邊方人)이오라, 일찍부터 풍류를 듣지 못하였으니, 장차 무슨 재주로 대왕전하를 즐겁게 하올 수 있겠나이까? 다만 어렸을 적부터 검무(劍舞)를 배웠사오나 이는 군중(軍中)에서의 장난이요, 귀인이 보실 바 아닐까 하나이다."

월왕이 대희하여 승상더러 이르되,

"현종조(玄宗朝) 공손대랑(公孫大娘)의 검무가 천하에 이름을

떨치다가, 그 후로 그 술법이 세상에 전하여지지 못하매 내가 한번 보지 못함을 한스러이 여겼는데, 이제 이 낭자가 검무를 안다 하니 매우 유쾌하나이다."

월왕이 승상으로 더불어 각기 허리에 찬 칼을 끌려 내어주니, 요연이 소매를 걷어올리고 띠를 풀어 놓고는 몸을 날려 춤을 추매, 상하로 번득이고 좌우로 뛰놀아 밝은 단장과 흰 칼날이 한빛이 되어, 3월달에 날리는 눈송이가 복사꽃 떨기 위에 뿌려지는 것 같더라. 이윽고 춤추는 소리 더욱 급하여 칼이 더욱 빨라지더니, 눈서리 날리는 기색이 홀연 장막 속에 가득하며 심요연의 몸이 아주 보이지 아니하더니, 별안간 한 가닥 무지개가 하늘로 뻗치며 바람이 배반(杯盤) 사이에 스치니, 좌중이 다 뼈가 저리며 머리털이 으쓱하더라. 요연이 배운 술법을 다하고자 하나 월왕이 너무 놀라까 염려하여, 이에 춤을 파하고 칼을 던지며 재배하고 물러가니, 왕은 오랜 후에야 정신을 가다듬고 요연더러 이르되,

"인간 사람의 검무 어찌 능히 이토록 신묘한 지경에 이를 수 있으리요. 내 들으매 신선 가운데 검술이 능한 자 많다 하던데 낭자가 바로 그 사람이 아니뇨?"

요연이 대답하되,

"서방 풍속에 병기(兵器)를 희롱함을 좋아하는고로 어렸을 적에 배운 바이오니, 어찌 신선의 기이한 술법을 따를 수 있사오리까?"

월왕이 이르되,

"궁중에 돌아가 마땅히 희첩(姬妾) 중 춤 잘 추는 자를 가려 보내리니, 바라건대 낭자는 가르치는 수고를 아끼지 말지어다."

요연이 절하고 분부를 받으니 왕이 다시 백능파더러 묻되,

"낭자는 무슨 재주 있느뇨?"

능파 대답하되,

"첩의 집이 소상강 가에 있사오니 바로 황릉묘(黃陵廟)[1]의 아황(娥皇)과 여영(女英)[2]이 노니는 곳이오라, 밤이 고요하고 바람이 맑고 달이 밝은즉, 비파 소리가 아직도 구름 사이로 흐르는고로 첩이 어려서부터 그 아름다운 음률을 모방하여 몸소 비파를 타며 스스로 즐겼을 따름이오니, 귀인의 귀에 합당치 못할까 송구하나이다."

월광이 이르되,

"비롯 옛 사람의 글로 인하여 아황고 여영이 비파를 낸 줄로 아나, 그 곡조가 세상 사람에게 전함을 듣지 못하였는데, 이제 낭자가 그 곡조를 알고 있음이 사실이면 어찌 시속의 풍악에 견줄 바이겠느뇨?"

백능파 소매에서 비파를 꺼내어 한 곡조를 타니, 그 소리가 맑고 또렷하여 원망하는 듯 사모하는 듯하매, 물이 산골짜기에 떨어지며 기러기가 추운 하늘가에서 우는 것 같거늘, 모든 사람들이 어느덧 마음이 처량하여 눈물을 흘리는데, 이윽고 초목이 저절로 움직이며 가을 소리가 잠깐 나더니 마른 잎새가 분분히 떨어지므로 월왕이 이상히 여기며 묻되,

"인간 음률이 능히 천지조화(天地造化)를 부릴 수 있다는 말을 내 믿지 아니하였는데, 낭자가 어찌 능히 몸으로 하여금 가

---

1) 순(舜)의 둘째 비의 묘.
2) 아황과 여영은 요나라의 두 딸. 순(舜)의 비. 《열녀전》에 '堯女 與女英 同降於舜 舜卽位 娥皇爲后' 라는 글이 있음.

을이 되게 하며, 또한 나뭇잎이 저절로 떨어지게 하느뇨? 범인 (凡人)도 능히 그 곡조를 배울 수 있겠느뇨?"

백능파 대답하되,

"첩은 오직 옛 곡조의 찌꺼기를 전할 따름이온즉, 무슨 신효한 술법이 있삽기로 남이 배우지 못하오리까?"

만옥연이 월왕께 고하되,

"첩이 비록 무재조(無才操)하오나 평일에 익힌 바 풍악으로서 백련곡(白蓮曲)을 시험삼아 아뢰겠나이다."

하고, 진(秦)나라의 비파(琵琶)를 안고 자리 앞에 나아가 줄을 고르더니, 능히 스물 다섯 가지의 소리를 내며 손 놀리는 법이 또한 아담하고 높아서 가히 들음직하기에, 양승상을 비롯하여 섬월과 경홍이 극찬하며 월왕 심히 기꺼워하더라.

월왕과 양승상의 낙유원 잔치 즐겁고 또 홍이 남았으나 날이 장차 저물어 가므로, 이에 잔치를 파하고 각각 금은과 채단(綵緞)으로 상급을 주고, 왕과 승상이 달빛을 띠고 돌아와 성문으로 들어가는데, 종소리가 들리매 두 집 악기(樂妓)가 길을 다투어 앞을 서려 할새, 패물 소리가 요란하며 향기가 거리에 가득하고, 흐르는 비녀와 떨어지는 구슬이 다 말굽 아래 밟히어, 소나기 같은 소리가 티끌 밖으로 들려오더라. 장안 백성들이 다같이 둘러싸며 구경하는데, 100세 노인들은 도리어 눈물을 흘리며 이르되,

'내 어렸을 때에 현종황제 화청궁(華淸宮)에 거둥하시는 것을 보오매 그 위의(威儀)가 바로 이 같더니, 뜻밖에도 오래 살아 남아 다시 태평성세의 기상을 보는도다.'

하더라. 이 무렵 두 공주 진씨, 가씨 두 낭자로 더불어 대부인을 모시고 승상이 돌아오기를 기다리는데, 승상은 심요연과 백능파를 이끌어 대부인과 두 공주께 뵙게 하니, 두 사람이 섬돌 아래 나아가 뵈므로 영양공주가 이르되,

"승상이 매양 말씀하시기를 두 낭자의 힘을 입어 수천 리 땅을 회복하는 공을 이루었다 하시기로, 나도 매양 보지 못함을 한스럽게 여겼거늘, 두 낭자의 찾아옴이 어찌 이다지도 늦었느뇨?"

요연과 능파가 한가지로 대답하되,

"첩 등은 먼 시골의 천한 몸이오라, 비록 승상의 한번 돌아보심을 입었으되 오직 두 부인께서 한 자리를 비어 주지 아니하실까 염려되기로 빨리 문전에 이르지 못하였삽거니와, 듣자온즉 사람들이 일컫기를 '두 공주마마의 관저(關雎)와 규목(樛木)[1]의 덕이 첩들에게 이르고 상하에 고루 미친다' 하옵기로 외람되이 나아와 뵙고자 생각할 즈음, 마침 승상께서 낙유원에 사냥하시는 계제를 만나 성대한 놀이에 참석하였거늘, 다시 이리로 데리고 오사 부인의 가르치심을 받잡게 되오니 첩들은 천만다행으로 아뢰나이다."

공주 웃으며 승상께 이르되,

"오늘 궁중에 꽃빛이 가득하니 승상께서는 필연 오늘의 풍류를 자랑하실 터이오나, 이는 다 우리 형제들의 세운 공이온즉 상공께서는 이를 가히 알고 계시나이까?"

승상이 대소하되,

---

1) 관저와 교목은 《시경》의 편명들. 둘 다 왕비의 덕화를 칭송한 것임.

"저 두 사람이 새로이 궁중에 들어와 공주의 위세를 두려워하여 아첨하는 말을 하였거늘, 공주는 이를 공으로 삼고자 하시느뇨?"

좌중이 가가대소하더라.

진씨, 가씨 두 낭자 섬월에게 묻되,

"오늘 놀이에 승부 어찌 되었느뇨?"

경홍이 대답하되,

"계랑이 첩의 큰소리함을 웃더니 첩이 한 말로써 월왕궁으로 하여금 탈기(奪氣)하게 하였으니, 이는 제갈공명(諸葛孔明)이 조그만 배 한 척으로 강동(江東)으로 들어가 세 치 혀를 놀리어 이해를 들어 말한즉 주공근(周公瑾), 노자경(魯子敬)의 무리 다만 입을 벌리고 의지가 눌리어 감히 한 말로 토하지 못함과 같사오며, 또 평원군(平原君)이 초나라에 들어가 합종(合從)을 협상할새, 따라간 19명은 모두 보잘것없었으되, 능히 조(趙)나라로 하여금 태산과 반삭같이 평안케 한 자는 모수(毛遂) 한 사람의 공이온즉, 첩의 마음이 큰고로 또한 말이 크온데, 이 큰 말에 반드시 실속이 있을지라, 계랑에게 물으시오면 첩의 말이 허망치 않음을 족히 아시게 되오리이다."

섬월이 이르되,

"적랑의 활 쏘기와 말 재주가 가히 묘하다 하겠으나 풍류 마당에 쓰면 혹시 칭찬을 하려니와, 화살과 돌이 비오듯하는 싸움터에 내어놓으면 어찌 능히 한걸음을 달리며 한 살을 쏠 수 있으리요? 월왕궁 편에서 기세를 잃었음은 새로 들어선 두 낭자의 신선 같은 모습과 천신 같은 재주를 탄복한 바이니, 어찌 적랑의 공이 되리요? …… 첩의 한 말이 생각나니 마땅히 적랑을

244

향하여 털어놓으리라! 춘추 시대(春秋時代)에 가대부(賈大夫)의 외모가 심히 누추하므로, 장가든 지 3년이 되어도 그 아내가 한 번도 웃지 아니하더니, 그가 아내와 더불어 들에 나아갈새 마침 꿩 한 마리를 쏘아 떨어뜨리매 아내가 비로소 웃었다 하거늘, 오늘 놀이에서 적랑이 꿩을 쏘아 얻음이 또한 이와 같도다."

경홍이 이르되,

"가대부는 누추한 모양으로도 활과 말의 재주로 인하여 그 아내의 웃음을 자아냈거늘, 만약에 그의 용모가 수려하고 능히 활로 꿩을 쏘아 얻었던들, 어찌 사람들로 하여금 더욱 사랑하며 공경케 하지 아니리요."

섬월이 웃고 대답하되,

"적랑의 자랑이 갈수록 불어나니 이는 다 승상이 과히 총애하시매 그 마음이 교만한 탓이로다!"

승상이 웃고 이르되,

"내 이미 계랑의 재주가 많음을 알았으나 경서에 능통한 줄은 아지 못하였으되, 이제 춘추(春秋)의 고사(古事)를 즐겨 말하는 버릇이 있도다."

섬월이 대답하되,

"한가한 때에 혹은 경서(經書)와 사기(史記)를 훑어보오나 어찌 능통하다 할 수 있사오리까?"

익일에 양상승이 예궐(詣闕)하여 황상께 조회하니 태후 월왕께 이르사되,

"월왕이 어제 승상으로 더불어 봄빛을 서로 겨루더니 뉘 이기고 뉘 졌느뇨?"

월왕이 아뢰되,

"양승상의 온전한 복은 사람이 다투지 못할 바이오나, 그 복이 여자에게도 복이 될는지 의아하오니 승상에게 하문하소서."

승상이 아뢰되,

"월왕이 신보다 낫지 못하다 함은 이태백이 최호(崔顥)[1]의 글을 보고 놀라 기세가 꺾이었다 함과 같사온지라, 공주에게 복되고 아니 됨은 신이 공주가 아니오니 어찌 능히 아뢰리이까? 공주에게 하문하소서."

태후 웃으며 두 공주를 돌아보신대, 난양공주 대답하되,

"부부 한 몸이오라, 영욕(榮辱)과 고락(苦樂)에 어찌 같고 다름이 있사오리이까? 장부에게 복이 있은즉 여자 또한 복이 있삽고, 자우에게 복이 없으면 여자 또한 복이 없을 터이오니, 승상이 즐기는 바를 소녀가 다만 즐길 따름이로소이다."

월왕이 이르되,

"공주 누이 말이 실상 아니라, 자고로 부마된 자에게 승상같이 방탕한 자가 있지 아니하였사오니, 이는 나라의 기강이 바로 서지 못한 탓이온즉, 바라옵건대 마마께서는 소유를 법사(法司)에 내리사 조정을 업신여기고 국법을 멸시한 죄를 다스리소서."

태후 대소하고 이르사대,

"양부마 진실로 죄가 있도다! 만일 이를 법으로 다스리고자 한즉 이 늙은 몸과 아녀의 근심이 되는고로, 부득이 국법을 굽히고 사정(私情)을 쫓노라."

월왕이 다시 아뢰되,

---

[1] 당나라 개원 연대의 진사. 그의 황학루 시를 이백이 흠모했음.

"비록 그러하오나 승상의 죄를 가벼이 풀어 주시지는 못하올지니, 청하옵건대 어전에서 문죄(問罪)하사 그 공술(供述)하는 바를 보아 처결하심이 옳은 줄로 아뢰나이다."

태후 대소하신대, 월앙이 대신하여 문목(問目)의 초(草)를 내어 하였으되,

'예로부터 부마된 자 감히 희첩(姬妾)을 기르지 못함은 풍류(風流) 족(足)치 못함이 아니요, 먹을 것이 넉넉치 못함이 아니라, 모두가 인군(人君)을 공경하며 나라를 높이는 바이라. 하물며 영양과 난양의 두 공주는 지위인즉 과인의 딸이요, 행실인즉 임사(姙사)[1]의 덕이 있거늘, 양소유는 이를 공경치 아니하고 방탕하여 미색을 몰아 들임이 목마른 자보다 심하며, 눈에는 연조지색(燕趙之色)[2]이 오히려 부족하고, 귀에는 정위지성(鄭衛之聲)[3]만이 들려 저저(姐姐)의 전각 댓돌의 개미같이 방마루에 벌떼같이 지껄이니, 공주가 비록 규목의 덕으로써 질투하는 마음을 내지 아니하나 소유의 공경하고 삼가는 도리가 어찌 감히 이러하리요? 교만하고 방자한 죄를 불가불 징계할지니, 숨김없이 사실을 바른대로 아뢰어 그로써 처분을 기다리라.'

승상이 전각에 내려 복지하여 면관대죄(免冠待罪)하니, 월왕이 난간 밖으로 나서서 소리를 높여 문초하는 것을 다 들은 후 승상이 공사(供辭)[4]에 하였으되,

---

1) 태임과 태이. 태임은 주나라 문왕의 어머니이며, 태이는 주 문황의 비.
2) 한무제가 광명궁을 짓고 연나라, 조나라의 미녀 2천 명을 끌어들임. 한무제 고사에 나옴.
3) 음란한 풍류.
4) 범인이 그 범죄 사실을 진술하는 말.

'소신 양소유 외람되이 두 전궁(殿宮)의 성은을 입사와, 뛰어 넘어 승상의 높은 벼슬을 차지하였은즉 영광이 이미 극진하며, 또한 공주 사려 깊고 실속 있는 덕을 베풀어 금슬의 즐거움이 무궁하온즉 소원이 이미 족하거늘, 어리석은 마음이 오히려 남아 있고 사치스러운 기세 줄지 아니하와 가무(歌舞)하는 계집을 많이 모았사오니, 이는 소신이 적이 부귀(富貴)에 눌리고 성상 폐하의 은덕이 넘치와 스스로 단속함을 깨닫지 못한 죄이오나, 신(臣)이 국법을 곰곰이 살펴보건대 부마된 자가 설혹 비첩을 가졌을지라도 혼인 전에 얻은 것은 분간하는 도리가 있사온지라, 소신이 비록 시첩을 가졌사오나 숙인진씨(淑人秦氏) 황상이 명을 내리신 바이니 의당 손꼽아 논란할 바 아니옵고, 소첩 가씨(賈春雲)로 말할진대는, 신이 일찍이 정사도 집 화원 별당에 머무를 무렵에 수종들던 자이옵고, 소첩 계씨(桂蟾月), 적씨(狄驚鴻), 심씨(沈嫋煙), 백씨(白凌波) 등 네 계집은 혹은 출전하였을 적에 따라온 자들이니, 이 모두가 역시 성례전 일이옵고 승상부중(丞相附中)에 한가지로 있게 하옴은 대체로 공주의 명을 따름이옵고, 소신이 감히 독단으로 하였음이 없사온즉, 나라의 체례(體例)에 그 무엇이 손상되오며, 신자(臣子)의 도리에 그 무엇이 죄가 되겠나이까? 그러하옵거늘 전교(傳教)를 내림심이 여차하시니 황공지만(惶恐遲晚)이로소이다."

태후 남필(覽畢)에 크게 웃고 이르사대,

"희첩(姬妾)을 많이 기름은 장부된 풍도(風度)에 해로움이 없으니 가히 용서하려니와, 술을 과음하니 가려(可慮)라, 차후로 삼감이 가하도다."

월왕이 다시 아뢰되,

248

"소유 부마 부중(府中)에 희첩 기름을 공주에게 미루오나, 그 조처하는 도리에 만만불가하오니 다시 한번 문초하심이 옳은 줄로 아뢰나이다."

승상이 황겁하여 머리를 조아려 사죄하니 태후 또 웃고 이르사대,

"양공은 사직지신(社稷之臣)이니 내 어찌 사위로서만 대접하리요?"

하시고, 이에 명하여,

"관을 정제하고 전에 오르라."

하신대, 월왕이 또 아뢰되,

"소유 큰 공이 있으니 죄 주기는 어렵사오나, 국법이 또한 엄하와 그대로 놓아 줄 수는 없사오니, 마땅히 술로써 벌을 주려 하나이다."

태후 웃고 허락하신대, 궁녀 백옥배를 내오기에 월왕이 이르되,

"승상의 주량(酒量)이 고래 같고 죄명이 또한 무겁거늘 어찌 작은 잔을 쓰리요."

스스로 한 말들이 금굴치(金屈卮)에다 진한 술을 가득히 부어 주니, 승상이 비록 주량이 적이 크나 잇달아 두어 말을 마시매 어찌 취하지 아니하리요! 이에 승상이 머리를 조아리며 아뢰되,

"견우(牽牛)·직녀(織女)를 과히 사랑하다가 장인에게 꾸지람을 들었더니, 이제 소유 집에 희첩을 기름으로써 장모에게 벌주(罰酒)를 받아 먹으니, 인군 사위되기 진실로 어렵도소이다. 신이 이제 대취하였으니 물러감을 청하나이다."

하고 인하여, 일어나고자 하다가 엎드러지거늘, 태후 크게 웃으
며 궁녀를 명하사 전문 밖으로 내어보내며, 공주더러 이르사대,
"승상이 대취하여 신기(神氣) 불편하리니 너희들은 곧 따라
갈지어다."
두 공주 수명(受命)하고 곧 승상할 따라가더라.
차시 유부인이 촛불을 켜고 승상이 돌아옴을 기다리다가, 승
상이 대취함을 보고 묻되,
"전일은 비록 술을 내리실지라도 취하지 아니하더니 오늘은
어찌 이토록 과취하였느뇨?"
승상이 대답하되,
"소자의 죄로소이다."
하고, 인하여 취한 눈으로 공주를 노려보다가, 오랜 후에 아뢰
되,
"공주의 형 월왕이 태후께 알소(訐訴)[1]하여 소유의 죄를 억지
로 만들어 내매, 소유 비록 말을 잘하여 탈벌(脫罰)하였사오나,
월왕이 기어이 죄를 씌우려 태호께 무소(誣訴)하여 독주로써 벌
을 내렸거니와, 만일 주량이 적었던들 거의 죽었겠나이다. 이는
필시 월왕이 어제 낙유원 놀이에서 진 것을 분하게 여겨 보복코
자 함이오나, 난양공주가 나에게 희첩이 너무 많음을 시기하여
그 형으로 더불어 계교를 꾸며 나를 괴롭게 함이오니, 평일의
인자한 말이 아무래도 믿지 못하겠기로, 엎드려 바라오니 모친
께서는 난양공주에게 벌주 한 잔을 내리사 소자를 위하여 설분
(雪憤)하소서."

---

1) 남을 헐뜯기 위해 없는 일을 생으로 꾸며 죄가 있는 것처럼 웃사람에게 고해 바침.

유부인이 이르되,

"난양의 죄가 분명치 아니하고 또 능히 한 잔 술을 마시지 못하니, 네가 나를 시켜 벌을 주고자 할진대는 차(茶)로써 술을 대신함이 옳도다."

승상이 아뢰되,

"소자 기어이 술로써 벌하려 하나이다."

유부인 웃으며 마지못해 이르되,

"공주 만일 술을 마시지 아니하면 취객의 마음이 풀리지 아니하리라."

하고 시녀를 불러 난양에게 벌주 보내니, 공주 이를 받아 마시려 할 즈음, 승상이 문득 의심내어 그 잔을 빼앗아 맛보고자 하니, 난양이 급히 자리 위에 던지니라. 승상이 손가락으로 잔 밑의 나머지를 맛보니 이는 꿀물이라, 승상이 이르되,

"태후 낭랑이 만일 꿀물로써 소유를 벌하셨으면 모친이 또한 꿀물로 벌하심이 마땅하시려니와, 소자의 마신 바는 술이거늘 난양이 어찌 홀로 꿀물을 마시리이까?"

하고 시녀를 불러 술잔을 가져오라 하여 스스로 술 한 잔을 가득히 부어 보내니, 난양공주 부득이 이를 다 마시거늘, 승상 또 유부인께 고하되,

"태후께 권하여 소자를 벌한 자가 비록 난양공주 이기는 하오나, 영양공주 즉 정경패가 또한 꾀에 참여한 연고로, 태후 앞에 앉아서 소자의 괴로워함을 보고 난양께 눈짓하며 서로 웃었으니, 소자는 그 마음을 가히 헤아리지 못하올지라, 그러하매 다시 바라오니 모친께서는 정씨를 또한 벌하여 주소서."

유부인이 대소하고 잔을 보내니, 정씨 자리를 옮겨 이를 다

마시거늘 부인이 이르되,

"태후 낭랑이 소유를 벌하심이 그 희첩들을 벌함이어늘, 이제 두 공주 다 벌주를 마셨으니 희첩들이 어찌 안연하리요?"

승상이 이르되,

"월왕의 낙유원 모임이 대개 미색을 다툼이어늘, 경홍·섬월·요연·능파 등이 이소적대(以小敵大)한 싸움에 먼저 승리를 아뢰매, 월왕이 분한 마음 이기지 못하여 소자로 하여금 벌을 받게 하였은즉, 이 네 사람을 마땅히 벌할지니이다."

부인이 이르되,

"싸움 이긴 자 또한 벌이 있느뇨, 취객의 말이 가히 우습도다."

하고 곧 네 희첩을 불러 각각 한 잔 술을 벌로 내리니라.

네 사람이 마시기를 마치매, 경홍과 섬월 두 사람이 꿇어앉아 부인께 고하되,

"태후 낭랑께서 승상을 벌하심이 희첩이 많음을 나무람이요, 결코 낙유원에서 이긴 때문이 아니온데, 심요연과 백능파의 두 사람은 오히려 승상의 금침을 받들지 아니하였거늘, 첩들과 한가지로 벌주를 마시니 또한 억울치 아니하리이까? 가유인은 승상을 모심이 저렇듯 오래며 승상의 사랑을 받음이 저렇듯 편벽되오나, 낙유원 모임에 참여치 아니하와 오롯이 벌을 면하오니, 하정(下情)이 다 분함을 참기 어렵겠나이다."

부인이 이르되,

"너희 말이 가장 옳도다!"

하고 큰 잔으로 춘운을 벌하니, 춘운이 웃음을 머금고 마시는지라, 이로써 모든 사람이 다 벌주를 마시어 좌중이 분분하고 어

지러운 가운데, 난양공주는 술이 취하여 괴로움을 견디지 못하
되, 오직 진숙인은 하녘으로 단정히 앉아 말도 아니하며 웃지도
아니하거늘, 승상이 이르되,

"진씨 홀로 취하지 아니하여 취객이 광태(狂態)를 웃으니, 다
시 한번 벌하지 아니치 못하리라!"
하고 한 잔을 가득 부어 전하니, 진씨 오히려 웃고 이를 마시는
지라 유부인이 공주에게 묻되,

"본디 마시지 못하던 술을 이제 마신 후 신기(神氣) 어떠하
뇨?"

공주 대답하되,

"매우 괴롭도소이다."
하거늘, 유부이은 진씨로 하여금 붙들어 침방으로 돌아가게 하
고, 인하여 춘운으로 하여금 술을 가져오게 하여 잔을 잡고 이
르되,

"우리 두 자부(子婦)는 여자 중 성인(聖人)이라, 내 매양 손복
(損福)할까 두려워하더니, 이제 소유 주정이 심하여 공주로 하
여금 편치 못하게 하니, 태후낭랑이 들으시면 과히 염려하실지
라, 내 능히 이 아들 교훈을 못 하여 이런 망거(妄擧) 있게 하였
으니, 내 또한 죄 없다 못할지니 이 잔을 들어 스스로 벌을 받
겠노라."
하고 한번 마셔 다하거늘 승상이 황송하여 꿇어앉아 고하되,

"모친이 소자의 못된 소행으로 말미암아 스스로 벌하시니,
소자의 허물이 어찌 종아리채쯤 당하리이까?"
하고 경홍으로 하여금 술을 큰 잔에 가득 붓게 하고, 꿇어앉아
아뢰되,

"소자 모친의 교훈을 받을어 따르지 못하고 모친께 근심만 끼치니, 사죄할 도리 없사와 삼가 이 벌주를 마시나이다."
하고 다 마시매 승상이 대취하여 능히 기동을 못하고 응향각(凝香閣)을 손으로 가리키기에 유부인이 춘운으로 하여금 부축하고 가게 하시었다.

춘운이 대답하되,

"천첩(賤妾)이 감히 모시고 가지 못하겠나이다. 계낭자 소첩에게 승상의 총애(寵愛)가 있음을 투기하나이다."
하고 인하여 섬월에게 부탁하여 두 낭자를 부축하라 명하니, 섬월이 이르되,

"춘운이 내 말로 인하여 가지 아니하니 첩은 더욱 혐의 있도다."

경홍이 웃고 승상을 붙들고 가매 모든 사람이 다 흩어지더라.

양승상이 이미 심요연, 백능파의 두 사람이 산수(山水) 사랑하는 성벽을 일렀더니, 화원 속에 연못이 있으니 맑기 호수 같고, 그 못 가운데 정차 있으니 이름은 영아루(映娥樓)라, 능파로 하여금 거하게 하고 연못 남쪽에 가산(假山)이 있으니 뾰족한 봉은 옥을 깎아 세운 듯하고 겹겹이 싸인 석벽은 쇠를 쌓은 듯하며 늙은 소나무 그늘이 그윽하고 파리한 대나무는 그림자를 그리는데, 그 속에 정자가 있으니 이름은 빙설헌(氷雪軒)이라 요연으로 하여금 여기에 거처케 하니, 모든 부인 화원에 노닐 때에는 요연과 능파의 두 사람이 산중의 주인 되더라.

모든 사람이 조용히 능파더러 이르되,

"낭자의 신통한 변화를 한번 볼 수 있느뇨?"

능파 대답하되,

"이는 천첩의 전생(前生)의 일일러니, 첩이 천지의 기운을 타고 조화의 힘을 빌어 전신(前身)을 다 벗고 사람의 모습으로 변하였으매 벗은 껍질과 비늘이 산같이 쌓였으니, 이를테면 참새가 변하여 조개된 후에 어찌 두 날개가 있어 날아다니리요?"

모든 부인이 이르되,

"이세(理勢) 그러하다."

심요연이 비록 시시로 유부인과 승상과 두 공주 앞에서 칼춤을 추어서 일시 흥을 돋우나, 또한 자주 추기를 아니하여 이르되,

'당시에 비록 검술로 인하여 승상을 만났으나 살기 있는 놀이가 가히 항상 볼 바 아니라 하더라. 이후에 두 공주와 여섯 낭자의 상득(相得)한 즐거움이 마치 고기가 물에서 헤엄치며 새가 구름을 따라 나는 듯하여, 서로 따르고 서로 의지하여 형 같고 아우 같은데, 또한 승상의 애정이 피차에 균일하니, 이는 비록 부인의 부덕(婦德)이 능히 온 집안에 화목한 기운을 이루이려니와, 한편으로는 이들 아홉 사람이 전생으로부터 인연이 있음이라.'

하루는 두 공주가 서로 의논하되,

"이제 두 아내와 여섯 첩이 친함이 골육(骨肉)보다 더하고 정은 형제 같으니, 이 어찌 하늘이 명하신 바아니리요? 마땅히 귀천을 가리지 말고 호형호제(呼兄呼弟)할지라."

하고 이 뜻으로 여섯 낭자에게 말하니, 다 사양하는 중 춘운·경홍·섬월이 더욱 응하지 아니하거늘, 영양공주 이르되,

"유현덕(劉玄德)·관운장(關雲長)·장익덕(張翼德)[1]의 세 사

---

1) 유비·관우·장비.

람은 군신(君臣) 사이로되 도원결의(桃園結義)를 저버리지 아니
하였거늘, 나는 춘운과 더불어 본디 규중에서부터 좋은 벗이니
형제됨에 무슨 불가함이 있으리요? 석가세존의 아내와 마등가
(摩登伽)[2]의 계집과는 그 높고 천함이 아주 다르며, 또 그 음행
이 다르거늘, 오히려 대사(大師)의 제자가 되어 마침내 바로 연
분을 얻었으니, 처음 미천함이 나중 뜻을 이룸에 무슨 관계이리
요?"
하고 두 공주 드디어 여섯 낭자로 더불어 나아가 관음보살(觀音
菩薩) 앞에 목욕재계하고 서약문을 지어 아뢰니 하였으되,

  '유세차(維歲次) 모년 모월 모일 제자 정경패(鄭瓊貝) · 이소
화(李簫和) · 진채봉(秦彩鳳) · 가춘운(賈春雲) · 계섬월(桂蟾
月) · 적경홍(狄驚鴻) · 심요연(沈裊煙) · 백능파(白凌波) 등 여덟
사람은 목욕재계하고 관음보살님 앞에 아뢰나이다. 불경에 일
렀으되, '사해지내(四海之內) 다 형제가 된다' 하였으니, 이는
다름이 아니오라, 그 지기(志氣)와 뜻이 서로 통하는 연고이오
며, 천륜(天倫)의 친함을 들어 길 가는 나그네와 같다고 보는
사람이 있사오니, 이는 다름아니오라 그 정과 뜻이 서로 다른
연고이옵나이다.' 부처님의 제자 저희 처음에는 비록 남북으로
갈리어 제각기 태어나서, 다시 동서로 흩어졌다가 한 사람의 낭
군을 함께 섬기게 되었삽고, 또 같은 집에 거처하오매 어느덧
지기상합(志氣相合)하며 정의상통(情意相通)하오니, 물건으로
비유하오면 한 가지 꽃이 비바람에 흔들려서 혹은 규중(閨中)에
날리고, 혹은 언덕 위에 떨어지며 혹은 산 속 시냇물에 떨어지

---

2) 아란존자를 고행하게 한 음탕한 여자. 한문본에는 '本家'로 되어 있음.

오나 그 근복을 말하자면 동근생(同根生)이라. 하물며 사람에 있어서 한 형제는 한 기운을 타고났을 따름이온즉, 제각기 흩어졌다가도 어찌 한 곳으로 함께 돌아가지 아니하오리까?

예와 지금이 비록 멀고 너르오나 한때의 같이 있삽고, 사해가 비록 넓고 크오나 한집에서 같이 살고 있사오니, 이는 실로 전생(前生)으로부터의 연분이요, 인생에 좋은 기회라 하겠나이다. 이러므로 부처님의 제자인 저희들은 이에 함께 맹세하여 형제를 맺삽고 길흉생사(吉凶生死)를 같이 하려 하오니 이 가운데서 혹시 다른 마음을 지니고서 맹세한 말을 저버리는 사람이 있으면 하늘이 반드시 죽이시고 신명(神明)이 반드시 꺼리시려니와, 엎드려 바라옵건대, 관음보살님께서는 이끌어 주시며 재앙을 없이 하여 주시며, 그로써 첩들을 도우사 백년해로(百年偕老) 후에 함께 극락세계로 돌아가게 하옵소서.'

두 공주 아우로 부르니, 여섯 낭자 스스로 명분을 지키어 감히 형제로 부르지는 못하나 정의는 더욱 친밀하더라. 여덟 사람 다 아이를 낳으매, 두 부인과 춘운, 섬월, 요연, 경홍은 아들을 낳고 채봉과 능파는 딸을 낳아 다 잘 길러 내어 한 번도 자녀의 참경을 겪지 아니하니 이 또한 범인과 다르더라.

이때 천하태평하여 사방 변경(邊境)에 일이 없고 백성들은 안락하고 곡식이 잘 되어 승상이 나아간즉 천자를 모시고 상림원(上林苑)에 사냥하며 들어온즉, 대부인을 받들어 당상에서 잔치를 베풀어 노래와 춤 속에서 세월을 보내는데, 홍진비래(興盡悲來)라 함은 예나 이제나 으레 있는 일이라, 유부인이 우연히 병을 얻어 세상을 떠나니 연세가 아흔 아홉 살이더라. 승상이 비통하여 예를 갖추어 안장할새, 두 전궁(殿宮)에서 내시(內侍)를

보내어 조문하시고, 왕후의 예로써 예관(禮官)을 보내어 장사를
치르시더라.

정사도(鄭司徒) 내외 영화를 누림은 말할 나위도 없거니와 오
래 살다 별세하매 승상의 슬퍼하는 정경은 정부인에 못지아니
하더라.

양승상의 여섯 아들과 두 딸이 다 부모의 풍채가 있어 용호
(龍虎) 같고 항아(姮娥) 같은지라. 장자 대경(大卿)은 정부인이
낳았으니 이부상서(吏部尙書)에 오르고, 차자 차경(次卿)은 적
경홍의 소생인데 경조윤(京兆尹)의 벼슬을 살고, 3자 숙경(叔
卿)은 가춘운의 소생인데 어사중승(御史中丞)의 벼슬을 살고, 4
자 계경(季卿)은 난양공주의 소생으로 병부시랑(兵部侍郞)의 벼
슬을 살고, 5자 오경(五卿)은 계섬월의 소생인데 한림학사(翰林
學士)의 벼슬을 살고, 6자 치경(致卿)은 심요연의 소생인데 힘
이 남에게 뛰어나고 지략이 귀신 같은지라 천자께서 매우 사랑
하시어 금오상장군(金吾上將軍)을 삼아 군사 10만 명을 거느려
대궐을 호위케 하시고, 맏딸 부단(傅丹)은 진채봉의 소생인데
월왕의 아들 낭야왕(瑯琊王)의 왕비가 되고, 둘째 딸 영락(永樂)
은 백능파의 소생인데 황태자의 첩여(婕妤)가 되었더라.

하루는 양승상이 말하되,

"너무 성하면 쇠하기 쉽고 너무 가득하면 넘기 쉽다."
하고 이에 상소하여 벼슬에서 물러감을 비니, 그 글에 하였으
되,

'승상 신(臣) 양소유 돈수백배하옵고 황제폐하께 상언하나이
다. 사람이 세상에 태어나서 소원이 장상공후(將相公侯)를 지나
지 못하오며, 벼슬이 장상공후에 다다르면 남은 소원이 없사옵

고, 부모는 자식 위하여 공명부귀(功名富貴)를 축원하나 몸이 공명부귀 이루면 나머지 소망이 없사옵니다. 그러하온즉, 장상 공후의 영화와 공명부귀의 즐거움이 어찌 인심의 흠모하는 바와 시속(時俗)이 다투는 바가 아닐 수 있겠나이까? 세상의 영화와 부구기가 어찌 흡족함을 알며, 화를 스스로 만드는 줄을 헤아릴 수 있겠나이까. 신이 재주를 적고 능력이 부족하되 높은 벼슬을 차지하고 있으며, 공이 없고 명망(名望)이 낮되 한자리에 오래도록 머무르니 귀함이 신에게 이미 극진하오며 영화가 부모에게 이미 미치었나이다. 신의 처음 소원이 이의 만분의 일이옵더니, 외람되어 부마(駙馬)되어 예로 대접하심이 모든 신하와는 다르고, 은혜로 상을 주심이 격외로 각별하시어, 채소를 먹고 자라난 몸이 기름진 음식을 배물리 먹삽고 미천한 신분으로 감히 궁중에 출입하여, 위로는 성군께 욕되며 아래로는 신의 분수에 어긋나오니 어찌 감히 스스로 마음 편할 수 있사오리까? 일찍이 자취를 거두고 영화를 피하며, 문을 닫고 은덕을 사양하와 그로써 참람(僭濫)하고 몰염치한 죄를 들어 스스로 천지 신명께 사죄코자 하오나, 워낙 베푸시는 은택이 융승하시매 갚을 길이 아득하옵고, 또한 신의 근력이 아직도 말을 타고 달릴 만하옵기로 부득히 도로 주저앉아, 다만 만분의 일이라도 우러러 천은을 갚사옵고, 곧 물러나 선영(先塋)을 지키며 나머지 세월을 마치고자 하였삽는데, 이제 각별하신 은덕을 갚지 못하옵고 천한 나이 이미 높으며, 또한 정성을 펴지 못하고 모발이 먼저 쇠하오매, 비록 이제 다시 견마(犬馬)의 충성을 다하여 태산 같은 은덕을 갚고자 하오나 사세(事勢) 이미 글러 어찌할 도리 없나이다. 이제 천자의 신명하심을 힘입어 변방이 항복하매 병

혁(兵革)을 쓰지 아니하옵고, 만백성이 편안하매 북채와 북이 놀라지 아니하오며, 하늘의 상서(祥瑞)가 더 이르매 삼대(三代)[1]의 화락한 다스림을 이루게 되올지라. 비록 신으로 하여금 조정에 머무르게 하실지라도, 녹봉(祿俸)만 허비하고 격양가(擊壤歌)만 들으실 뿐이요, 신기한 계교를 낼 일이 없겠나이다. 자고로 인군(人君)과 신하는 부자같다 하오니, 부모의 마음에 비록 미흡한 자식이라도 슬하에 있은즉 기꺼워하고 밖에 나간즉 염려하는 법이오니, 신이 엎드려 생각하옵건대, 황상폐하께서 필연 신을 가리켜 늙은 몸이고 옛 물건이라 불쌍히 여기시어, 차마 하루아침에 물러가지는 못하게 하시겠사오나, 사람의 자식으로서 부모를 생각함이 어찌 그 부모가 자식을 사랑함과 다를 수 있사오리까? 신이 폐하의 은덕을 입음이 이미 깊사오니, 신이 어찌 멀리 하직하고 산 속에 엎드려서 요순(堯舜)같이 인군을 영결하올 수 있겠나이까. 이미 물이 가득 찬 그릇은 아무래도 못 넘치게 하지 못할지며, 이미 엎어진 멍에로는 아무래도 다시 타지를 못하오니, 엎드려 바라옵나니 신은 많은 일에 견디어 내지 못할 것을 헤아리시고 또한 신이 높은 자리에 있기를 바라지 않음을 살피시어 특별히 고향으로 돌아가게 하여 남은 세월을 마치도록 은덕을 감격케 하옵소서.'

황상께서 이 상소를 보시고 친필보 비답(批答)을 이르사대,

'경의 큰 업적은 조정에 우뚝 높고 덕택은 백성들에게 두터이 덮이니, 곧 나라의 주석(柱石)이요 짐(朕)의 팔다리로다. 옛날의 강태공(姜太公)과 소공(召公)은 나이가 거의 100세로되 오

---

1) 하나라·은나라·주나라.

히려 주나라를 도와 능히 치적(治績)을 이루었는데, 경은 아직
도 예경(禮經)에 이른바 벼슬을 돌려보낼 나이가 아닌즉, 경은
비록 일을 사례하고 지레 물러가려 하나 짐은 아무래도 허락지
않을 것이오. 경의 풍채가 요즈음은 오히려 새로워서 옥당(玉
堂)[1]에서 조서를 내던 날에 견주어 손색이 없으며, 정력도 여전
히 왕성하여 위교(渭橋)에서 도적의 무리를 섬멸한 때나 다름이
없으매, 비록 늙었다 일컬으나 짐은 이를 진실로 믿지 아니하
니, 모름지기 기산(箕山)의 높은 절개를 돌리켜 그로써 당우(唐
虞)[2]의 선정을 베풀도록 도움이 짐의 바라는 바로다.'

　승상이 춘추는 비록 높으나 그 육체 쇠하지 아니하여, 사람들
이 다 신선에 비기는고로 비답에 이와 같이 말씀하셨더라.

　승상이 또 상소하여 물러나기 구함을 심히 간절히 하니, 상이
불러들여 만나 보시고 하교하사대,

　"경이 사양함이 이에 이르니 짐이 어찌 힘써 경의 뜻을 이루
게 하지 않을 수 있으리요마는, 경이 만약에 봉(封)한 나라로
나아가면 국가 대사를 가히 상의할 자 없을 뿐 아니라, 하물며
이미 태후 승하하였으니 짐이 어찌 차마 영양과 난양의 두 공주
와 멀리 떨어져 있으리요? 남문 밖 40리에 이궁(離宮)이 있으니
곧 취미궁(翠微宮)이라, 옛날 현종황제께서 피서하시던 곳으로,
이 궁이 고요하고 깊으며 외져서 그윽하고 넓으니, 가히 늙어서
소일할 만한 곳이므로 특별히 경을 주노라."
하시고 곧 조칙(詔勅)을 내려 승상 위국공(魏國公)에 태사(太師)
벼슬을 더 봉하시고, 다시 상급으로 5천 호(戶)를 더 내리시며,

1) 한림원.
2) 요순.

아직 승상의 인수(印綬)를 걷으라 하시더라.

양태사 더욱 성은을 감격하여 돈수사은하고 가솔을 거느리어 취미궁으로 거처를 옮기니, 이 궁이 종남산(終南山) 산속에 있으매 누각과 정자의 장려하고 경치가 아주 기이하여 마치 삼신산(三神山)의 선경(仙景)하신 글을 봉하여 받들어 모셔 두고, 그 밖의 누각을 두 공주와 모든 낭자들에게 나누어 거처를 정하니라.

태사 날마다 물가에 나아가 달빛을 즐기며 골짜기로 들어가 매화를 찾고, 석벽을 지난즉 글을 지어 쓰며 소나무 그늘에 앉은즉 거문고를 안고 타니, 늘그막의 조촐한 복이 더욱 사람들로 하여금 부러워지게 하고, 승상이 한가함을 즐겨 손을 맞지 아니함이 여러 해가 되겠더라. 팔월 열 엿새가 태사의 생일이라, 모든 자녀들이 잔치를 베풀고 오래 삶을 기릴새, 잔치가 10일에 이르니 그 번화한 광경은 도저히 형언치 못하겠더라. 잔치를 파하매 모든 자녀들은 각기 집으로 돌아가니라.

어언간 9월이 되니 국화는 꽃봉오리가 벌어지고 수유(茱萸)는 검붉은 열매를 드리우매 하늘이 높아지는 가을을 맞은지라, 취미궁 서쪽에 고대(高臺) 있으니, 그 위에 오르면 800리 진천(秦川)이 손바닥같이 보이매 태사 그곳을 가장 즐기는데, 이날은 두 부인을 비롯하여 여섯 낭자들과 더불어 그 대에 올라 머리에 국화 한 송이씩 꽂고 가을 풍경을 바라보며 서로 마주 앉아 술을 마시니, 이윽하여 지는 해는 높은 산봉을 넘어가고 흐르는 구름은 그늘을 너른 들에 드리우니, 가을빛이 한결 찬란하여 마치 그림폭을 펼친 듯하기에 태사가 옥퉁소를 꺼내어 한 곡조를 부니, 그 소리 심히 슬퍼 여원여모(如怨如慕) 여읍여소(如

泣如訴)하여, 모든 미인들이 서러운 생각으로 가슴을 메우므로
좋지 않기에, 먼저 두 부인이,

"상공이 일찍 공명을 이루고 부귀를 오래 누리시옴은 세상
사람이 한가지로 일컫는 바요, 또한 옛날에도 보기 드문 사실이
오며, 좋은 계절의 좋은 날을 당하여 경개를 정히 좇아 국화 꽃
잎을 술잔에 띄우고 미인이 자리에 가득하오니 이 역시 인생에
있어 즐거운 일이거늘, 퉁소 소리 너무도 처량하여 첩들로 하여
금 눈물을 참을 수 없게 하오니, 오늘의 퉁소 소리가 지난날의
곡조와 다르옴은 어쩐 일이니이까?"

이에 태사 퉁소를 던지고 옮겨 앉으며 이르되,

"북으로 바라본즉 평탄한 들은 사방으로 넓고 무너진 고갯마
루가 홀로 섰는데, 쇠잔한 석양볕이 거칠은 수풀 사이로 희미하
게 비치는 것은 진시황의 아방궁(阿房宮)이요, 서쪽을 바라본즉
바람은 수풀을 스치고 저무는 구름송이가 산을 둘러싸니 이는
곧 한무제(漢武帝)의 무릉(武陵)이요, 동쪽을 바라본즉 회 칠한
담장은 청산에 비치고 붉은 용마루는 하늘로 치솟으며, 또한 밝
은 달이 스스로 찾아 들고 스스로 물러가매, 옥난간 머리에 다
시 기댈 사람이 없는 곳은 바로 현종(玄宗)황제가 양귀비와 더
불어 노니시던 화청궁(華淸宮)이오니, 슬프다, 이 세 인군(人君)
이 모두 다 만고의 영웅이시거늘 이제는 어디 계시는고? 소유
초 땅의 미천한 선비로서 은덕을 성군께 입고 벼슬이 장상(將
相)에 이르며, 또 부인과 낭자 여러분과 더불어 만나 두텁고 깊
은 정이 늙도록 친밀하니 만일 전생에 기약하지 않은 연분이면
능히 이에 이르지 못하리라. 우리들이 한번 돌아간 후면 높은
대(臺)는 스스로 무너지고 깊은 연못은 스스로 메워지며, 노래

와 춤을 추던 집이 변하여 메마른 풀과 싸늘한 연기를 이루리
니, 필연 나무하는 아이와 소먹이는 더벅머리 총각들이 슬픈 노
래를 주고받으면서, '이는 바로 양태사가 모든 낭자로 더불어
노니던 곳이라. 대승상의 부귀, 풍류와 모든 낭자의 아름다운
용모와 고은 태도 이미 적막하도다' 하리니, 이들 초동목수(樵
童牧豎)가 우리 노니던 곳을 보는 것이, 바로 내가 저 세 인군의
궁(宮)과 능(陵)을 보는 것과 같을지라. 이로 보건대 사람이 살
아 있는 것은 순식간이 아니리요? 천하에 세 가지 도가 있으니,
유도(儒道)와 불교와 선술(仙術)이라. 이 세 가지 중에 오직 불
교가 높고, 유도는 윤기(倫紀)를 밝히며 사업을 귀히 하여 이름
을 후세에 전할 따름이요, 선술은 허망한 것에 가까워 예로부터
하는 자 많으나 마침내 징험(徵驗)을 얻지 못하니, 진시황(秦始
皇)과 한무제(漢武帝)와 현종황제(唐玄宗)의 일을 보면 가히 알
리로다. 소유는 벼슬을 마친 후로 밤마다 꿈속에서 부처님께 배
례하니, 이는 필연 불가(佛家)의 연분이 있음이라. 내 장차 장
자방(張子房)이 적송자(赤松子)[1]를 따르는 소원을 이루고, 남해
에 가서 관세음보살(觀世音菩薩)을 찾으며 오대산(五臺山)에 올
라 문수보살(文殊菩薩)을 만나 불사불멸하는 도를 얻어 인간계
의 괴로움을 벗고사 하나 다만 그대들과 더불어 반평생을 상종
하다가 장차 멀리 이별하겠기로 비창(悲愴)한 마음이 스스로 퉁
소 속에서 나왔노라."

　모든 낭자들이 스스로 감동하여 이르되,

　"상공이 번화한 중에 이 마음이 있으니 어찌 하늘이 정하신

---

1) 중국 상고의 선인(仙人).

바 아니오리까? 첩 등 형제 8명이 마땅히 깊은 규중에 한가지로 거처하여 조석으로 부처께 전배(展拜)하고 상공이 돌아오시기를 기다릴 것이요. 상공이 이번에 가시면 반드시 밝은 스승을 만나고 어진 벗을 만나 큰 도를 이루시리니, 엎드려 바라옴은 상공께서 도(道)를 터득하신 후에는 먼저 첩들을 가르치소서."
하더라.

양태사 크게 기꺼워하며 이르되,

"우리 아홉 사람의 마음이 이 같으니 무슨 염려할 일있으리요? 내 마땅히 명일로 행할 것이니, 금일은 모든 낭자로 더불어 진취(盡醉)하리라."

모든 낭자 이르되,

"첩 등이 각각 이 일배(一杯)를 받들어 상공을 전별하리이다."

인하여 잔을 내와 부으려 한대, 홀연 지팡이 소리 돌길에 나거늘 괴이하게 여겨 생각하되,

'어떤 사람이 이곳에 올라오는고?'

이윽고 일위 노승이 앞에 나타났는데, 눈썹은 자막 대기만큼 길고 눈은 물결처럼 맑고 행동거지가 매우 이상하였더라. 대에 올라 태사를 보고 절하며 이르되,

"산중 사람이 대승상을 뵈옵나이다."

태사 이미 시속 중이 아닌 줄 알고 황망히 일어나 답례하고 묻되,

"스승은 어느 곳으로 좇아 오시니이까?"

노승이 웃으며 답하되,

"상공은 평생 고인(故人)을 아지 못하시느뇨? 일찍이 들으

니, '귀인(貴人)은 잊기를 잘한다' 하더니 과연 그러하도다."

양태사 자세히 본즉 낯이 익은 듯하나 아직 분명치 아니하더니, 문득 깨닫고 낭자를 돌아보고 노승을 향하여 이르되,

"소유 일찍 토번국(吐藩國)을 정벌할새 꿈에 동정용왕(洞庭龍王)의 잔치에 참여하고 돌아오는 길에 잠시 남악(南岳)[1]에 올라 늙은 대사가 자리를 갖추고 앉아 모든 제자로 더불어 불경을 강론함을 보았거늘 스님은 바로 그 꿈속에서 만났던 대사 아니시니이까?"

노승이 박장대소하며 이르되,

"옳다, 옳다. 비록 옳으나, 꿈속에 잠깐 본 것만을 기억하고 10년 동거하던 것은 기억하지 못하니, 뉘 양승상을 총명타 하더뇨!"

태사 망연하여 이르되,

"소유 15, 6세 이전은 부모의 슬하를 떠나지 않았고, 16세에 급제하고 이어서 직명(職命)을 받았으니, 동으로 연나라에 사신 가고 서(西)로 토번을 정벌한 것밖에는 일찍이 경사(京師)를 떠나지 아니하였거늘, 언제 스님으로 더불어 10년을 상종하였으리요?"

노승이 웃어 이르되,

"상공이 아직도 춘몽(春夢)을 깨지 못하였도다!"

양태사 묻되,

"스승은 어찌하면 소유의 춘몽을 깨게 하시리이까?"

노승이 이르되,

---

1) 중국 남방에 있는 형산의 별칭.

"이는 어렵지 아니하도다!"

하고 손 가운데 석장(錫杖)을 들어 돌난간을 두어 번 두드리며, 갑자기 네 골짜기에서 구름이 일어나 놀이터를 뒤덮어 지척을 분별치 못하니, 양태사가 정신이 아득하여 마치 꿈을 꾸고 있는 듯하기에, 한참만에야 소리를 질러 이르되,

"스승은 어이 정도(正道)로 소유를 인도치 아니하고 환술(幻術)로써 희롱하시나이까?"

말을 맺지 못하여 구름이 걷히니 노승은 간 곳 없고 좌우를 돌아보니 팔낭자가 간 곳이 없는지라, 매우 놀라 어찌 할 바를 모르는데 다시 누대와 많은 집들이 일시에 없어지고, 자기의 몸 뚱이는 한 작은 암자 속 포단(蒲團) 위에 앉았으되, 향로에 불은 이미 꺼지고 지는 달이 겨우 창가에 비치더라.

스스로 몸을 돌아보니 백팔염주(百八念珠) 손목에 걸려 있고, 머리를 손으로 만져 보니 머리털이 깎이어 까칠까칠하니 틀림 없이 소화상(小和尙)의 모양이요, 다시는 대승상(大丞相)의 위 엄 있는 차림새 되지 아니하는지라 정신이 황홀하더니, 오랜 후 에야 제 몸이 남악 연화봉 도량(道場) 성진행자(性眞行者)인 줄 알고 생각하되,

"처음에 육관대사께 수책(受責)하여 풍도옥(酆都獄)으로 떨어 져 인간세에 환생하여 양씨문중(楊氏門中)의 아들 되어 장원급 제 한림학사(翰林學士)되고, 다시 나아가서는 장수되고 들어온 후 재상되어 공훈을 세우고 벼슬에서 물러나 두 공주와 여섯 낭 자로 더불어 여생을 즐기던 것이 다 하룻밤의 꿈이로다. 짐작컨 대 필연 스승이 나의 생각이 그릇됨을 알고, 나로 하여금 이런 꿈을 꾸게 하여 인간의 부귀와 남녀의 사귐이 다 허무한 일임을

알게 함이로다!"

급히 세수하고 의관을 정제하여 법당에 나아가니 다른 제자들이 모였더라. 어떤 대사 소리를 높여 묻되,

"성진아, 성진아! 인간 재미 과연 좋더냐?"

성진이 눈을 번쩍 뜨고 쳐다보니 육관대사(六觀大師) 엄연히 서 있는지라, 성진이 머리를 조아리고 눈물을 흘리며 뉘우쳐 이르되,

"제자 성진은 행실이 부정하오니, 자작지죄(自作之罪) 수원수구(誰怨誰咎)리요. 결함은 세계에 처하면서 윤회(輪廻)하는 재앙을 받을 것이어늘, 스승이 하룻밤의 허망한 꿈을 불러 깨우시어 성진의 마음을 알게 하여 주시니, 스승의 깊은 은혜 천만 겁(劫)을 지나도 가히 갚지 못하리소이다."

육관대사 이르되,

"네 흥(興)을 타고 갔다가 흥이 진하여 돌아오니 내 무삼 간여할 바 있으리요? 또 네 말을 들은즉 '꿈과 세상을 나누어 둘이라 하니' 이는 아직도 네 꿈을 깨지 못하였느니라. 장주(莊周)[1] 나비가 된 꿈을 꾸었다가 다시 나비가 장주로 화하니 어떤 것이 참인가를 분별치 못하였다 하니, 어제의 성진과 소유(小遊)에 있어 어느 것이 참이며 어느 것이 허망한 꿈이뇨?"

성진이 대답하되,

"제자 아득하여 꿈과 참을 분별치 못하겠사오니, 바라옵건대 스승은 법을 베풀어 이 몸으로 하여금 그것을 깨닫게 하소서."

육관대사 이르되,

---

1) 장자.

"내 마땅히 금강경(金剛經) 큰 법을 베풀어 네 마음을 깨닫게 하려니와, 잠깐 후에 새로 올 제가 있으니 너는 기다릴 것이라."

말을 맺지 못하여 문 지키는 도인이 손들이 왔음을 고하더니, 뒤이어 위부인(魏夫人)의 시녀 팔선녀 다다라, 대사 앞에 나아와 합장배례(合掌拜禮)하고 이르되,

"제자 등이 비록 위부인을 모시나 배운 바 없사와 망령된 생각을 억누르지 못하여 욕심이 잠시 고개를 쳐들매, 무거운 죄악이 뒤따라 이르러 인간계의 헛된 꿈을 꾸되 깨워 주는 사람이 없삽더니, 대자대비(大慈大悲)하옵신 스승이 저희들을 깨워 다시 데려오시니 감격하였나이다. 어제는 위부인의 궁중에 가서 하직하고 이제 돌아왔사오니, 스승은 저희들의 묵은 죄를 사하시고 특별히 밝은 교훈을 드리우소서."

육관대사 이르되,

"여선(女仙)의 뜻이 비록 아름다우나, 불법(佛法)이 깊고 머니, 큰 역량과 튼 발원(發願)이 아니면 능히 이르지 못하나니, 선녀는 모름지기 스스로 헤아려 할지로다."

팔선녀 물러나 낯 위의 연지분을 씻어 버리고 각각 사매(師妹)로서 금가위를 내어 녹운 같은 머리를 깎고 들오아 대사께 사뢰되,

"저희들 제자 8인이 이미 얼굴의 모습을 고쳤사오니, 맹세하여 스승의 교령(敎令)을 태만치 아니하리이다."

육관대사 이르되,

"선재(善哉), 선재라! 너희 8인이 능히 달라질 수 있으니 어찌 감동치 아니하리요."

드디어 법좌(法座)에 올라 경문(經文)을 강론하니,

"백호 빛이 세계에 뻗치고〔白毫光射世界〕[1], 하늘꽃이 비같이 내리더라〔天花下如亂雨〕."

설법함을 장차 마치매 성진과 8인고(尼姑) 일시에 깨달아 불생불멸할 정과(正果)를 얻으니, 육관대사 성진의 계행을 높이 보고, 이에 대중을 모으고 이르되,

"내 불법의 포교함을 위하여 중국에 들어왔더니, 이제 비로소 정법을 전할 곳이 있으니 나는 돌아가노라."

하고 염주와 바리와 정병(淨瓶)과 석장(錫杖)과 금강경 1권을 성진에게 주고 서천으로 가니라. 이후 성진이 연화도량의 대중을 거느려 크게 교화(敎化)를 베푸니, 신선과 용신(龍神)과 사람과 귀신이 한가지로 존경하기를 육관대사와 같이 하고 8인의 여승들도 성진을 스승으로 섬기어 깊이 보살의 대도(大道)를 얻어 9인이 한가지로 극락세계로 가니라.

---

1) 부처의 미간에 있는, 빛을 발해 무량(無量)의 국토를 비춘다는 말.

작품 해설

조선 숙종 때 서포 김만중이 지은 한글 소설이다. 이 작품은 그의 나이 52세 때 쓴 것으로, 우리 어문학(語文學)을 특히 의식하던 그가 남해의 유배지에서 어머니를 위로해 드리려고 하룻밤에 썼다고 한다. 인간의 모든 부귀·영화·공명은 한낱 일장춘몽에 지나지 않는다는 주제로 되어 있다.

지은이인 김 만중은 숙종 때의 관료이며 문학자로 자는 중숙, 호는 서포이고, 생원 김익겸의 아들이다. 현종 때 진사에 급제한 후 벼슬이 대제학·판서에 이르렀다.

당나라 때 천축으로부터 육관대사라는 고승이 중국에 와서 큰절을 세우고 제자를 모아 불도를 강론한다. 그중에서 가장 뛰어난 제자가 성진이었다. 어느 날 성진은 대사의 심부름으로 용궁에 가게 되었는데, 용왕의 융숭한 대접에 술을 몇 잔 마시고 돌아온다. 한편 선녀 위진군은 팔선녀를 대사에게 보내 약간의 보물을 선사한다. 길 중간에서 팔선녀와 성진이 만나 서로 희롱하다 돌아온다.

절에 돌아온 성진은 선녀들을 그리워하며 속세의 부귀영화만 생각한다. 끝내 그는 죄를 얻어 지옥에 떨어지고 다시 인간 세상에 환생하여 양소유가 된다. 한편 팔선녀도 같은 죄로 지옥에 떨어졌다가 각각 다시 세상에 환생한다. 양소유는 차례로 그들 여덟 여인과 인연을 맺는다. 드디어 벼슬은 승상에 이르고 두 부인, 여섯 낭자를 거느린 양소유의 화려한 인생이 펼쳐진다.

그러나 세월은 유수와 같아 승상의 벼슬에서도 물러나 한가히 여생을 즐기던 양소유는 어느 가을날 두 부인, 여섯 낭자를 거느리고 뒷동산에 올라갔다가 문득 인생의 허무함을 느낀다. 때마침 찾아온 어느 고승에게 불도에 귀의할 것을 말하자 그 도승은 쾌히 승낙하고 짚고 온 지팡이로 난간을 두드린다. 그러자 모든 것이 온데간데없이 없어지고 손에 108 염주를 들고 중의 너리를 한 자신뿐이었다.

당황한 그가 곰곰이 생각해 보니 부귀영화는 하룻밤 꿈이었
고 자기는 분명히 연화도량의 성진이었다. 꿈을 깬 성진은 황망
히 대사 앞에 뛰어가 엎드린다. 팔선녀도 이어 들어와 제자가
되기를 청한다.

후에 대사는 성진에게 도(道)를 물리고 천축으로 돌아가고,
팔선녀는 성진 앞에서 계속 도를 닦아 후에 아홉 사람은 모두
극락 세계로 갔다고 한다.

이처럼 인생무상의 깨달음과 불법에의 귀의를 담은《구운몽》
은 현실 세계(이상적 세계)에서 환몽 세계(현실적 세계)로, 다
시 현실 세계(이상적 세계)로 복귀하는 것으로 구성되어 있다.

이 작품을 가리켜 조선 고대 소설의 양식을 완성한 작품이라
고 말한다.《구운몽》은《홍길동전》에서 일단의 진보를 본 뒤 현

실적인 인생을 놓고서 쓰여진 작품으로, 도교적 풍류와 전기성, 유교적 입신양명과 효, 불교적 공(空)의 사상이 한데 어우러진 다채로운 구조를 띠고 있다. 또한 귀족 문학에서 평민 문학으로 넘어가는 교량 역할을 한 것은 물론, 조선 후기의 사실적 경향이 짙은 소설 문학으로 옮겨가는 중개자적인 작품이기도 하다. 전형적인 조선 중기 양반 사회의 생활상을 잘 보여 주고 있으며, 시대상의 반영에 철학적 종교 의식을 깔고 있어 소설로서 내용상 한층 발전된 모습을 발견할 수 있다.

한편 이 작품은 우리말의 표현 능력을 잘 살렸으며, 방대하면서도 짜임새 있는 구성을 통해 이야기를 흥미 있게 엮어 가고 있다. 이것은 김만중의 뛰어난 작가적 역량을 보여 주는 것으로, 17세기는 물론 이후의 많은 고전 소설의 발전에 영향을 끼쳤다. 특히 이 《구운몽》은 이어 창작되는 《옥련몽》, 《옥루몽》 등 몽(夢)자류 소설의 규범이 되었다.

이 작품은 이본에 따라 1책부디 4책까지 분량이 다양하다. 아울러 영조 1년인 1725년에 간행된 금성판 한문 목판본을 비롯하여 국문 방각본 · 국문 필사본 · 국문 활자본 · 한문 필사본 · 한문 현토본 등 50여 종이 넘는 이본이 전한다.

작가 연보

1637년	2월 10일 강화에서 서울로 가던 중 나룻배 안에서 태어남.
	본관은 광산, 아명은 김선생, 자는 중숙, 호는 서포.
1639년(3세)	어머니 윤씨로부터 글을 배우기 시작.
1644년(8세)	《경서》와 《사기》를 배움.
1650년(14세)	진사 초시에 합격.
1652년(16세)	진사에 일등으로 합격.
	연안 이씨와 결혼.
1656년(20세)	별시 초시에 합격.
1662년(26세)	증광 초시에 합격.
1665년(29세)	정시에 장원급제함.
	성균관 전적·예조좌랑에 차례로 임명됨.
1667년(31세)	지평·수찬이 됨.

1668년(32세)   경서 교정관 · 교리가 됨.
1671년(35세)   암행어사로 경기 및 삼남 지방의 신정득실을
               조사하기 위해 부교리가 되어 경기 · 삼남 일
               대를 조사함.
1672년(36세)   겸문학 · 헌납을 역임하고 동부승지가 됨.
1673년(37세)   어전에서 허적의 파직을 주장하다가 유배 생
               활을 함.
1674년(38세)   3개월 간 유배되었다가 풀려남.
1975년(39세)   호조참의 · 병조참지 · 승정원 동부승지에 차
               례로 임명됨.
1679년(43세)   예조참의가 됨.
1683년(47세)   공조판서로 있다가 대사헌이 됨.
1686년(50세)   우참찬 · 좌참찬 · 홍문관 및 예문관, 대제학에
               차례로 임명됨.

1687년(51세)	소문을 전한 죄로 9월에 선천으로 유배됨. 이 듬해 11월까지 유배 생활을 함. 어머니의 외로움을 위로하기 위해 《구운몽》을 지음.
1688년(52세)	선천 유배지에서 풀려남.
1689년(53세)	2월 8일 기사환국에 연루되어 투옥됨. 같은해 3월 남해로 유배됨. 어머니가 별세함.
1692년(56세)	4월 30일 지병인 폐병으로 별세.
1698년	관직이 복구됨.
1706년	효행에 대해 정표(旌表)가 내려짐.

┃구 인 환┃
서울대학교 사범대학 국어교육과 졸업
서울대학교 대학원 국어국문과 수료(문학 박사)
서울대학교 사범대학 교수
국어국문학회 대표이사 및
한국소설가협회 이사
문학과문학교육연구소 소장
서울대학교 명예교수

우리 고전 다시 읽기

구 운 몽

초판 1쇄 발행   2002년 12월 10일
초판 12쇄 발행   2015년 6월 1일

지 은 이   김 만 중
엮 은 이   구 인 환
펴 낸 이   신 원 영
펴 낸 곳   (주)신원문화사

주   소   서울시 영등포구 당산동 121-245 신원빌딩 3층
전   화   3664-2131~4
팩   스   3664-2130

출판등록   1976년 9월 16일 제5-68호

＊잘못된 책은 바꾸어 드립니다.

ISBN 89-359-1067-8 03810